비연사애

悲戀四愛

비연사애 1
박찬규 新무협 판타지 소설

초판 1쇄 찍은 날 § 2002년 01월 30일
초판 1쇄 펴낸 날 § 2002년 02월 10일

지은이 § 박찬규
펴낸이 § 서경석

편집장 § 문혜영
담당책임 § 장상수
편집 § 박영주 · 김희정 · 권민정
마케팅 § 정필 · 강양원 · 김규진

펴낸곳 § 도서출판 청어람
등록번호 § 제1081-1-89호
등록일자 § 1999. 5. 31
어람번호 § 제2-0036호

주소 § 경기도 부천시 원미구 심곡1동 350-1 남성B/D 3F (우) 420-011
전화 § 032-656-4452 팩스 § 032-656-4453
http://www.chungeoram.com
E-mail § eoram99@chollian.net

ⓒ 박찬규, 2002

값 7,500원

ISBN 89-5505-285-5 (SET)
ISBN 89-5505-286-3 04810

박찬규 新무협 판타지 소설

비연사애

悲緣四愛

스님과 비구니

1

도서출판 청어람

목차

서문

절세미녀, 비무대회, 그리고 잘생긴 데다 적수가 없을 정도로 강한 주인공.

아마 옛날(?) 무협의 고정 이미지를 떠올려 보라고 한다면 이 세 가지를 떠올리실 겁니다.

그리고 또 한가지를 떠올릴 수 있겠지요.

한정된 분량 안에 너무도 많은 이야기를 하려 한다는 것을 말입니다.

뭔가 새로운 것을 기대하셨다면 미리 죄송하단 말씀을 드리고 싶습니다. 이 글, 비연사애는 충실히 위의 것들을 따르고 있기 때문입니다.

주인공은 잘생겼고 강합니다. 그리고 절세미녀가 따릅니다. 또한 비무대회가 빠지지 않고 나옵니다. 게다가 한정된 분량 안에 많은 이야기가 들어 있지요.

어린 시절 제 가슴을 찌르르 울리던 세 권 짜리, 혹은 네 권 짜리 무협들… 전 그런 무협을 한번 써보고 싶었습니다.

물론 와표(臥標)는 제외입니다. 전 와표는 무협을 빙자한 에로라 보고 있기 때문입니다. 그런 까닭에 비연사애에서 와표식 에로는 나오지 않습니다. 기대하셨다면 죄송합니다.

2000년 초에 시작해서 2001년 초에 마무리를 했으니 근 1년 간 끄적인 글이군요. 이 글을 제 삶을 변화시켜준 그곳, 무림동 창작연재란에 올려 많은 격려와 지적을 받았습니다. 그후 나름대로 지적받은 부분을 수정했습니다. 물론 제 고집으로 수정하지 않은 부분도 많습니다.

통신연재를 보신 분이라면 '아아, 이 부분은 고쳤군. 그리고 이건 그대로군'이라고 느끼실 수 있을 것입니다. 물론 큰 줄기는 변함이 없습니다. 그저 지적받은 사항들 중 제가 생각하기에도 이상한 부분만을 고쳤을 뿐입니다. 누가 뭐래도 이건 제 글이니까요.

조금 무거운 분위기를 느끼실 수도 있을 것입니다. 글은 글 쓴 이의 삶을 반영한다는 말을 실감할 수 있더군요.

어떤 분은 구무협이 아니라 멜로무협, 혹은 신무협이라고 하시더군요. 또 어떤 분은 히틀러보다 더한 주인공이라는 표현을 써주셨지요. 무공 위주가 아니라 사람 위주의 글이라는 말도 있었습니다. 그 외에도 슬프다, 잔인하다, 불쌍하다, 허무하다 등등 말들이 있었습니다.

음… 판단의 독자님들의 손에 맡깁니다.

〈고마움을 전합니다.〉

이소님, 원형님, 석진님, 석공님, 재석님, 형규님, 돈형님, 정현님, 천제 형, 민연 형, 완수, 기혜, 선하, 준, 보형 군, 두수 군, 학돈 군, 그 외 다른 무림동 식구 여러분들. 성함을 다 열거하지 못함을 양해 바랍니다. 전 이름을 잘 못 외웁니다.

후식님, 성수님, 정균님, 선혜님, 그외 마천루 작가님들… 그리고 인호 형, 태선님, 양진님, 성재, 성찬, 태욱, 그 외 상계 신진고수연합 분들(죄송, 제 마음대로 이름을 붙였습니다. 상계에 모여 사는 작가들이라고 하기엔 어감이 이상해서요)… 그리고 효창님, 미숙한 글을 출판할 결심을 해주신 청어람 사장님, 그리고 상수님, 고생하셨을 편집부 여러분, 그외 다른 직원 여러분들, 못난 아들 뒷바라지로 고생하시는 부모님, 형, 할머님, 제 글에 관심을 가져주셨던 모든 독자님들, 이 자리를 빌어 이 모든 분들께 감사드립니다.

제1장

정(正)과 마(魔), 그리고 사(邪)

정(正)과 마(魔), 그리고 사(邪)

예로부터 구대문파(九大門派)는 정파의 중심 세력이었다.

불문의 양대산맥으로 군림하고 있는 소림(少林)과 아미(峨嵋), 검의
사대조종으로 군림하고 있는 무당(武當), 화산(華山), 청성(靑城), 해남
(海南), 도가 기공의 본산 전진(全眞)과 공동(崆洞), 경공의 신화를 이룩
한 곤륜(崑崙).

이들이 있음에 무림은 평화로울 수 있었고, 정파의 기세는 욱일승천
(旭日昇天)할 수 있었다.

역근(易筋)과 세수(洗髓)의 두 진경을 바탕으로 한 내가 삼십육 종과
외가 삼십육 종의 칠십이 종 절예를 보유하고 있는 소림, 금정경(金頂
經)을 바탕으로 한 불문의 무수한 신공들을 보유하고 있는 아미, 도가
최고의 검경인 태극혜검경(太極慧劍經)을 비롯한 무수한 도가검경들을
보유하고 있는 무당, 환검(幻劍)의 최고봉, 매화검결(梅花劍訣)을 비롯

한 수많은 검경들을 보유하고 있는 화산, 어검술(馭劍術)의 극의 절세무적(絕世無敵) 건곤검법(乾坤劍法)을 비롯한 수많은 검경들을 보유하고 있는 청성, 극쾌의 검법 천강검법(天罡劍法)을 비롯한 무수한 검경들을 보유하고 있는 해남, 도가 양대 내공심법 중 하나인 자하신공(紫霞神功)과 극양의 장법 삼양장(三陽掌)을 보유하고 있는 전진, 도가 양대 내공심법 중 하나인 자부신공(紫芙神功)과 극음의 장법 삼음장(三陰掌)을 보유하고 있는 공동, 말이 필요없는 절세의 경공 운룡대팔식(雲龍大八式)과 풍운조법(風雲爪法)을 보유하고 있는 곤륜.

이들 아홉 문파는 정파의 든든한 기둥이었고, 지지 않는 태양과도 같았다.

이와 같이 정(正)에는 구대문파가 있는가 하면, 마(魔)에도 구대문파와 비슷한 세력을 떨치고 있는 일곱 개의 문파가 있었다.

마도의 일곱 하늘, 칠패천(七覇天).

무엇이든지 찢어발기는 극패의 조법 금붕십이조(金鵬十二爪)를 보유하고 있는 금붕(金鵬), 지옥의 사신과도 같은 죽음의 검법 아수라칠절검(阿修羅七絕劍)을 보유하고 있는 수라(修羅), 한 번 뽑으면 반드시 피를 부른다는 필살의 도법 혈왕도(血王刀)를 보유하고 있는 혈왕(血王), 세상의 모든 짐승을 자유자재로 조종하는 가공할 음공 만수음결(萬獸音訣)을 보유하고 있는 만수(萬獸), 한 번 펼쳐지면 주위엔 풀 한 포기 자라날 수 없다는 지독한 독공 만독진경(萬毒眞經)을 보유하고 있는 만독(萬毒), 사내의 정기를 고갈시키는 죽음의 춤 환혼무(還魂舞)를 보유하고 있는 요희(妖姬), 세상에 산재해 있는 모든 마공을 집대성해 놓은 곳 천마(天魔), 이들 일곱 문파가 있기에 마도는 그동안 정파에 의해 핍박받지 않고 그들과 대등한 관계를 유지시킬 수 있었다. 이들 일곱 문파가 없었다면 마(魔)는 오래전에 정(正)에 의해 뿌리 뽑히고 말았을 것이다.

이처럼 정과 마는 구대문파와 칠패천이 있기에 서로 견제하며 팽팽한 관계를 유지시켜 나갈 수 있었다.

하지만 사(邪)는 달랐다. 이들은 언제나 정과 마 사이를 이간질하며 서로가 부딪치게 되기를 바랐다. 그래야만 그들이 세상을 차지할 수 있을 테니까.

1천 년 전, 그리고 3백 년 전 정과 마 사이를 이간질시켜 그들이 서로 싸우는 틈에 수많은 고루강시(古髏僵屍)들을 이끌고 무림을 차지하려 했던 고루혈교(古髏血敎), 8백 년 전, 그리고 5백 년 전 고루혈교와 마찬가지로 정과 마 사이를 이간질시켜 그들이 싸우는 틈에 수많은 환상살수(幻像殺手)들을 이끌고 천하를 거머쥐려 했던 환사문(幻邪門), 이들의 존재는 완전히 사라졌다고 알려졌지만 세인들은 알고 있다. 그들이 살아 있음을, 그리고 그들이 언젠가 다시 천하를 넘보리라는 것을. 그들은 밟아도 밟아도 다시 일어나는 잡초와도 같은 존재들이었으니까.

제2장
기이한 만남

기이한 만남

"아미타불, 아미타불, 할머님, 우리 앉아서 얘기하는 게 어떻겠습니까?"

"크르르르……."

털썩!

"아미타불, 고맙습니다. 그럼 소승도 앉겠습니다."

털썩!

"아미타불, 할머님께선 올해 춘추(春秋)가 어찌 되시는지요?"

"크르르……."

"아미타불, 오래도 사셨군요. 벌써 1천 7백 년이나 살아오셨다니 말입니다. 한데 어찌하여 아직까지 이런 의미없는 살생을 하고 계시는지 소승은 정말 모르겠습니다."

"……."

“아미타불, 아미타불, 소승이 듣자 하니 할머님께서 드신 마을 사람의 숫자가 스물이 넘는다고 하더군요. 도대체 그런 일을 벌이신 이유가 무엇인지 소승이 여쭈어도 되겠습니까?”

“…크르르르……”

“아미타불, 아미타불, 어쩔 수 없었다니요? 좀 자세히 말씀해 주세요.”

“크르르……”

“아미타불, 그게 무슨 말씀이십니까? 아무리 그분들이 할머님이 살고 계신 이곳을 침입하였다고 하더라도 그냥 따끔한 충고를 한 뒤 돌려보냈으면 되었지 않습니까?”

“크르르르……”

“뭐라고요? 아미타불, 아미타불, 그래도 그렇습니다. 오래 사신 할머님이 참으셔야지요. 아무리 그들이 할머님의 신경에 거슬렸다고는 해도 그들을 죽인 것은 잘못하신 겁니다. 자비를 베풀어야 승천할 수 있으실 것입니다.”

“…크르르……”

“아미타불, 이제 깨달으셨다니 다행입니다, 다행입니다. 한데 지금 뭐라고 하셨습니까?”

“크르르르……”

“아미타불, 일부러 승천을 미루고 계시다니요? 그게 무슨 말씀이십니까?”

“크르르르……”

“아미타불, 저 동굴 안에 할머님의 친구 분이 잠들어 계시다고요?”

“크르르… 크르르르……”

"아미타불, 정말 장하십니다. 정말이지 소승은 할머님의 우정에 감복하는 바입니다. 저 동굴 안에 계신 할머님의 친구 분을 위해 승천을 위한 고행도 마다하시고 벌써 8백 년 동안이나 이곳을 지키고 계시다니… 정말이지 소승은 할머님의 마음 씀씀이에 감복하는 바입니다. 그러시면 이곳을 침범한 사람들을 죽이신 것도 저 동굴 안에 계신 친구 분을 지키기 위해서였겠군요. 아미타불……."

"크르르르……."

"아, 아빠. 저게 무슨, 무슨, 아니, 어떻게 된 일이에요?"

"으음… 정말 눈으로 보지 못했다면 믿지 못할 일이로구나."

10장 높이의 나뭇가지 위에 걸터앉아 있는 두 부녀는 지금 30장 정도 떨어진 곳에 있는 공터를 보며 경악을 금치 못하고 있었다. 그들 부녀는 마도의 칠패천 중 하나인 금붕문의 문주 금붕신군(金鵬神君) 사군악(査君惡)과 그의 무남독녀 외동딸인 사예설(査叡雪)이란 이름의 귀여운 소녀였다.

사군악은 이곳에 천 년 묵은 지네가 산다는 말을 듣고 지네의 내단을 자신의 딸인 사예설에게 먹이기 위해 오늘 여기까지 온 것이었다. 원래는 혼자 오려고 했었지만 사예설이 같이 가겠다고 바득바득 우기는 바람에 어쩔 수 없이 데리고 오긴 왔는데 그의 목표인 지네는 지금 열두엇으로 보이는 소년 빡빡이와 땅바닥에 앉아서 이야기를 하고 있는 중이었다. 정말 듣도 보도 못한 괴사였다.

그의 본래 성미대로라면 당장에 내려가 저 지네의 머리를 갈라 내단을 꺼내고 싶었지만 저 소년 승의 행동이 너무도 기이하여 이렇게 사태의 추이를 지켜보고 있는 중이었다. 지금도 소년 승과 지네와의 대화는 계속 이어지고 있었다.

"아미타불, 정말 그렇게 해주시겠습니까?"

"크르르……."

법문(法問)은 이것도 인연이라는 생각이 들어서 저 할머니의 부탁을 들어주기로 했다. 대광사에 방장 스님의 서찰을 전해주고 돌아가는 길에 잠깐 쉬어가기 위해 들른 곳, 나가촌. 그곳 사람들에게서 마을 뒷산에 있는 동굴에 요괴가 산다는 말을 듣고 법문은 그 길로 이곳에 찾아왔다. 달리 어떤 목적이 있어서 온 것은 아니었다. 다만 그 요괴를 만나 이야기를 들어보고 싶었을 뿐이었다. 법문은 모든 생명체와 대화할 수 있는 특별한 능력을 지니고 있었으니까.

하지만 그도 막상 동굴 안에서 나온 무시무시한 덩치를 자랑하는 지네를 보고는 잠시 두려웠던 게 사실이었다. 마을 사람들이 말했던 요괴가 바로 1천 년을 넘게 살아온 지네였다니 말이다. 하지만 지네와 대화를 해보니 그녀에게도 나름대로의 고충이 있었다.

그녀의 말에 따르면 8백 년 전쯤에 그녀를 대붕에게서 구해준 인간 남자가 있었다고 했다. 하지만 그 남자는 대붕과의 싸움으로 인해 극심한 상처를 입게 되었다. 해서 그녀는 자신의 목숨을 지켜준 그 남자를 못 본 체할 수가 없어 이곳으로 그를 데리고 왔다고 했다. 이곳에서 그의 상처를 치유하려고 애썼지만 그는 결국 극락세계로 가버리고 말았다. 여기서 그녀는 갈등을 느꼈다고 했다. 그가 죽었으니 이대로 떠날 것인가, 아니면 그의 유체를 지키며 이곳에 머물 것인가.

사실 그녀는 그때 이미 승천을 위한 고행에 들어가 있던 시점이었다. 그리고 그 남자의 유체를 지키며 고행을 하는 것도 좋은 방법인 것 같아 그녀는 그 남자를 지키며 이곳에 눌러앉기로 했다.

그런데 문제가 생겼다. 이곳에서의 8백 년 간의 수련으로 인해 그녀의 몸에 변화가 생긴 것이다. 몸통 마디마디의 경계가 불분명해지더니 등에 큼지막한 두 쌍의 날개가 돋아나 버렸다. 그녀는 자신의 처지가 어떤 것인지 잘 알았다. 승천을 위한 준비 단계 중 하나인 비천의 단계.

그녀는 현재 그냥 오공(蜈蚣)이 아닌 비천오공(飛天蜈蚣)의 단계에 와 있었던 것이다. 이제 다시 수백 년의 세월이 흐르면 그녀의 수많은 다리들은 하나둘씩 없어져 갈 것이다. 그리고 몸통의 마디의 경계는 완전히 사라져 버리게 될 것이다. 그리고 다시 수백 년이 흐르면 온몸에 비늘이 돋아나고 한 쌍의 다리가 생기게 될 것이다. 마지막으로 지금 돋아나 있는 날개가 사라지고 자신의 머리엔 큼지막한 뿔이 생기게 될 것이다. 그리고는 비가 내리는 날 그녀는 꿈에도 그리던 승천을 하게 될 것이다. 바로 한 마리 고아한 용의 자태를 지니고서.

하지만 이대로 이곳에 머문다면 그런 일은 일어나지 않을 것이었다. 그녀는 지금 이 시점에서 아주 중대한 결정을 내려야 함을 알았다. 이대로 이곳을 지키며 비천오공의 모습으로서 생을 마감할 것인가, 아니면 역대 다른 비천오공들처럼 이무기의 단계에 오르기 위해 북해의 차디찬 곳으로 이동해야 하는지를 말이다.

이 중요한 시기에 그녀를 찾아온 인간이 바로 법문이었다. 그녀는 이것을 운명으로 생각하고 있었다. 그래서 법문에게 한 가지 부탁을 했던 것이다. 저 동굴 안에 잠들어 있는 그 남자의 유체를 묻어주고 극락세계로 인도해 주는 경문을 읊어달라고 말이다. 그러면 자신은 안심하고 이곳을 떠날 수 있으니까 말이다.

법문으로서는 그녀의 부탁을 거절할 이유가 없었다. 그도 아직 잠들지 못한 사람을 극락세계로 인도하는 선행을 쌓게 되는 데다가, 마을 사람들에게 공포를 주는 저 지네 할머니를 다른 곳으로 보낼 수도 있게 되니까 말이다.

"아미타불, 할머님, 그럼 소승을 그분이 계신 곳으로 안내해 주시겠습니까?"

"크르르……."

비천오공은 법문의 말에 바닥에 엎드려 있던 몸을 일으켰다. 그리고는 법문에게 자신의 등에 올라타라고 했다.

"아미타불, 그럼 실례하겠습니다."

법문은 비천오공의 말에 따라 그녀의 등에 올라탔다. 그녀의 등은 예상외로 따뜻했다. 아마도 고행을 열심히 한 까닭일 것이다. 비천오공은 법문을 등에 태우고는 서서히 동굴 안으로 들어갔다.

"크르르르……."

비천오공은 동굴 안에 도착하자 법문더러 내리라며 몸을 숙여주었다. 법문은 살며시 그녀의 등에서 내리며 동굴 한쪽에 가부좌를 틀고 앉아 있는 사람을 바라보았다.

'저분이구나.'

법문은 직감적으로 그 가부좌를 틀고 있는 사람이 지네 할머니가 말한 그 남자임을 알 수 있었다. 이미 죽은 지 8백 년이 넘었음에도 불구하고 그의 유체는 너무도 완벽했다. 화색이 도는 피부에 탐스럽게 자라 있는 수염, '눈썹이 없다'는 게 약간 희한하긴 하지만 주름 하나 없는 기품있는 얼굴, 게다가 죽었다고는 믿을 수 없을 정도로 은연중 기도를 내뿜고 있어 정녕 지금이라도 눈을 뜨고 자리에서 일어날 것만 같은 분위기였다.

"아미타불."

법문은 그의 앞에 다가가 공손히 합장을 했다. 죽은 사람에 대한 경배였다. 그리고는 그 남자의 유체를 소중히 두 팔로 들어 올리려고 했다.

"크르르……."

그때 비천오공은 법문의 행동을 저지했다.

"아미타불, 왜 그러십니까, 할머님?"

법문은 비천오공의 말대로 그 남자의 유체에게서 떨어지며 그녀에게 의문을 터뜨렸다.

"크르르……."

그러자 비천오공은 다른 한쪽을 가리키며 법문에서 그쪽으로 가라고 했다. 법문이 그녀가 가리킨 곳을 보자 그곳엔 아무것도 없었다. 의아한 마음에 법문은 그녀가 가리키는 대로 그쪽으로 걸음을 옮겼다.

"…크르르르……."

"아미타불, 이곳을 파보라는 말씀이십니까?"

법문의 물음에 비천오공은 고개를 끄덕였다. 법문은 어찌 된 영문인지 몰랐지만 뭔가 사연이 있음을 짐작하고는 그녀가 시키는 대로 손으로 땅을 파기 시작했다. 그렇게 반 각 정도를 파자 손에 뭔가 딱딱한 것이 전해져 왔다. 법문은 그것을 조심스럽게 파서 꺼내었다. 그것은 자그마한 목합이었다.

"크르르르……."

"아미타불, 이것을 열어보라고요? 소승은 어찌 된 영문인지…"

"크르르……."

법문이 막 의문을 제기하려 하자 비천오공은 그의 말을 막으며 어서 열기나 하라고 했다. 그에 법문은 할 수 없이 목합을 천천히 열었다. 목합 안에는 한 권의 책과 조그만 옥병 하나만이 들어 있었다. 법문은 그게 무엇인지 알 수 있었다. 아미 이것들은 저 좌선해 있는 고인의 유품일 것이었다.

"크르르……."

"아미타불, 그게 무슨 말씀이신지요? 옥병을 열어 그것을 마시라니요?"

"크아아아!"

비천오공은 법문의 말을 무시하며 거칠게 시키는 대로 하기나 하라고 윽박질렀다.

"아미타불, 소승은 어찌 된……."

"크르르……."

"아, 알겠습니다. 마시겠습니다. 마신다구요. 아미타불."

법문은 비천오공의 기세에 눌려 어쩔 수 없이 옥병을 들어 뚜껑을 열어서 안에 든 내용물이 뭔지도 모른 채 단숨에 마셔 버렸다. 옥병 안에 들어 있던 것은 흡사 과일즙과도 같은 달콤한 맛의 액체였다.

"크르르르……."

비천오공은 법문이 옥병 안의 액체를 다 마시자마자 이번에는 목합 안에 있는 책을 펼쳐 보라고 했다. 정말 갈수록 알 수 없는 일이었다.

"아미타불, 고인의 물건을 함부로 만질 수는……."

"크아아아……."

법문이 거절하려고 하자 비천오공은 거칠게 고함을 내지르며 법문을 윽박질렀다.

"아미타불, 알겠습니다. 우선은 할머님께서 시키는 대로 하겠습니다. 무슨 사연이 있으신 것 같으니까 말입니다. 하지만 나중엔 어떻게 된 영문인지 모두 가르쳐 주서야 합니다."

"…크르르……."

법문의 말에 비천오공은 책을 다 읽으면 알 수 있을 거라고 했다. 어쩔 수 없이 법문은 목합 안에서 책을 꺼내 들었다.

〈태극무경(太極武經)〉

겁 표지에는 궁서체로 이 네 자만 적혀져 있었다. 법문은 아무 생각 없이 책장을 넘겼다. 그리고는 단숨에 끝까지 읽어 젖혔다. 첫부분은 자신이 누구인지와 이곳에 있게 된 사연이 적혀져 있었고, 나머지 부분은 자신의 무공에 관한 것이 자세하게 적혀져 있었다. 아무 생각 없이 읽어서 그런지 몰라도 그에게 크게 와 닿는 부분은 없었다. 그저 그러려니 할 뿐. 다만 책자의 맨 마지막 장엔 점점이 얼룩진 핏방울로 인해 제대로 읽어볼 수조차 없는 짧은 글이 있었는데, 그 글이 왠지 모르게 그의 관심을 끌었다.

난 끊임없는 …의 충동을 받았다. 한 번 …맛을 본 내 …은 끊임없이 날 …했다. 편히 …언제인지 기억조차 나지 않는다. 이 저주 때문에 난 …살았다. 하지만 이제는 …도 날 어쩌지 못할 것이다. 내 생은 끝나가고 있으니……

시간이 얼마 없다. 그대는 오공이 인정한 아일 타이니 아마도 나와 같… 일 것이다. 그렇지 않고서야 오공이 그대에게 …없을 테니까.

내 …하건대 그대는 자신이 …임을 명심해라. 또한 타인 역시 …생명체임을 …해라. 부탁하노니 …에 귀의하는 것이 좋을 것이다. 그곳이라면 …없을 테니까. …를 위해서이다. …그대는 …하기 바란다. 또한 이 책의 내용을…….

하지만 그 관심은 아주 잠시뿐이었다. 아마도 도무지 무슨 말인지 이해조차 할 수 없는 글이었기에 잠시 호기심이 생긴 것뿐인 듯했다.

"아미타불, 알고 보니 이분은 8백 년 전에 은거한 고인이신 태극자란 분이셨군요."

법문은 책장을 덮으며 비천오공을 바라보았다. 그제야 그는 그녀가 왜 자신에게 옥병의 액체를 마시게 하고 책을 읽게 했는지 알 수 있었다. 고인은 자신의 무학(武學)이 이어지길 원했을 것이다. 그리고 그에 선택된 것은 법문 자신이었다.

'휴우…….'

법문은 내심 한숨을 쉬었다. 자신은 불제자였고, 무공엔 별로 관심이 없었다. 그저 불경들을 외우고 고행을 통해 좀 더 많은 깨달음을 얻고자 노력하는 수많은 스님들 중의 하나가 되고 싶을 뿐이었다. 그런 자신에게 이런 일이 생기다니… 게다가 그도 사문이 있었다. 그것도 아주 거대한 사문이 있었다.

소림사(少林寺).

구대문파의 하나이며 무림의 태두로 군림하고 있는 무학의 총본산. 법문은 그곳에 몸담고 있는 신분이었다. 참으로 난감한 일이 아닐 수 없었다. 게다가 그는 몰랐다고는 하나 태극자가 남긴 공청석유(空靑石乳)까지 모조리 마셔 버린 상태였다.

'히유… 어떻게든 되겠지. 우선은 저분의 유체를 묻어드리고 할머님을 북해로 떠나보낸 뒤 생각해 보자.'

법문은 골치 아픈 생각들을 뒤로하며 당면한 문제부터 처리하기로 마음을 먹었다.

"크르르……."

"아미타불, 뭐라고요? 지금 뭐라고 하셨습니까?"

갈수록 태산이었다. 법문은 비천오공의 말에 자신이 된통 걸렸음을 느꼈다. 이 책의 내용을 지금 당장 외우라니, 그것도 다 외워서 낭독해 보라니 말이다. 법문은 설마 하는 눈초리로 비천오공을 올려다보았다. 그녀의 얼굴은 굳어 있었다. 그리고 어서 빨리 외우라고 재촉하고 있었다.

'휴우… 선행 쌓기가 이렇게 힘들다니…….'

법문은 어쩔 수 없음을 느끼고 태극무경의 내용을 외워 나가기 시작했다. 그가 알고 있는 무공이라곤 몸을 상쾌하게 해주는 토납법(吐納法)과 호신으로 배운 육합권(六合拳)이 전부였다. 해서 그는 태극무경의 심오한 무학을 깨닫지는 못하였다. 다만 총명한 두뇌로 그것들을 모조리 다 외워 버렸을 뿐이었다. 반 시진 정도 노력을 하자 법문은 태극무경의 내용들을 모두 다 외울 수 있었다.

"아미타불, 소승은 다 외운 것 같습니다."

"크르르……."

비천오공은 법문에게 그것을 낭독해 보도록 했다. 그에 법문은 천천히 태극무경의 내용들을 낭독해 나갔다. 비천오공은 법문이 한 자도 틀리지 않고 완벽하게 낭독을 끝내자 매우 흡족해하며 어서 태극자의 유체를 옮기게 했다. 법문은 한숨을 내쉬며 태극자의 유체를 들어 올렸다.

툭! 까강!

그러자 태극자의 허리춤에서 뭔가가 떨어져 내렸다.

"크르르……."

"아미타불, 알겠습니다. 알겠습니다."

법문은 비천오공의 성화에 서둘러 땅에 떨어진 한 자루의 검을 잡았다. 그러자 비천오공은 법문에게 등에 타라고 했다. 법문이 자신의 등에 타자 비천오공은 천천히 동굴 밖으로 걸음을 옮겼다.

"아미타불, 할머님, 이곳이 좋겠습니까?"

"…크르르……."

법문이 자신의 등에서 내려 어느 한곳을 지정하자 그녀는 고개를 끄덕였다. 저곳이라면 밝은 햇살이 늘 비춰줄 테니 그녀의 친구가 묻히기에는 적당한 장소였다. 법문은 태극자의 유체를 바닥에 내려놓고는 자신의 회색 가사를 벗었다. 그리고는 그것을 땅에 넓게 펼쳐서 깔고는 그 위에 태극자의 유체를 올려놓았다.

'잠시만 기다리세요, 곧 편안하게 해드리겠습니다.'

법문은 태극자에게 마음속으로 속삭이며 손에 들린 동굴 안에서 가지고 나온 검으로 땅을 파기 시작했다. 시간이 흐를수록 법문의 얼굴에는 땀방울이 하나둘씩 맺혀져 갔고 땅은 점점 더 파여져 갔다. 이윽고 사람 하나가 완전히 들어갈 수 있을 정도로 땅이 파졌을 때, 법문은 땅파기를 멈추고 태극자의 유체를 자신의 회색 가사로 둘둘 말았다.

고개를 돌려 뒤를 보니 지네 할머니의 눈에는 물방울이 고여 있었다. 8백 년 동안 함께 있었던 친구가 드디어 떠나게 되니 그녀로서는 감회가 새로울 것이었다. 법문은 그녀에게 한 번 고개를 숙여 보이고는 태극자의 유체를 자신이 판 구덩이 안에 뉘었다. 그리고는 땅을 파는 데 사용했던 검과 태극무경이란 책을 그 유체 위에 올려놓으려고 했다. 고인의 것이니 같이 땅에 묻으려는 마음에서였다.

"크르르르……."

그때, 비천오공이 그것을 만류하고 나섰다. 그리고는 말릴 새도 없이 태극무경을 잡아 갈가리 찢어버렸다.

"아미타불, 할머님, 그게 무슨……."

"크르르……."

"아미타불, 알겠습니다. 그게 고인의 뜻이라면 그렇게 해야지요."

책의 내용을 네가 다 외우고 있으니 책은 필요가 없다는 말과 그게 태극자의 뜻이라는 말에 법문은 아무 말도 할 수가 없었다. 법문은 그럼 검만이라도 같이 묻으려고 고인의 유체 위에 검을 올려놓으려고 했다.

"크르르르……."

그때, 비천오공이 다시 그를 만류하고 나섰다.

"아미타불, 이 검은 소승이 가져 봤자 아무런 쓸모가……."

"크아아!"

"아, 알겠습니다. 그것도 고인의 뜻이라니 그렇게 하겠습니다. 아미타불."

어쩔 수 없이 법문은 검을 자신의 허리에 찼다. 우선은 저 지네 할머니가 시키는 대로 하는 것이 좋을 듯싶었다. 저 지네 할머니가 떠나고 난 뒤 이 검을 고인과 함께 묻으면 그만이니까 말이다. 법문은 내심 생각을 굳히며 구덩이에 천천히 흙을 밀어 넣었다.

조금씩 태극자의 유체는 흙 속에 묻혀져 갔고, 얼마 지나자 그가 묻혀 있는 자리엔 조그만 봉분이 생겨났다. 법문은 봉분을 다 만들고 난 뒤, 숲 속에 들어가 길이 한 자 정도에 자신의 허벅지 굵기 만한 나무 몽둥이를 하나 가지고 돌아왔다. 그리고는 허리에 찬 검을 뽑아 그것을 정성스럽게 다듬기 시작했다. 그러자 곧 소박하나마 그런대로 봐줄 만한 위패가 완성되었다. 법문은 만들어진 위패 위에 검으로 정성스럽게 글을 적어 넣었다.

〈전대(前代) 고인(高人) 태극자(太極子) 지묘(之墓)〉
—그의 친우(親友) 오공(蜈蚣)과 연(緣)이 닿은 자 법문(法問)—

법문은 글을 써놓고 나서 비천오공에게 글을 보여주었다. 이대로 써도 되겠냐는 뜻이었다. 비천오공은 고개를 끄덕이는 것으로 대답을 대신했다. 법문은 위패를 태극자의 무덤 앞에 꽂으며 조용히 합장을 했다. 그리고는 그 자리에 무릎 꿇고 앉았다. 이제 태극자의 혼을 극락세계로 보내기 위한 경문(經文)을 읊을 차례인 것이다.

조용히 법문의 입이 열렸다. 그리고 그의 입에서 맑고 경건한 음성의 경문이 쏟아져 나왔다. 법문이 경문을 읊는 동안 비천오공은 태극자가 묻힌 무덤을 바라보며 자신의 유일한 친구를 마음속에서 보내고 있었다.

이윽고 경문이 끝났다. 법문은 그 자리에서 조용히 일어났다. 심력을 쏟은 탓인지 그의 얼굴은 약간 핼쑥해져 있었다.

"아미타불, 태극자 어르신께서는 극락세계로 떠나셨습니다."

법문은 비천오공에게 합장을 해 보이며 입을 열었다. 그러자 비천오공은 법문에게 감사의 뜻을 전했다. 그리고는 두 쌍의 거대한 날개를

활짝 폈다. 친구가 떠났으니 이제 그녀는 홀가분한 마음으로 북해로
떠나 승천을 위한 고행에 전념할 수 있을 것이었다.

"…크르르르……."

"아미타불, 불제자로서 당연한 일을 하였을 뿐입니다. 너무 마음에
두지 마세요. 그보다 부디 뜻을 이루어 승천의 길에 오르시기를 빌겠
습니다. 아미타불."

비천오공은 마지막으로 태극자의 무덤을 한 번 쳐다보더니 그 큰 날
개를 움직여 허공에 떠올랐다. 그리고는 천천히 북쪽을 향해 날아가기
시작했다. 날아가는 비천오공은 마지막으로 법문의 모습을 한 번 머리
속에 새기려는 듯이 바라보았다.

'그는 자신의 무학이 사라지길 원했겠지만 이제 그의 무학은 저 아
이에게 전달되었다. 그가 이 사실을 안다면 날 책망하겠지만, 이게 내
가 그에게 해줄 수 있는 마지막 선물이기에 어쩔 수가 없었다. 저 아이
를 속인 것으로 인해 나의 승천은 늦어질 것이나 그에게 마지막 보답
을 했으니 후회는 없다.'

오공은 법문에게 태극자가 시킨 것이라며 공청석유를 먹였고 태극
무경을 외우게 했으며 다시 태극무경을 찢어버렸다. 하지만… 태극자
는 그걸 원치 않았다. 그도 처음엔 자신의 무학을 후대에 전하기 위해
태극무경을 만들었지만, 생이 끝나려 할 때 한 가지 무서운 사실을 깨
달았고, 그 때문에 급히 책의 마지막 장에 기록을 남겼다.

하지만 그 글이 아무런 소용이 없음을 깨닫고(이미 태극무경상의 무학
들을 접한 이에게 그걸 잊으라고 말해 봤자 아무도 따르지 않을 것이니까), 그
는 오공에게 마지막 부탁을 했다. 그 책을 찢어버리라고. 아무도 그 책
을 볼 수 없게 하라고. 하지만 오공은 그의 무학을 후대에 전하기 위해

그와의 약속을 지키지 않았다. 그리고… 태극자와 '닮은' 인간에게 그걸 전해주었다. 어쨌든 자신이 할 일은 다 했다고 생각한 오공은 앞으로 수행에만 전념할 것을 다짐하며 차디찬 북해의 땅으로 날아갔다.

"아빠, 저걸 그냥 두고만 보실 거예요?"

예설은 저 비천오공이 날개를 활짝 펴고 하늘로 날아오르고 있는데도 아버지가 아무런 행동을 취하지 않자 발을 동동 구르며 아버지에게 원망의 눈빛을 보냈다. 자신의 공력을 늘려줄 내단이 떠나가고 있으니 그녀로서는 애가 탈 만도 했다.

"기다려 보거라. 우리는 저 지네의 내단과는 비교도 안 되는 보물을 손에 넣을 수 있을 것이다."

"예? 그게 무슨 말이에요? 지네의 내단보다 더 큰 보물이라니?"

예설의 물음에 사군악은 나뭇가지에 숨어 있던 몸을 일으켰다. 지네는 이미 멀리 날아가 버린 뒤였지만 그에겐 그보다 더 중요한 일이 있었다.

그는 예설을 겨드랑이에 껴안고서 재빨리 나무 위에서 뛰어내렸다. 그리고는 법문이 있는 공터 쪽으로 경공을 써서 달려갔다. 그의 경공 실력은 수준급이었기에 곧 법문의 앞에 당도할 수 있었다.

흠칫!

법문은 갑자기 자신의 앞에 나타난 일남 일녀를 보고는 깜짝 놀랐다. 하지만 곧 평정을 차리며 그들에게 합장을 해 보였다.

"아미타불, 두 분께서는 소승에게 볼일이 있으신지요?"

"흥!"

그때, 예설의 입에서 뜻 모를 코웃음이 터져 나왔다. 그런 그녀의 얼굴은 잘 익은 홍시처럼 붉게 물들어 있었다.

'무, 무슨 남자가 저렇게 예쁘게 생겼어?'

예설은 가까이 본 법문의 얼굴에 그만 자기도 모르게 코웃음을 친 것이었다. 출가한 중의 얼굴을 보고서 그런 반응을 보였으니 그녀의 얼굴은 더 붉어질 수밖에 없었다. 사군악은 그런 자신의 딸의 마음을 아는지 모르는지 예설을 한 번 쳐다보고는 법문의 말에 대답을 했다.

"하하하, 우연히 이곳을 지나치다가 자네가 비천오공과 대화를 하는 걸 보았네. 내 그걸 보고 어찌 그냥 지나칠 수 있었겠나?"

"아미타불, 그러셨군요."

하긴 놀랄 만도 했다. 사람이 지네와 대화를 하다니 말이다.

"어떻게 그럴 수 있는지 물어봐도 되겠나?"

사군악의 말에 법문은 한 번 싱긋 웃어 보이며 입을 열었다.

"아미타불, 소승은 어찌 된 일인지 모르지만 어릴 때부터 동물들과 대화를 할 수 있었답니다."

'흥! 우, 웃는 모습은 또 왜 저렇게 멋있는 거야?!'

예설은 법문의 웃는 모습을 보고는 마음이 크게 떨리는 것을 느꼈다. 그녀는 속마음을 들키기 싫어 재빨리 사군악의 뒤로 숨었다. 출가한 스님에게 이런 감정을 느끼다니… 참으로 부끄러운 일이었다.

"아미타불, 여 시주께서는 왜 저를 피하시는지요?"

법문은 갑자기 사군악의 뒤로 숨어버린 예설의 행동을 이해할 수 없어 그렇게 물었다. 그에 사군악은 호탕하게 웃으며 말했다.

"하하하, 내 딸아이가 자네한테 반했나 보네."

"…아미타불, 아미타불. 어, 어찌하여 그, 그런… 추, 출가인에게 그런 말씀을 하십니까?"

사군악의 말에 법문의 얼굴은 아주 새빨갛게 변해 버렸다. 이번에 자신이 대광사에 방장 스님의 서찰을 전하는 일을 맡게 된 것도 다 자신의 얼굴 때문임을 법문은 잘 알고 있었다. 하루가 멀다 하고 소림사에 부모님의 손을 잡아끌고 참배하러 오는 수많은 소녀들… 그 소녀들이 참배를 핑계 삼아 법문을 보러 오는 것임을 소림사에 있는 스님이라면 누구나 알고 있는 사실이었다.

그 소녀들 때문에 사내는 언제나 시끄러웠다. 방장 스님께서 무슨 방법을 강구해야겠다 하시더니 생각해 내신 게 바로 법문을 한동안 소림사에서 떠나 있게 하는 것이었다. 그럼 소녀들의 발길이 끊어질 것이고, 소림사는 다시 평온함을 찾을 수 있게 될 것이니까 말이다. 그래서 법문은 억지로 소림사를 떠났던 것인데…….

법문은 내심 한숨을 내쉬었다. 출가인에게 얼굴이 뭐가 그리 중요하단 말인가? 자신은 평생 절에 틀어박혀 수도만 할 것인데 말이다.

"하하하, 농이었다네. 하하하."

"아미타불, 행여나 그런 농은 하지 말아주십시오. 소승은 감당하기 어렵습니다. 아미타불."

법문은 크게 불호를 외쳤다. 그때, 예설이 사군악의 등 뒤에서 빼꼼이 얼굴을 내밀더니 무엇을 봤는지 사군악의 허리를 툭툭 찔렀다. 사군악이 예설을 바라보자 예설은 그에게 눈짓으로 법문이 허리에 차고 있는 검을 가리켰다.

'아니! 저, 저것은!'

사군악은 법문의 허리에 채워져 있는 검을 보는 순간 경악을 금치 못했다. 그 검은 자신이 풍문으로만 들었던 8백 년 전의 천하제일인, 태극자의 독문 병기인 송문고검과 흡사한 모습을 가지고 있었던 것이다.

"자, 자네… 허리에 찬 검을 내 잠시 구경해도 괜찮겠는가?"

사군악의 목소리는 떨리고 있었다. 그는 법문이 비천오공과 함께 동굴 안에 들어갈 때는 검을 차고 있지 않았음을 기억해 냈다. 동굴에 들어가기 전에는 빈손이었는데 동굴 밖에 나왔을 때는 검을 차고 있다. 그런데 그 검이 태극자의 독문 병기가 확실하다면? 저 동굴 안에는……?

사군악은 만약 법문이 검을 내주지 않는다면 그를 제압해서라도 검을 뺏어야겠다고 다짐했다. 그리고 저 안에서 무슨 일이 있었는지, 그리고 좀 전에 비천오공이 갈가리 찢어버린 책은 무엇이었는지 확실히 알아내야겠다고 생각했다.

그도 저 동굴 안에 은거한 고인이 잠들어 있을 거라고 추측은 했었다. 그래서 비천오공과 싸우는 모험을 택하지 않고, 그녀가 사라지길 기다렸다가 동굴 안에 들어가 그 안에 들어 있는 것들을 가로챌 생각을 했던 것이다. 한데 저 동굴 안에 있는 게 8백 년 전의 천하제일인이었던 태극자의 유품이라면…….

법문은 잠시 망설였지만 사군악의 얼굴에서 악한 감정은 찾아볼 수 없었다. 아니, 정확히 말하자면 그것을 보지는 못하였다. 해서 법문은 스스럼없이 허리에 차고 있던 검을 검집째로 뽑아 사군악에게 건네주었다.

"아미타불, 마음껏 보시기 바랍니다."

사군악은 떨리는 손으로 검을 법문에게서 받아 들었다. 그리고는 검집을 한동안 훑어보더니 천천히 검을 검집에서 뽑아내었다.

스르릉.

검은 천천히 뽑혀졌고, 그러면서 검신에 새겨져 있는 글자가 한 자 한 자 보이기 시작했다. 마침내 검이 다 뽑혀졌을 때, 사군악은 검신에 새겨져 있는 두 글자를 볼 수 있었다.

〈송문(松紋)〉

"이, 이럴 수가!"

사군악은 절로 감탄을 터뜨렸다. 이 검이야말로 태극자의 독문병기인 송문고검이었던 것이다.

"아빠, 왜 그러세요?"

예설은 아버지가 이렇게 놀라는 것을 처음 보았다. 해서 사군악을 보며 물은 것이다. 그때, 법문의 말이 들려왔다.

"아미타불, 소승이 한 가지 여쭈어도 되겠습니까?"

"흥. 누가 중 아니랄까 봐 말마다 아미타불, 아미타불, 정말 답답해서 못 봐주겠네. 뭐가 궁금해요?"

예설은 법문의 말에 코웃음을 치며 그에게 물어보라고 했다. 법문은 예설의 말에 얼굴을 붉히며 천천히 입을 열었다.

"아미타불, 여시주의 아버님께서는 무림에 몸담고 계신 분이십니까?"

"아미타불, 에에~ 그렇습니다. 아미타불."

예설은 법문의 말투를 흉내 내며 말했다.

"험험… 그, 그러시면……."

법문이 얼굴을 붉히며 막 뭐라고 하려 할 때, 사군악의 입이 열렸다.

"자네는 이것을 어디서 얻었는가?"

"아미타불, 소승은 방금 전 저 동굴에서 그것을 발견했습니다. 그보다… 그 검이 마음에 드시는지요?"

"하하하, 마, 마음에 들다 뿐인가? 이 검이 자네는 어떤 것인지 모른단 말인가?"

"아미타불, 출가인이 세속의 물건을 알면 얼마나 알겠습니까? 다만 저기 잠들어 계신 고인의 유품이란 것 정도지요."

"그렇다면 정녕……."

사군악은 이 기연에 놀라 말을 다 이을 수가 없었다.

"아빠, 도대체 무슨 일인데 그래요?"

사군악의 행동에 예설은 너무도 의문을 느꼈다. 사군악은 그런 예설을 바라보며 입을 열었다.

"설아야, 태극자란 분을 알고 있느냐?"

"알다 뿐인가요? 그분으로 말하자면 8백 년 전, 환사문이 무림을 혼란스럽게 할 때 홀연히 나타나 정과 마의 대립을 종식시키고 환사문을 멸망시키는 데 앞장선 그 시대의 천하제일인이시잖아요. 그런데 왜 갑자기… 설마 그 검이……?"

"그렇단다. 이 검이 바로 당시 태극자 선배가 무림을 활보할 때 썼다던 송문고검이란다."

"그, 그렇다면 저 무덤이?!"

"필시 그분의 무덤이겠지. 이곳에 살던 자네는 그분을 지키고 있었던 것이고. 내 말이 맞는가, 소년 스님?"

"아미타불, 그렇습니다. 저기 잠들어 계신 분은 태극자란 분이 맞습니다. 그보다 제가 한 가지 부탁을 드려도 되겠습니까?"

"말해 보게나."

"아미타불, 다름이 아니라……."

"그 아미타불이란 말 좀 빼고 말해요. 짜증나 죽겠어, 아주. 흥."

예설이 법문의 말에 토를 달고 나섰다. 그런 예설을 사군악은 만류하며 법문에게 하던 말이나 계속해 보라고 눈짓했다.

"아미타… 불… 다름이 아니라 소승에게 그 검은 불필요한 듯합니다. 해서 고인의 무덤에 같이 묻을까 했는데 어르신을 보고는 그만 다른 생각이 들었습니다. 태극자란 분께서도 자신의 무기가 이대로 땅에 묻히는 것은 그다지 달갑지 않은 일일 것입니다. 그러니… 어르신만 괜찮으시다면 그 검을 맡아주시는 게 어떨는지요?"

예설의 눈치에 말을 주저하는가 싶더니 터져 나온 말. 사군악은 법문의 의외의 말에 놀람을 금치 못했다. 안 되면 무력으로라도 뺏으려고 했는데 자발적으로 주겠다니 말이다.

"저, 정말 그 검을 그냥 주겠다는 말이에요?"

놀란 것은 예설도 마찬가지였다. 8백 년 전 천하제일인의 독문 병기를 아무런 거리낌 없이 그냥 가지라고 하다니 말이다.

"아미타불, 그 검을 맡아주시겠습니까?"

"험험, 자네는 이 검이 탐나지 않은가?"

"아미타불, 출가인이 세속의 물건을 어찌 탐하겠습니까? 이것도 연(緣)인 듯싶습니다. 게다가 제가 보기에 어르신께서는 사악한 분 같지는 않아 보입니다. 제게 있어봤자 백해무익한 물건이니 어르신만 괜찮으시다면 그것을 가지시지요."

"자네는 사람을 너무 쉽게 믿는군. 내가 악한 사람이 아님을 어떻게 안단 말인가? 만약 내가 이 검을 가지고 세상을 피로 물들인다면 어떻게 할 텐가?"

"아미타불, 그것도 운명이라면 어쩔 수 없는 일이지요. 하지만 저는 어르신의 성품이 그런 일을 저지를 정도로 사악하다고는 생각하지 않습니다."

"…험험, 그럼 내 염치 불구하고 자네의 청을 듣겠네. 그보다 이 검 외에 다른 것은 없는가? 혹……."

"무공비급이라던가 영약이라던가 말이에요."

사군악의 말을 끊으며 예설이 재빨리 입을 열었다. 검도 검이지만 더 중요한 것은 따로 있었다. 바로 태극자의 무공이 담겨져 있는 무공비급. 그것만 얻는다면 가히 천하를 얻는 것과 진배없을 것이었다. 예설의 말에 법문은 씁쓸한 웃음을 지으며 말했다.

"아미타불, 그 검 외에도 고인이 남기신 태극무경이란 무공비급과 공청석유 한 병이 있었습니다. 하나……."

"공청석유! 방금 공청석유라고 했어요? 그것도 한 병?"

예설은 어찌나 놀랐던지 법문에게 뛰어가 그의 팔을 잡으며 크게 소리쳤다.

"아, 아미타불, 여…시주께서는… 소승의… 팔을……."

법문이 얼굴을 붉히며 띄엄띄엄 말하자 예설은 그제야 자신의 실수를 깨닫고는 황급히 법문의 팔을 잡고 있던 그녀의 손을 떼어내곤 얼굴을 붉히며 재빨리 사군악의 등 뒤로 가서 숨었다.

"그… 공청석유와 무공비급은 지금 어디 있는가?"

사군악은 마음을 진정시키며 법문을 다그쳤다.

"아미타불, 그 공청석유는 소승이 실수하여 다 마셔 버렸습니다. 그리고 무공비급은 자네 할머니께서 찢어버리셨습니다."

"하, 한 병을 다 마셨다구요? 그 공청석유를 말이에요? 그게 무슨 차인 줄 알아요! 한 방울도 구하기 어렵다는 공청석유 한 병을 다 마셨단 말이에요?!"

법문의 말에 놀란 예설은 재빨리 법문에게 달려가 다시 법문의 팔을 거세게 잡으며 소리쳤다. 그녀가 그러는 것도 무리는 아니었다. 공청석유는 그야말로 무가지보(無價之寶)나 다름이 없었다. 한 방울만 먹어도 내공이 10년 정도 상승하는 절세의 영약이 공청석유였는데 그런 것을 한 병씩이나 마셔 버렸다니 말이다.

"으윽! 여, 여시주께서는 소승의 팔을……."

법문의 입에서 고통스런 신음이 터져 나왔다. 예설은 어릴 때부터 사군악에게 직접 무공을 배웠다. 덕분에 그녀의 나이는 불과 열한 살밖에 되지 않았지만, 웬만한 삼류 무사들보다도 더 강한 무공을 소유하고 있었다. 그런 그녀에게 무공이라고는 간단한 토납법과 육합권밖에 모르는 법문이 잡혔으니 그의 고통은 실로 대단했다. 법문의 신음에 예설은 자신의 행동을 깨닫고는 황급히 잡았던 팔을 놓았다.

"험험, 그게 사실인가?"

사군악 역시 놀란 것은 마찬가지였다. 하지만 억지로 마음을 가다듬으며 법문에게 그가 한 말이 사실인지를 물었다.

"아미타불, 그렇습니다."

법문의 말이 끝나자 사군악은 황급히 경공을 전개해 동굴 안으로 뛰어들었다. 그리고는 잠시 뒤 허탈한 표정으로 동굴 안을 나왔다. 동굴 안에는 빈 옥병 하나만 있을 뿐이었다. 그 옥병 안에는 공청석유가 가득 들어 있었을 테고, 그것은 지금 법문의 뱃속에 다 들어가 있을 것이었다.

"그럼 좀 전에 지네가 찢어버린 게 정말 태극무경이었단 말인가?"

　허탈한 목소리로 묻는 사군악을 법문은 이해할 수가 없었다. 이 일에 왜 그렇게 열을 내는지 무공에 대해 깜깜한 그로서는 이해할 수 없을 것이었다.

“아미타불, 그렇습니다. 한데…….”

“당신… 아니, 스… 스님은 그걸, 지네가 태극무경을 찢는 걸 그냥 구경만 했단 말이에요?”

“아미타불, 소승은 무슨 말인지…….”

“이, 이 무식한! 그게 어떤 가치를 지니고 있는지 알기나 해요? 8백 년 전의 천하제일인이었던 태극자 어르신의 무공비급이란 말이에요. 그것만 익히면 당장에 일류고수의 반열에 들 수 있을 거란 말이에요. 그런데 그걸, 그 귀한 걸 그냥 찢는 걸 구경만 했단…….”

“그만 하거라, 설아. 세속의 일에 관심이 없는 스님이 무얼 알겠느냐?”

　예설이 난처한 표정을 짓는 법문을 계속 다그치자 사군악이 그녀를 제지하고 나섰다. 그도 허탈하긴 마찬가지였지만 이미 지나간 일이었다. 지금 그의 머리 속엔 다른 생각이 하나 자리 잡고 있었다. 태극무경은 사라졌지만 공청석유는 지금 법문의 몸속에 잠들어 있었다. 만약 법문이 내공을 연마하고 무공을 쌓는다면 지금부터 한 1~20년 뒤에는 그를 대적할 사람이 없을 것이었다. 자질이 조금 뒤떨어진다 하더라도 공청석유의 무한한 힘을 바탕으로 노력한다면 불가능한 일만은 아닐 것이다. 문제는 법문이 출가한 스님이란 것인데, 그것도 잘 생각해 보면 그다지 큰 문제는 아니었다. 법문의 이마엔 아직 계인이 찍혀지지 않은 상태였다. 그 말은 아직 정식으로 출가한 것이 아닌 사미승이라는 것, 그렇다면 환속을 한다고 해도 그다지 별문제는 없을 것이었

다. 게다가 예설을 보니 그녀도 법문에게 관심을 가지고 있는 것 같았
다. 만약 지금 그가 법문을 데려다가 자신의 제자로 삼는다면, 그리고
부지런히 자신의 무공을 전수해 준다면 8년 앞으로 다가온 비무대회에
금붕문의 세를 만천하에 떨칠 수 있게 될 것이었다. 그리고 예설과 법
문을 짝 지어준다면, 그래서 자신의 후계자로 법문을 지정한다면 다음
대의 마도는 금붕문이 주도할 수 있을지도 몰랐다. 그만큼 공청석유의
효능은 무한한 것이니까 말이다.

정파인이라면 상상도 못할 생각이었지만 불행히도 사군악은 골수까
지 마도인이었다. 그런 그에게 사미승 하나 환속시켜 제자로 받아들이
는 것은 일도 아니었다. 문제는 법문의 결정일 뿐.

"흐음, 소형제, 잠시 나와 이야기할 수 있겠는가?"

"…아미타불, 소승은 갈 길이 급한지라……."

"허허허, 나에게 이 귀한 보검을 준 것에 대해 자네에게 감사의 뜻을
표하고 싶은데 괜찮겠나?"

"아빠, 그게 무슨 말씀이세요? 이런 땡중이랑 더 이상 무슨 할 얘기
가 있다고 그래요."

예설은 아직도 씩씩대고 있는 상태였다. 잘만 하면 자기 것이 되었
을지도 모르는 공청석유를 빼앗긴(?) 데다가, 자기가 익히게 되었을지
도 모를 태극무경을 날려 버렸으니 그녀로서는 당연한 일이었다.

"아, 아미타불, 아미타불, 여시주의 고운 입에서 그런 상스러운 말이
나오다니… 아미타불."

법문은 예설이 자신을 보고 땡중이라고 하자 급히 불호를 외우며 예
설을 꾸짖었다. 하지만 예설은 그런 법문에게 더 화가 나는지 더 크게
소리쳤다.

"흥, 땡중. 땡중. 땡중."

"아, 아미타불. 소승은 갈 길이 급하여 이만 작별을 고해야겠습니다."

법문은 예설의 놀림에 얼굴이 붉어지며 황급히 그 자리를 벗어나려고 했다. 하지만 그의 앞을 사군악이 막고 나섰다.

"하하하, 이대로 간다면 내가 섭섭하네. 우리 어디 가서 차나 한잔하는 게 어떻겠는가?"

"아미타불, 지금 절에서는 소승의 소식을 기다리고 있을 것입니다. 고마우신 말씀이지만……."

"그건 걱정 말게나. 내가 알아서 자네의 소식을 절에 전해주도록 하겠네. 그러니 아무 걱정 말고 나와 함께 가는 게 어떻겠는가?"

법문은 난처해졌다. 지금 즉시 소림으로 돌아가야 하지만 이대로 사군악의 청을 거절하기엔 그의 마음이 너무도 약했다. 그리고 잠시라면 괜찮을 것이었다. 다만 저 예쁘장하게 생긴 여시주가 부담스럽긴 했지만, 그녀가 소림사에 찾아오는 다른 여시주들처럼 자신의 얼굴을 만지거나 추태를 부리지는 않을 것 같다는 생각이 들었다. 그녀는 자신을 싫어하는 듯 보였으니까 말이다. 게다가 사군악의 얼굴엔 군자의 기도가 풍기고 있었기에 그와 잠시 이야기를 해보는 것도 자신의 수행에 도움이 될 것 같았다.

"아미타불, 그럼 잠시 시간을 내도록 하겠습니다."

"하하하, 그것 잘됐네. 그럼 우리 이 자리를 떠나도록 하세나."

곧 법문과 사군악 부녀는 그 자리를 벗어났다. 사군악은 동굴 안에서 있었던 자세한 이야기를 법문에게 물었고, 법문은 성심성의껏 자신이 겪었던 일들을 사군악에게 들려주었다. 한데, 법문과 사군악의 뒤

에서 걸으며 뾰로퉁한 표정을 짓고 있던 예설은 곧 무슨 생각이 들었
는지 싱글싱글 웃으며 사군악과 법문의 사이에 끼어들며 법문의 팔짱
을 꼈다. 법문은 그때 사군악에게 지네 때문에 억지로 태극무경을 외
우던 이야기를 하고 있던 중이었다.

"그게 정말이에요, 오빠? 정말 태극무경의 내용을 전부 다 외웠단
말이에요?"

느닷없이 팔짱을 낀 데다가 오빠라는 얼토당토않은 호칭에 법문은
말문이 막히고 말았다. 조금 전까지 자신을 잡아먹을 듯했으면서 갑자
기 이렇게 변한 예설을 법문은 이해할 수가 없었다.

"여, 여시주. 이, 이 무슨… 게다가… 오, 오빠라는……."

법문이 얼굴을 새빨갛게 붉히며 말을 심하게 버벅대는 것에도 아랑
곳하지 않고 예설은 더 나긋한 목소리로 입을 열었다.

"아이, 제 이름은 여시주가 아니라 예설이라구요, 사예설. 근데 오빠
이름은 뭐예요?"

"소, 소승의 법명은… 법문이라고……."

"아아, 법문. 알았어요. 법문, 그보다 태극무경을 외웠다니 그게 대
체 무슨 말이에요?"

"그, 그것보다는 우선은 이 팔을 좀 놓고……."

법문은 어색하게 웃으며 예설의 손을 뿌리쳤다. 그의 얼굴은 붉다
못해 새파랗게 변해 있었다.

'아미타불, 심마다. 심마가 나에게 온 것이다. 아미타불.'

법문은 속으로 계속 불호를 외웠다. 예설의 행동에서 잠시나마 불경
한 생각을 가졌던 것이다. 그는 속으로 부처님께 자신의 죄를 사죄하
고 머리 속에 떠올랐던 불경한 생각을 지우기 위해 의식적으로 예설의

시선을 회피하며 사군악을 바라보고는 동굴 안에서 억지로 태극무경을 외웠던 이야기를 들려주었다.

법문의 말에 사군악은 정말 날아갈 것만 같은 심정이었다. 이제 법문을 제자로 맞기만 하면 태극무경의 무학까지도 자신의 손에 들어올 수 있을 것이었다.

'흐흐흐, 두고 봐라. 8년 뒤 비무대회에서 본 문은 크게 이름을 떨치게 될 것이다.'

내심 흡족해지는 사군악이었다.

"오빠, 중 노릇 재밌어요?"

사군악이 자기만의 상상에 빠져들 때, 예설은 법문에게 접근하며 사근사근하게 말을 걸었다.

"험험, 여시주……."

"예설이라고 불러주세요, 오빠."

"…험험. 예, 예설 시주. 소승에게 그, 그런 칭호는 쓰… 지 마시고… 그냥 스님이라고 불러… 주시겠습니까?"

"흥흥, 싫어요. 스님보다는 오빠가 더 정감있잖아요. 그보다 오빠는 언제 머리를 깎았어요?"

'휴우… 정말, 이 일을 어찌하면 좋은가?'

갈수록 기가 막혀오는 법문이었다. 하나 곧 그는 체념해 버리고는 예설의 말에 대답을 해주었다.

"아미타불, 스승님의 말씀으로는 소승은 갓난아이일 때, 사찰 앞에 버려져 있었다고 하더군요. 그런 저를 스승님께서 키워주셨지요. 자연히 저는 머리를 깎고 불가에 귀의하게 되었답니다."

"스승님? 그럼… 오빠에게 사문이 있어요?"

“아미타불, 혹 들어보셨을지도 모르겠습니다. 제법 큰 사찰이거든
요. 소림사라고…….”

“소소소소… 소림사!”

법문의 말에 크게 경악한 예설은 황급히 법문에게서 멀어지며 사군
악에게 달려가 그의 옷자락을 잡았다.

“아미타불, 왜 그러시는지요? 혹 제가 실수한 것이라도…….”

“자네, 정말 소림사 출신인가?”

사군악의 목소리는 가늘게 떨리고 있었다. 법문에게 사문이 있더라
도 괜찮다고 생각했었다. 그깟 것쯤이야 아무런 문제도 되지 않았으니
까. 안 되면 무력으로라도 뺏어오면 그만이니까 말이다. 아무리 사문
이 한 번 정해지면 바꿀 수 없다고는 하지만 그것은 어디까지나 정파
인들의 고리타분한 생각일 뿐이었다. 자신에게 그런 것쯤은 아무런 문
제도 되지 않는 것이었다.

하지만 소림사라면 얘기가 달라진다. 정파의 태두, 구대문파의 수
장. 수많은 고수들을 보유하고 있는 소림사라면 자신의 꿈은 물거품이
되고 마는 것이다.

“아미타불, 왜 그러십니까? 뭐가 잘못되기라도…….”

의아해하는 법문을 보며 사군악은 생각에 잠겼다. 이대로 자신의 계
획을 진행시킬 것인가? 아니면 이대로 그냥 돌려보내야 하는가? 법문
하나를 차지하기 위해 소림과 등을 돌리는 모험을 해도 되는가? 아니
면…….

그의 머리 속은 바쁘게 돌아갔다. 그때, 예설 역시 크게 동요하고 있
었다. 아니, 정확히 말하자면 왠지 모를 배신감이 들었다.

“이, 이! 나를 속이다니!”

예설은 앙칼지게 소리치며 법문에게 달려들었다.

"시, 시주. 무슨… 으악!"

펑!

예설의 일장은 정확히 법문의 가슴에 격중되었다. 법문은 예설에게 일장을 얻어맞고는 저 멀리 나가떨어졌다.

"설아, 이게 무슨 짓이냐!"

갑자기 벌어진 일에 사군악은 예설을 꾸중하며 법문이 쓰러진 곳으로 달려갔다.

"으윽! 이, 이게 대체 무슨……."

법문은 신음성을 흘리며 억지로 몸을 일으켰다. 예설이 사군악에게서 무공을 배워 손속이 날카롭다고는 하나 아직 어린 소녀에 불과해 내공이 미약했다. 그래서 다행히 법문은 크게 다치지는 않았다.

"흥, 나를 속이다니."

"무, 무슨 말입니까? 소승이 뭘 속였다고……."

"그, 그, 그냥… 아무튼 날 속였어."

예설은 억지를 부렸다. 막상 속았다는 생각은 들었는데 정확히 뭘 속았는지는 생각이 안 났던 것이다.

"자네는 소림사 출신이라며 무공도 모른단 말인가?"

사군악의 물음은 당연했다. 소림사의 승들은 모두 고강한 무공을 지니고 있다고 전해져 왔는데 지금 법문의 행동은 무공을 익힌 사람 같지는 않았던 것이다.

"무공을 익히는 것은 외당의 스님들뿐입니다. 그분들도 소림을 악한으로부터 지키기 위해 무공을 익힐 뿐입니다. 소승은 내당에 있으니 무공은 모를 수밖에 없지요. 한데 갑자기 무슨 짓입니까? 소승은 두 분이 좋은 분들인 줄만 알았는데 난데없이 소승을 공격하다니 말입니다."

"…하하, 미안하네. 내 딸이 잠시 오해를 했던 것 같네. 설아야, 어서 사과하지 않고 뭘 하느냐?"

"하지만……."

"소림의 내당은 세속의 일엔 관여하지 않으며 순전히 불경만을 벗하고 살아가는, 무공이라고는 일초반식도 모르는 그런 분들만 있다는 걸 잘 알지 않느냐? 네가 오해를 한 것 같구나."

그랬다. 소림사는 크게 내당과 외당으로 나누어지는데 외당은 무림인들이 알고 있는 무학의 총본산으로서의 소림사였고, 내당은 세속의 일에 관여하지 않으며 오로지 불경만 연구하는 순수한 스님들로만 구성되어 있는 민간인들의 정신적 지주로서의 소림사였다. 법문은 그중 내당의 스님 중 한 분인 무진(無眞)의 제자였다. 그러니 소림사가 무림에서 차지하는 비중을 몰랐고, 정파와 마도의 대립 또한 모르고 있었다.

"미안해요, 오빠. 저는 그냥……."

예설은 기어 들어가는 목소리로 법문을 바라보며 사과를 표했다.

"아미타불, 괜찮습니다. 오해를 했다니 어쩔 수 없지요."

법문은 개의치 않는다는 표정을 지으며 자리에서 일어났다. 그때였다.

"하하하, 언제부터 금붕신군이 일개 사미승 하나를 핍박하는 한낱 마두로 전락하고 말았단 말인가?"

어디선가 낭랑한 말소리가 들리더니 그와 동시에 수풀 속에서 다섯 인영이 모습을 드러내었다. 매화(梅花)가 수놓인 백의를 입고 있는 사

람들. 그들의 허리에 검이 차여져 있는 것으로 보아 그들은 무림에 몸
담고 있는 사람들임이 분명했고, 그중에서도 매화 문양의 옷을 입고 다
니는 사람들이라면 오직 구대문파 중 하나인 화산파밖엔 없었다. 그리
고 그들의 신분도 어렵지 않게 추측할 수 있었다. 화산파 사람들 중 감
히 마도의 칠패천 중 하나인 금붕문의 문주 사군악에게 하대를 하며
큰소리칠 수 있는 자들은 오직 화산파의 장문인과 네 명의 장로들로
구성된 화산오검(華山五劍)밖엔 없었으니까.

'제기랄! 하필 이때 저놈들과 마주치다니.'

사군악은 내심 욕을 퍼부었다. 한 명 한 명이라면 자신의 적수가 되
지는 않는다. 장문인인 저 화중문(禾中門)조차도 천 초 안에 꺾을 자신
이 있었다. 하지만 화산오검 전체라면 자신 혼자의 힘으로는 역부족이
었다. 화산오검의 합벽술은 그만큼 무서운 것이었으니까.

"소년 스님, 어디 다친 데는 없는가?"

화산오검의 첫째이며 화산파의 장문인이기도 한 매화검(梅花劍) 화
중문은 법문을 응시하며 물었다.

"아미타불, 소승은 괜찮습니다."

법문은 그에게 합장을 해 보이며 자신은 괜찮음을 알렸다.

"사군악, 부끄럽지도 않소? 당당한 금붕문의 문주인 당신이 힘없는
스님을 핍박하다니 말이오."

화중문은 법문이 무사함을 보고는 이번에는 사군악을 바라보며 크
게 꾸짖었다.

"홍, 역시 제멋대로 생각하는 건 알아줘야 한다니까."

화중문의 말에 입을 연 것은 예설이었다. 전후 사정도 모르는 주제
에 그냥 그녀의 아버지가 마도에 몸담고 있다는 이유만으로 멋대로 추

측을 해버리는 화중문이 그녀는 못마땅했다. 예설의 말에 화중문은 얼굴을 굳히며 예설을 노려보았다.

"어린 소저는 누구인가? 사군악과는 무슨 관계인가?"

"흥, 이 몸으로 말할 것 같으면 위대하신 금붕신군 사군악 나리의 무남독녀 외동딸인 사예설이라고 한답니다."

"어린것이 벌써부터 저렇게 요기를 내뿜다니. 장차 크면 무서운 요녀가 되겠구나."

"뭐, 뭐라고! 이 영감탱이가 누구보고 요녀라고 하는 거야!"

화중문의 뒤에 있던 화산오검의 셋째인 낙화검(落花劍) 마진우(麻眞優)의 말에 예설은 그에게 삿대질을 하며 크게 소리쳤다.

"저런……!"

막 마진우가 뭐라고 하려 할 때, 화중문이 그를 제지하며 사군악을 바라보았다.

"사 문주, 우리는 사 문주와 싸울 마음이 없소이다. 그러니 어서 그 스님을 우리에게 보내주시오."

"내가 싫다면 어쩔 텐가?"

"그럼 무력을 사용해서라도 그 스님을 구해야겠지."

화중문이 말을 끝냄과 동시에 화산오검은 일제히 검을 뽑아 들었다. 그들이 검을 뽑자 사군악도 노기가 치미는지 내공을 끌어올렸다. 그러자 화산오검과 사군악 사이에 알 수 없는 기류가 흐르기 시작했다. 모두들 내공을 끌어올리며 몸을 긴장시켜 전투를 준비하고 있는 것이었다. 그때, 법문의 당황한 음성이 터져 나왔다.

"아미타불, 뭔가 오해가 있는 듯하군요. 모두들 진정하시기 바랍니다. 소승은 이게 어찌 된 영문인지 모르겠습니다."

"소년 스님, 걱정 말게나. 우리들이 본 이상 반드시 자네를 구해줄 것이네."

화중문의 진지한 말에 법문은 어리둥절해졌다. 자기를 구해주겠다니, 자기가 어디 잡혀 있기라도 하단 말인가?

"소승은……."

그때, 예설이 법문에게 다가갔다. 그녀는 총명한 아이였다. 지금 이 상황으로 보아 그녀와 법문은 곧 헤어지게 될 것이었다. 그에 그녀는 한 가지 결심을 하기에 이르렀다.

"법문 오빠."

법문이 당황해 말을 못하자 예설은 법문의 오른손을 잡았다. 그녀의 눈은 아주 진지했다.

"내 이름은 사. 예. 설이에요. 사. 예. 설! 알겠죠?"

그와 동시에 예설은 느닷없이 법문의 오른 손목을 힘차게 깨물었다.

"으악! 시, 시주께서는 이, 이게 무슨……!"

법문이 비명을 지르며 예설의 몸을 떼어놓으려고 했지만 예설은 아랑곳하지 않으며 더욱 거세게 법문의 손목을 깨물었다. 그녀는 이 정도면 됐다고 생각했는지 한동안 법문의 손목을 물고 있다가 놓아주었다. 법문은 그녀에게서 벗어나자마자 팔짝팔짝 뛰며 물린 손목을 감싸 쥐고는 신음을 흘렀다. 그의 물린 손목에서는 피가 흘러나오고 있었다.

"오빠."

예설은 그런 법문을 불렀다. 그녀의 입가에는 피가 묻어 있었지만 그녀는 그것을 닦지도 않으며 진지한 눈빛으로 법문을 응시했다. 법문은 고통에 얼굴을 찡그리며 예설을 바라보았다.

“날 잊지 말아요. 언젠가 ‘다시’ 만날 테니까.”

예설은 법문에게 이 말을 남기고는 사군악에게 다가갔다.

“아빠, 가요. 여기선 더 볼일이 없을 것 같아요.”

“하지만 설아야……”

사군악의 예설을 얼굴을 보았다. 그녀가 이렇게 진지한 표정을 지었던 적은 없었다. 그리고 그도 몸을 뺄 생각을 하고 있었다. 이대로 화산오검과 맞붙는다 해도 그들을 이길 자신은 없었다. 법문과 예설을 들고 도주할 생각도 해봤지만 두 사람을 들고 달린다면 금방 화산오검에게 추격당할 것이었다. 그리고 자신의 성미에 도망 같은 것은 어울리지 않았다.

그렇다면 아깝긴 하지만 법문을 포기하는 수밖에. 훗날을 기약할 수도 있는 데다가 그렇지 못한다 해도 법문이 무림 세계에 뛰어들어 자신과 대적할 가능성은 적었다. 법문의 말을 들어보니 그는 평생 불경을 벗하며 살아갈 것으로 보였으니까 말이다. 그는 결심을 굳히고는 훗날 한 가지 가능성을 남겨두기 위해 법문을 불렀다.

“법문, 다음에 시간이 된다면 나와 차 한잔해 줄 수 있겠나? 오늘은 못할 것 같으니 말이네.”

“알, 알겠습니다. 그보다 저 여시주께서는……”

법문의 대답을 듣자마자 사군악은 그의 말을 끊으며 말했다.

“그럼 그렇게 알고 있겠네. 화 장문인, 우린 이만 가볼 생각인데 길을 비켜주시겠소?”

사군악의 풍기는 기도에 화중문을 비롯한 화산오검은 길을 비켜주었다. 그들도 괜히 사군악과 싸워 금붕문과 적대 관계를 만들기는 싫었다. 되도록 좋은 방법을 통해 법문을 구하려고 했는데 사군악 쪽이 먼저 발을 빼겠다니 그들로서는 거절할 이유가 없었다.

사군악과 예설은 화산오검 사이를 통과하며 천천히 수풀 속으로 사라져 갔다. 예설은 사라지며 마지막으로 법문의 얼굴을 한 번 쳐다보았다. 그녀의 머리 속엔 한 가지 결심이 생겨났다. 그게 무엇인지는 그녀만 알 것이다.

사군악 일행이 사라지자 법문은 뭔가 허전한 느낌이 들었다. 마지막으로 자신을 바라보던 예설의 눈빛.

'아미타불, 심마다. 나는 지금 극심한 심마에 빠져든 것이다.'

법문은 머리를 세차게 저으며 자신의 감정을 부인하려고 했다. 아마도 이번에 절에 돌아가면 방에 틀어박혀 더욱더 불경을 탐해야 할 것 같았다.

"스님, 상처를 좀 보세나. 거참, 악독하기도 하군. 이렇게 큰 상처를 내다니. 아마도 그대로 큰다면 무서운 요녀가 될 것 같군."

화중문은 한탄을 터뜨리며 법문의 깨물린 상처를 치료했다. 하지만 법문의 머리 속은 불경한 생각들로 인해 뒤죽박죽이 되어 화중문이 무슨 말을 하고 있는지 전혀 들려오질 않았다.

제3장

동병상련(同病相憐)

동병상련(同病相憐)

　화수수(禾秀秀)는 도저히 지금의 상황을 믿을 수가 없었다. 비록 다섯 명이라고는 하나 그들은 그녀가 몸담고 있는 문파 내에서도 일류급인 고수들이었다. 그녀는 그들을 이길 수 있는 사람은 그녀의 아버지를 비롯한 몇 명뿐이라고 굳게 믿고 있었다. 그렇기에 저들 다섯과 시녀 둘만을 데리고 몰래 나들이를 나왔던 것인데 그녀는 지금 큰 곤경에 처해 있었다. 검은 복면을 한 네 명의 괴한들. 그들 중 두 명의 손에 그녀를 지키던 다섯 무사들은 지금 땅에 엎어져 일어나질 못하고 있었다.

　"흐흐흐, 순순히 내주었으면 됐을 것을 사서 벌주를 마시다니."

　괴한 중 하나가 쓰러져 있는 무사의 시체를 발로 차며 화수수를 바라보았다.

　"아이야, 이제 우리를 따라가자꾸나."

그러면서 그는 화수수에게 다가갔다. 그가 다가오자 수수의 곁에 있던 두 명의 시녀가 검을 뽑아 그를 제지했다.

"더, 더 이상 다가오지 말아요. 다가오면……."

"다가가면 뭐? 이 어르신을 사랑이라도 해주겠단 말이냐? 크크크크……."

괴한의 저질스런 말에 시녀들과 수수는 얼굴이 벌게졌다. 그리고 무사히 이곳을 벗어나기는 힘들다는 것을 깨달았다.

슈슉!

그때 괴한의 오른손이 재빠르게 움직였고, 그와 동시에 수수의 곁에 있던 두 명의 시녀는 그대로 쓰러져 버렸다.

"무, 무슨 짓을 한 거죠?"

겁먹은 수수의 얼굴을 보며 괴한은 아무렇지도 않게 말했다.

"흐흐흐, 별것 아니지. 난 다만 저년들의 사혈(死穴)에 가볍게 지풍(指風)을 날렸을 뿐이야."

"이, 이 악마 같은……."

수수는 몸을 부르르 떨며 뒤로 물러났다. 아무렇지도 않게 자신의 시녀들을 죽여 버리다니, 그녀의 눈엔 모두가 괴물들같이 보였다.

"아이야, 걱정 말아라, 네 몸에는 털끝만한 상처도 입히지 않을 테니 말이다. 우린 다만 너를 잠시 보호하고 있을 것이란다. 네 아버지가 잘만 한다면 너는 무사히 집으로 돌아갈 수 있을 것이다. 그러니 조용히 우리를 따라가자꾸나."

"여, 역시 나를 납치해 아버지를 협박할 속셈으로……."

"협박이라니, 우리가 협박 같은 걸 할 사람들로 보이느냐? 우린 다만 너를 잠시 보호해 주는 대가로 네 아버지께 한 가지 부탁을 하려는 것뿐이란다.”

“그런 걸 세간에서는 협박이라고 하지.”

그때, 어디선가 낭랑한 목소리가 들리더니 곧 여섯 개의 인영이 수수의 뒤에 나타났다.

삼남 삼녀.

그들은 모두 이십 대 초반으로 보이는 젊은이들이었다. 그들은 장내에 나타나자 곧 수수의 곁으로 몸을 날렸다. 그리고는 흑의인들과 대치를 하고 섰다.

“호호호, 아이들아. 괜한 일에 참견하지 말고 그냥 가던 길이나 가려무나. 안 그러면 후회하게 될 것이다.”

“홍, 얼굴을 드러내는 게 두려워 얼굴을 가리고 다니는 치졸한 놈들 주제에.”

홍의의 소녀가 냉소를 터뜨리자 말을 한 흑의괴한은 분노에 몸을 떨었다. 그리고는 음산하게 내뱉었다.

“호호호, 너희들은 오늘 여기에 뼈를 묻어야 할 것이다.”

말이 끝남과 동시에 두 흑의괴한이 수수와 일행들 쪽으로 몸을 날렸다. 그와 동시에 삼남 삼녀는 자신들의 무기를 꺼내 들고 흑의괴한들에게 달려갔다.

그렇게 그들의 싸움이 시작되었다.

2대 6의 싸움, 애초부터 불공평한 싸움이었다. 아무리 흑의인들의 무공이 뛰어나다고는 해도 상대들 역시 만만한 사람들이 아니었던 것이다. 곧 두 흑의괴한은 수세에 몰리기 시작했고, 그것을 지켜만 보던 나머지 두 명의 흑의괴한들은 사태가 불리함을 깨닫고는 그들도 난전에 끼어들었다. 그러자 삼남 삼녀의 손발이 어지러워지기 시작했다.

흑의괴한 둘을 무공이 여섯 명 중 가장 고강한 남궁기(南宮器)와 황보중(皇甫重)이 각각 맡았고, 사마운지(司馬雲池)와 사마영령(司馬煐鈴) 자매가 한 명, 모용도(慕容導)와 그의 여동생인 모용경(慕容鏡)이 마지막 흑의괴한을 맡아 싸워 나갔다.

'이럴 수가! 저들은 누구이기에 저토록 팽팽한 대결을 펼치는 거지?'

수수는 흑의괴한 네 명과 팽팽한 대결을 펼치는 삼남 삼녀의 정체가 궁금해졌다. 그녀를 지키던 다섯 무사들이 단 두 명에 의해 모두 죽었는데, 저들은 네 명 모두를 상대로 팽팽한 대결을 펼치고 있으니 그런 생각이 들 만도 했다. 그렇게 한 식경 정도가 지나자 그들의 팽팽했던 대결은 무너지게 되었다. 어디선가 나타나 큰 소리를 지르며 싸움의 현장에 뛰어든 한 명의 스님 때문에.

"아미타불, 악행을 보았으니 내 어찌 그냥 지나칠 수 있겠는가."

그와 동시에 그는 남궁기와 싸우던 흑의괴한에게 달려들었고, 그 흑의괴한은 수세에 몰려 남궁기에게 일검을 맞게 되었다.

"윽!"

심장에 검이 꽂힌 그는 외마디 비명과 함께 힘없이 쓰러져 버렸고, 그렇게 동료가 쓰러지자 나머지 괴한들은 몹시도 놀란 듯 저마다 주춤거리고 말았다. 자연 그 틈을 놓칠 리가 없는 2남 3녀는 각자의 상대에게 전력을 다한 초식을 전개했다. 동료의 죽음에 충격을 받은 상태였던 흑의괴한들은 미처 방비를 할 수가 없어 그대로 공격을 허용하고 말았다. 그리고 그 결과는… 전멸이란 참혹한 것이었다.

"윽! 부… 분하다! 으윽!"

마지막으로 숨을 거두는 흑의괴한은 그렇게 처절한 절규를 남기고

생을 달리했다. 그렇게 적들이 모두 쓰러져 버리자 모용경은 땀을 훔치며 입을 열었다.

"허억, 헉. 하마터면… 큰일 날 뻔했네."

그만큼 흑의괴한들이 강했다는 소리였다. 그건 다른 이들도 그렇게 생각하는 듯 모용경의 말에 저마다 고개를 끄덕였다. 만약 스님이 나타나지 않았다면, 그래서 흑의인 중 하나를 제거하지 못했다면, 그래서 나머지 흑의인들이 주춤하지 않았다면 이렇게 쉽게 마무리 지을 수는 없었을 테니까. 수수는 흑의인들이 모두 쓰러지자 얼른 그녀를 구해준 1승 3남 3녀에게로 다가가 정중히 포권을 취해 보였다.

"은인들에게 수수는 고마움을 금치 못하겠습니다. 은인들이 아니었다면 수수는 오늘 큰 봉변을 당했을 겁니다."

"하하하, 당연한 일을 했을 뿐입니다. 곤경에 처한 사람을 그냥 두고 지나칠 수는 없는 일이지요."

모용도는 호탕한 웃음을 터뜨리며 별것 아니라는 듯이 그렇게 말했다. 그러자 수수는 힘겨운 미소를 지으며 다시 입을 열었다.

"소녀는 화산파의 제자인 화수수라고 합니다. 화산은 오늘의 도움을 잊지 못할 것입니다."

그녀의 말에 모두는 크게 놀랐다. 평범한 신분은 아니라고 생각했지만 구대문파 중 하나인 화산파의 제자라니, 아니, 그보다 화수수라면 화산파 장문인 매화검 화중문의 외동딸의 이름이었다. 게다가 정파의 일곱 꽃인 천상칠화(天上七花) 중 하나인 지화(知花)의 이름이기도 했다.

"소생은 남궁세가의 소가주인 남궁기라고 합니다. 평소 지화 화수수 소저의 명성을 흠모하고 있었거늘, 이렇게 오늘 소저를 보게 되어 남궁모의 영광이외다."

남궁기는 정중하게 포권을 해 보이며 수수에게 자신의 소개를 했다. 그러자 나머지 사람들도 각자 자신의 소개를 했다.

"소생은 황보세가의 차남인 황보중이라고 합니다."

"소생은 모용세가의 모용도이고, 이쪽은 제 여동생인 모용경이라고 합니다."

"소녀는 사마세가의 운지예요, 이쪽은 제 동생인 영령이고요."

그들은 각자 포권을 하며 정중히 인사를 건넸고 그때마다 수수는 마주 포권을 해 보였다. 그리고 갑자기 나타나 일행을 도왔던 스님도 자신의 소개를 했다.

"아미타불, 소승은 소림 나한제자(羅漢弟子)인 법현(法賢)이라고 합니다."

"아아, 소림사의 스님이셨군요. 수수가 감사의 인사를 올립니다."

"아미타불, 아닙니다. 불제자로서 당연한 일을 하였을 뿐입니다."

그때, 남궁기가 무엇을 보았는지 뒤를 가리키며 법현에게 물었다.

"저 뒤에… 죽립을 쓰고 있는 스님도 동행이십니까?"

그의 말에 모두는 뒤를 돌아보았고, 거기서 땅에 쓰러져 있는 시체들을 모으고 있는 죽립을 쓴 스님을 발견했다.

"아, 내 정신 좀 보게. 법문, 이리로 오게나."

법현은 막 시체를 다 모으고, 이제 흑의인들의 시체 쪽으로 다가가고 있는 법문을 그들 쪽으로 가까이 오게 했다. 법문은 조용히 법현 쪽으로 다가왔고, 법현은 모두에게 법문의 소개를 했다.

"이쪽은 저와 동문으로, 장경각(藏經閣)에 몸담고 있는 법문이라고 한답니다."

그가 법문을 소개하자 법문은 말없이 합장을 해 보였다. 그리고는 흑의인들 쪽으로 걸어가 그 시체들을 이미 모아놓은 화산파의 무사들과 시녀들의 시체 쪽으로 끌고 가기 시작했다.

"흥, 저 스님은 왜 말을 하지 않는 거죠?"

그 모습을 유심히 바라보던 모용경은 차갑게 시선을 돌리며 법현을 향해 그렇게 물어보았다. 아마도 법문의 행동에 자존심이 상한 것 같았다.

"아미타불, 그게… 방장 스님의 엄명 때문입니다. 방장 스님께서 이번에 사찰을 나서는 법문을 부르시며 속세에 나가면 되도록 입을 열지 말라고 하셨답니다. 해서 법문은 되도록 말을 하지 않는답니다."

말을 하는 법현은 쑥스러운 듯했다. 그 이유는 그만이 알고 있는 것. 다른 사람들은 그저 그런가 보다 하고 생각해 버렸다.

"하하, 화 소저께서는 어디에 가시던 길인지요?"

모용도가 화제를 바꾸어 수수에게 물었다.

"소녀는 잠시 바람 쐬러 나온 길이랍니다. 이제 그만 돌아가야겠죠."

"돌아가신다면 화산으로 말인가요?"

"그럼요. 소녀의 집은 화산이니 그곳으로 가야죠."

"저희도 화산으로 가는 길이니 저희와 동행하시는 게 어떨는지요?"

"오히려 제가 드리고 싶었던 말이군요. 부탁드려도 될까요?"

수수의 말에 삼남 삼녀는 모두 흔쾌히 고개를 끄덕였다. 그때, 모용도가 법현을 바라보았다.

"혹 법현 스님도 화산에 가시는 길이 아닙니까?"

"아미타불, 그렇습니다. 소승은 방장 스님의 서찰을 각 문파의 장문

인들께 전하기로 되어 있는 법문을 호위하는 역할을 맡아 법문과 함께
화산에 가고 있는 중이었습니다.”

“호위요?”

사마영령이 의아해하며 법현을 바라보았다. 그냥 같이 가면 같이 가
는 거지, 호위는 뭐란 말인가?

“아미타불, 법문은 소림 내당의 제자입니다. 법문이 무공을 모르기
때문에 화산에 가는 도중 혹시 생길지도 모를 불상사를 대비하기 위해
제가 동행하게 된 것이지요.”

법현의 말에 모두들 수긍하는 빛을 보였다. 험난한 세상에 무공도
모르는 스님 혼자 길을 떠나는 것보다는 누군가 그를 지켜줄 사람이
한 명쯤 있는 게 더 좋을 것이었으니까.

“그런데 저 스님은 지금 뭘 하고 있는 것이죠?”

사마영령의 말에 모두는 법문이 있던 쪽을 바라보았다. 법문은 어느
새 시체들을 모두 숲 속으로 끌고 가더니 나오질 않고 있었다.

“아미타불, 모르겠군요.”

법현은 천천히 법문이 들어간 숲 속으로 들어갔다. 그가 숲 속으로
들어가자 모두들 그를 따라 숲 속으로 들어갔다. 법문은 시체들을 일
렬로 눕혀놓고 볕이 잘 들어오는 양지바른 곳에 구덩이를 파고 있었다.

“법문, 무슨 짓을 하고 있는 거냐? 갈 길이 급한데 말이다.”

법현은 법문이 시체들을 모두 묻어주려 한다는 것을 깨달았다. 그들
은 한시라도 빨리 화산에 도착해 방장 스님의 서찰을 전해야 하는데
이런 일에 시간을 허비하다니, 법문의 마음을 모르는 법현으로서는 그
저 답답할 뿐이었다.

“우리도 저 스님을 돕는 게 좋을 것 같군요.”

하나 사마운지는 법문의 뜻에 동조하는 말을 하며 법문에게 다가가 자신의 검을 뽑아 땅을 파기 시작했다. 그녀가 그렇게 하자 모두들 하나둘씩 자신의 무기를 뽑아 땅을 파는 데 도왔다. 그렇게 조금 시간이 지나자 사람 하나가 넉넉히 들어갈 수 있는 열한 개의 구덩이가 파여졌다. 그 구덩이에 법문은 시체들을 하나둘씩 눕히기 시작했다. 그때 자신들이 죽인 흑의 복면인들이 어떤 인물들인지 궁금했던 남궁기가 이제야 그 얼굴들을 볼 생각을 하고는 재빨리 흑의인들의 복면을 벗겨 버렸다.

"아, 아니! 이들은?!"

복면이 벗겨진 것과 동시에 수수가 짧게 비명을 터뜨렸다. 보아하니 그녀가 알고 있는 사람들인 것 같았다. 모두가 그들이 누구인지 궁금하게 여기고 있었기에, 남궁기가 대표로 수수에게 조심스레 물어보았다.

"누구인지… 아십니까?"

그러자 수수는 망설이는 듯하더니 주위를 재빨리 훑어보았다. 법문이라 불린 승을 제외하고는 모두 그녀의 얼굴을 주시하고 있었다. 그만큼 궁금하다는 뜻이리라. 그녀를 구해준 분들이니 굳이 숨길 필요는 없을 것이란 생각이 들었다. 그래서 수수는 입을 열기로 결심했다.

"이들은… 8년 전 본 파에 잠입해 본 파의 절기 중 하나인 육합구소신공(六合九霄神功)를 훔쳐 달아났던 암흑칠사(暗黑七邪)의 나머지 넷이에요. 아마도… 저를 납치해 아버님께 복수를 하려고 한 듯해요."

그녀의 말에 이들이 누구인지 알게 된 남궁기는 고개를 끄덕이며 이제야 알겠다는 어투로 입을 열었다.

"아아~ 이들이 그들이었군요. 8년 전 육합구소신공을 훔쳐 달아나다 화산오검의 추격을 받아 셋이 죽고 나머지 넷은 중상을 입고 도주했다고 하던데… 이렇게 다시 나타나 수수 소저를 납치하려 했다니… 정말 다행입니다."

"다시 한 번 감사의 인사를 드립니다. 하마터면 수수는 큰 봉변을 당할 뻔했군요."

"하하, 아닙니다. 당연히 해야 할 일이었을 뿐입니다. 너무 마음 쓰지 마십시오."

그렇게 이들은 잠시 겸양의 대화를 나누었다. 그때 법문은 흑의인들의 시신을 파놓은 구덩이에 하나씩 밀어 넣고 있었다. 그리고는 11구의 시신이 다 구덩이 안에 들어가자 그들의 육신 위에 흙을 덮기 시작했다.

다른 이들은 저런 사파의 마두들을 화산파의 무사들과 같이 땅에 묻어주려 하는 법문의 의도가 몹시나 탐탁지 않았지만, 워낙에 법문의 행동이 경건했기에 어떻게 저지를 할 수가 없었다. 그들이 머뭇거릴 때 11구의 시신은 완전히 땅에 묻혔고, 그들의 묻혀 있는 땅 위에는 조그마한 봉분들이 생겨났다.

법문은 봉분이 다 만들어지자 그 앞에 무릎을 꿇고 앉았다. 그리고는 조용히 그들을 극락세계로 인도해 줄 경문을 읊었다. 경문을 읊는 법문의 목소리는 아름다웠고 경건했다. 법문이 경문을 읊음에 그의 뒤에 서 있던 모두는 절로 마음이 경건해짐을 느꼈다. 그리고 머리 속이 맑아지는 것만 같았다.

'이것이 불법의 힘인가?

남궁기는 그런 생각이 들었다. 법문에 대한 불쾌했던 감정이 싹 달아나는 것을 느꼈고, 경문을 들을수록 정신이 맑아지며 온몸에 힘이 솟는 것을 느꼈다. 게다가 가슴 한구석이 시원해지는 느낌을 받았다. 그 것은 남궁기뿐 아니라 모두가 같았다. 그들은 법문이 경문을 다 읊을 때까지 그 자리에 그대로 서서 경문을 경청했다.

그런 그들의 모습을 보며 법현은 내심 크게 놀랐다. 그는 소림의 나 한제자인 것이 언제나 자랑스러웠다. 그리고 늘 불경만 읽고 고행만 하는 내당의 스님들을 보며 '왜 저렇게 답답하게 살까?' 하며 그들을 비웃었었다. 하지만 이제 그도 어렴풋이 알 것 같았다. 소림이 위대한 것은 자신과 같이 무공을 익힌 외당의 스님들 때문이 아니라, 법문과 같이 무공은 하나도 모르지만 진리를 탐하며 수행에 전념하는 내당의 스님들 덕분이라는 것을 말이다.

반 시진 동안 법문의 경문은 계속되었다. 하지만 누구 하나 지루하 다는 생각은 하지 않았다. 오히려 더 듣고 싶어했다. 하지만 경문은 끝 이 났고, 법문은 자리에서 일어나 봉분을 향해 합장을 해 보이며 입을 열었다.

"부디 극락세계에 가서서 행복하게 사시길 빌겠습니다. 아미타불."

수수는 법문에게 다가가 공손히 합장을 했다.

"본 파의 무사들과 제 시녀들을 극락세계로 인도해 주신 것에 대해 감사의 인사를 표합니다."

그녀의 말에 법문은 말없이 마주 합장을 취해 보였다.

"법문, 이분들도 화산에 가는 길이라고 하니 이분들과 같이 가는 게 어떻겠나?"

법현의 말에 모두는 법문을 주시했다. 그들은 내심 법문이 자기들과 같이 갔으면 하고 바랬다. 남자의 목소리라고 하기엔 너무도 아름다운 목소리, 그 목소리를 계속 듣고 싶은 게 그들의 솔직한 심정이었다.

"아미타불, 사형 뜻대로 하시지요."

법문의 말에 모두들 기쁜 표정을 감추지 않았다.

"하하, 그럼 어서 길을 떠나실까요?"

남궁기가 호탕하게 웃으며 먼저 걸음을 옮겼다. 그리고 하나둘씩 그를 따라 걷기 시작했다.

요즘 화산 밑에는 마을이 몇 개가 생겨났다. 그것은 한 달 앞으로 다가온 비무대회 때문이었다. 비무대회에 출전하기 위한 사람들이 몰려오기에 자연적으로 객잔이 생겨났고 그들을 먹이기 위해 식당이 생겨났다. 그리고 좋은 무기를 팔거나 영약을 파는 사람들, 그 외의 장사치들로 인해 화산 밑은 언제나 북적거렸다.

그 객잔 중 한 곳, 수수 일행은 막 이곳으로 들어서고 있었다. 원래라면 화산파 안으로 들어가야 했으나 날이 너무 저물었기에 이곳에서 쉬고 내일 아침 일찍 화산파로 가기로 했다. 물론 그렇게 된 데에는 법문의 영향이 컸다. 나머지 사람들이야 무공을 할 줄, 아니, 경공을 써서 달릴 수 있었지만 법문은 경공을 몰랐다. 하여 부지런히 걷긴 했지만 여기까지밖엔 못 온 것이었다.

"아미타불, 죄송합니다. 저희 때문에 화산파에 도착하지 못했군요."

법현이 객잔 안에 들어가며 모두에게 사과의 말을 건넸다. 하지만 불쾌한 기분을 가진 사람은 아무도 없었다. 그들은 이곳까지 오는 도중에 짧긴 했지만 주옥과도 같은 법문의 불법을 들었기에 모두들 만족하고 있는 상태였다.

"하하하, 아닙니다. 오히려 저희들이 귀찮게 한 것이 아닌지 모르겠군요. 오늘 법문 스님의 불법에 소생은 깨달은 것이 많답니다."

"소녀도 그렇답니다. 오히려 고맙다는 말을 드리고 싶군요."

사마운지도 남궁기의 말에 동조하고 나섰다. 그러자 모두들 그렇다는 듯 고개를 끄덕였다.

'훗, 저들이 법문의 얼굴을 본다면 어떻게 생각할까?

그들은 법문에게 완전히 매료된 듯 보였다. 그것이 법문의 불법 탓이기도 하겠지만 더 큰 이유가 있음을 법현은 알고 있었다. 그것은 법문의 목소리 자체가 사람을 유혹하는 힘을 가지고 있었기 때문이다. 그 때문에 방장 스님께서 염려하시어 법문더러 말을 되도록 하지 말하고 당부하셨으니까. 게다가 법문의 얼굴은 출가한 스님의 얼굴이라고 하기엔 너무도 아름다웠다. 그에 방장 스님께서는 화산에 도착할 때까지 무슨 일이 있어도 죽립을 벗지 말라고 법문에게 신신당부를 하셨다. 그런데 만약 저들이 법문의 얼굴을 본다면? 남자들이야 조금 놀라고 말겠지만 여자들은 아마 경악을 할 것이 틀림없었다. 그리고는 마음속으로 소리치겠지, '무슨 스님이 저렇게 예쁘게 생겼어?' 라고.

법문이 이번에 소림을 떠나 방장 스님의 서찰을 전하는 일을 맡게 된 것도 다 법문의 얼굴 때문임을 법현은 알고 있었다. 여시주들이 하루가 멀다 하고 법문을 보기 위해 소림을 찾아와 사내를 시끄럽게 하니 어쩔 수 없는 일이었다.

"자, 어서 들어가시죠."

법현의 상념을 깨는 남궁기의 목소리가 들렸다. 그 목소리에 모두는 객잔 안으로 들어갔다. 객잔 안은 그야말로 발 디딜 틈 없이 붐비고 있었다. 모두들 무기를 차고 있는 것으로 보아 이번 비무대회에 참가하기 위해 온 것일 것이었다.

그들은 우선 이층에 방을 잡았다. 법문과 법현이 한방을 쓰고, 여자들이 한방, 그리고 남자들이 한방을 쓰기로 했다. 그들은 방을 잡은 뒤 요기를 하기 위해 일층으로 내려와 하나의 탁자에 둘러앉았다. 그들이 탁자에 앉자 일층에 있던 사람들이 그들을 한 번씩 쳐다보았다.

이 객잔에 앉아 있는 대부분의 사람들은 떠돌이 무사, 혹은 군소방 파의 사람들이었다. 그런 그들이 언제 이렇게 아름다운 여인들과 헌헌 한 용모의 사내들이 한자리에 모여 있는 것을 본 적이 있었겠는가? 자 연 그들은 화수수 일행을 주시할 수밖에 없었다.

"법문 스님은 왜 아무것도 안 시키셨어요?"

모두가 음식을 시키고, 법현조차 소채를 시켰건만 법문은 아무 음식 도 시키지 않았기에 사마영령이 법문에게 물은 것이었다. 법문은 말이 없었고, 대답을 한 것은 법현이었다.

"아미타불, 법문은 지금도 수행 중이랍니다. 수행 중인 승은 세속의 음식을 입에 대서는 안 된답니다."

"설마… 그럼 소채 같은 것도 안 드신단 말이에요?"

"아미타불, 그렇습니다."

법현의 말에 사마영령은 크게 놀랐다. 아무리 수행을 한다고는 하지 만 뭘 먹어야 살 수 있을 것인데, 법문은 아무것도 먹지 않는다고 하니 그런 것이다.

"아, 아무리 수행 중이라고는 하나 뭘 먹어야……."

"하하, 그렇다고 법문이 물 한 모금 마시지 않는 것은 아닙니다. 약 간의 물로 목을 축이고 벽곡단 한 알로 곡기를 참는 것이지요."

"그, 그럼 하루에 물 한 잔이랑 달랑 벽곡단 한 알이 전부……?"

"아미타불, 그렇습니다."

이 사실은 남궁기 일행이 다시 한 번 법문을 우러러보게 만들었다.

그들은 죽었다 깨어나도 그런 일은 하지 못할 테니까. 이윽고 음식이 나왔다. 정말 보기에도 먹음직스러워 보이는 음식들이었다. 모두들 법문의 눈치를 보며 조금씩 음식을 먹기 시작했고, 당금 강호의 정세에 대해 토론을 하기 시작했다. 그때, 그들이 음식을 반쯤 먹어치웠을 무렵 어디선가 저속적인 목소리들이 터져 나왔다.

"케케케, 오늘 죽립을 쓴 중놈들을 대체 몇 번이나 보는 거야?"

"크헤헤헤, 그러게. 한 놈은 중놈이고, 다른 하나는 비구니, 크크크… 정말 요상한 일이로군. 혹시 대머리인 게 부끄러워서 그러나? 크헤헤헤."

목소리는 입구 근처에 앉아 있는 세 명의 우락부락하게 생긴 사내들에게서 나온 것이었다. 그들은 막 객잔 안으로 들어오고 있는 두 명의 비구니 중 한 비구니가 죽립을 쓰고 있었기에 그녀와 법문을 싸잡아 씹은 것이었다.

얼굴을 가리고 다니는 사람들은 뭔가 죄를 짓고 다니는 사람들 외엔 드물었기에 그들이 호기심을 느낄 만했지만 그 말투가 너무도 저속했기에 두 명의 비구니 중 죽립을 쓰고 있지 않은 비구니가 노해 고함을 질렀다.

"누구냐! 누가 감히 그 따위 저속한 말을 내뱉었느냐! 감히 대아미파의 제자를 농락하다니!"

쾅!

고함을 치며 그녀는 발로 바닥을 거세게 내리찍었다. 그녀의 기세에 입을 함부로 놀렸던 장한들은 오금이 저려오기 시작했다. 구대문파 중 하나인 아미파의 제자들에게 무례를 범했으니 그럴 만도 했다. 그들이 막 조용히 도망치자고 상의할 때, 법현이 아미파의 비구니들을 불렀다.

"아미타불, 거기 스님들께서는 노여움을 푸십시오. 그리고 괜찮으시다면 저희와 합석하지 않으시겠습니까? 저희는 소림의 제자입니다."

법현의 말에 입을 함부로 놀렸던 장한들은 조용히 엉금엉금 기어 객잔 안을 빠져나갔다. 그들이 놀린 스님들이 소림과 아미의 제자들이라니! 그들은 한동안 놀란 마음을 진정시키기 어려울 것이었다.

고함을 쳤던 비구니는 옆의 비구니와 뭔가 상의하는 듯싶더니, 곧 두 비구니는 법현 일행이 앉아 있는 곳으로 걸어갔다.

"아미타불, 소승은 아미 삼대제자인 범혜(凡慧)라 하며, 이분은 제 사숙이며 장문 방장 스님의 제자 중 한 분이신 의청(意淸)이라 하옵니다."

그녀들이 자기소개를 하자 법현 일행도 저마다 자기소개를 했다. 의청과 범혜가 자리에 앉고 곧 음식이 나왔다. 그때 법문의 씁쓸한 목소리가 들려왔다.

"아미타불, 의청 스님께서는 소승과 잠시 넋두리를 해주실 수 있겠습니까?'

밑도 끝도 없는 법문의 말에 모두들 의아해했지만 의청은 약간 흠칫하는 것 같더니 가볍게 고개를 끄덕였다. 그녀도 법문의 생각을 눈치챈 것이었다. 그뿐 아니라 법문의 말에 법현과 범혜는 놀라 서로의 얼굴을 쳐다보았다. 그리고는 어색하게 웃으며 고개를 끄덕이더니 알겠다는 표정을 지었다.

"그럼 소승을 따라오시지요."

법문은 먼저 일어나 의청을 이층으로 데리고 갔다. 법문과 의청이 이층으로 사라지자 곧 사마영령의 의문에 찬 목소리가 터져 나왔다.

"법현 스님, 그리고 범혜 스님. 도대체 무슨 일이에요? 법문 스님이 말하신 넋두리란 것은 또 무슨 뜻이에요?"

그녀의 물음에 범혜는 입을 열기를 주저했지만 법현은 웃으며 입을 열었다.

"사실 법문이 방장 스님의 서찰을 전하는 임무를 맡은 것과 죽립을 쓰고 다니는 것은 피치 못할 사정이 있답니다. 아, 그전에 혹시 범혜 스님도 화산에 방장 스님의 서찰을 전해주러 가시는 길입니까?"

"아미타불, 그렇습니다. 이것 참 공교로운 일이군요."

"그럼 그쪽도 저희와 같은 이유에서 의청 스님이 이곳에 오게 된 것이 맞습니까?"

"…아미타불, 그렇습니다."

범혜는 얼굴을 붉히며 대답했다. 그녀는 소림사가 자신들과 같은 문제를 안고 있었을 줄은 생각도 하지 못했다. 법현은 남궁기 일행들을 한 번씩 훑어보고는 입을 열었다.

"아미타불, 법문은 세속에서 쓰는 말을 빌리자면 너무 잘생겼기 때문에 죽립을 쓰고 있는 것이랍니다. 출가한 승에게 용모가 뭐 그리 중요하겠냐만은 세속의 사람들, 특히 여시주들은 법문의 얼굴에 민감한 반응을 보이더군요. 해서 혹시 모를 불상사를 방지하기 위해 법문은 얼굴을 가리고 있는 것이지요. 그리고… 범혜 스님과 같이 오신 의청 스님도 법문과 같은 연유로 인해서 죽립을 쓰고 있는 것 같습니다."

"그럼……."

사마영령이 뭔가 알겠다는 표정을 지었다.

"하하, 소림은 법문을 보러 오는 수많은 여시주들 때문에 곤욕을 겪고 있었답니다. 해서 쓸데없는 여시주들의 소림사 출입을 억제하기 위해 법문이 소림을 떠나 방장 스님의 서찰을 전하는 임무를 맡은 것이지요. 그리고… 의청 스님도 그런 연유로 인해서 이곳에 오시게 된 것 같군요."

"…아미타불, 출가인의 용모에 왜 그리도 관심이 많은 것인지 모르겠습니다. 아미는 법현 스님의 말대로 의청 사숙을 보러 오는 수많은 시주들 때문에 곤욕을 겪었습니다. 해서 이같이 서찰을 전해주는 일에 사숙이 직접 이곳에 오게 된 것이지요."

"아마도 법문은 의청 스님을 보자마자 그분이 자신과 같은 처지임을 느꼈겠지요. 그래서 얼굴 때문에 겪은 수난을 서로 넋두리나 해보자는 뜻으로 의청 스님과 대화를 하려는 것 같습니다."

"아미타불, 사숙께서는 그동안 많이 힘드셨을 겁니다. 오늘 법문 스님과의 대화를 통해 조금이나마 마음의 평온을 가지게 되셨으면 좋겠군요."

"대체 얼마나 잘생겼기에 출가한 스님에게 추태를 부린다는 거죠?"

사마영령이 의문을 터뜨렸다. 아무리 잘생겼다 해도 출가한 스님들이 아닌가? 그런 그들에게 추파를 던지는 사람들이 있다니? 아직 법문과 의청의 얼굴을 보지 못한 그녀로서는 당연한 의문이었다. 그녀의 의문에 법현과 범혜는 그저 씁쓸한 미소를 머금을 뿐이었다.

＊　　　＊　　　＊

법문은 자신이 묵는 방에 의청과 마주 보고 앉았다.

"아미타불, 고초가 많으셨겠습니다."

"아미타불, 법문 스님도 고생하셨겠군요."

의청의 입이 열리고 그녀의 입에서 맑은 목소리가 터져 나왔다. 정

말 아름다운 목소리였다. 그녀가 왜 말을 하지 않았는지 알 수 있을 것
같았다. 법문과 같이 마력이 깃들어 있는 목소리였기에 말을 많이 했
다면 뭇 사내들에 의해 큰 곤욕을 겪었을 것이었다.

"아미타불, 어이 하여 출가인의 얼굴에 그리도 많은 관심을 가지는
지……."

"그러게 말이에요."

"아미타불, 어린 시절, 사찰에 부모를 따라 참배 온 여시주가 소승을
한 번 보고는 소승과 결혼하겠다고 난동을 부리는 바람에 소승은 정말
난감했던 적이 있답니다."

"아미타불, 제가 여덟 살 때던가, 사찰에 금을 한 가마나 가지고 온
상인이 있었답니다. 그자는 방장 스님에게 그것들을 모두 기부할 테니
소녀를 자신에게 맡기라며 소란을 피웠었지요. 그자는 곧 동문들에 의
해 쫓겨났지만 그 후에도 몇 번이나 사찰을 찾아와 난동을 부렸답니
다."

"아미타불, 고초가 크셨겠군요. 소승이 열 살일 때였습니다. 그때
소승은 연못에서 몸을 씻고 있었는데 그때 어떤 여시주가 소승의 벗어
놓은 승포를 집어 들며 소승을 난감하게 한 적이 있답니다. 옷을 줄 테
니 자신을 따라가자고 말입니다. 그러면 행복하게 해줄 것이라고 말입
니다. 덕분에 소승은 연못 속에 두 시진 가까이 있을 수밖에 없었지요.
나중에 저와 그 여시주를 발견한 스승님 덕분에 위기를 모면했지만 정
말 아찔했었습니다."

"아미타불, 저도 그와 비슷한 경험이 있었답니다. 몸을 다 씻고 연못
에서 나오려고 하는데 승포가 사라지고 없는 겁니다. 제가 난감해할
때 한 시주가 제 승포를 들고는 제게 다가오더군요. 그러면서 제 얼굴

이 비구니로 썩기에는 아깝다며 자신을 따라가자더군요. 첩으로 행복
하게 해주겠다고 말입니다. 그자는 동문들에 의해 곧 사살되었지만 저
는 한동안 물속에서 오들오들 떨었답니다.”
　법문과 의청은 서로 경쟁이라도 하듯 옛날에 겪었던 일들을 털어놓
으며 한풀이를 했다. 그들은 여태껏 누구에게도 털어놓지 못했던 이야
기를 하며 십 년 묵은 체증이 다 내려가는 상쾌함을 맛보았다.
　동병상련(同病相憐)이라… 이런 것을 두고 하는 말일 것이다.
　서로 같은 처지에 있는 법문과 의청. 그들은 상대방에게서 아주 끈
끈한 동질감을 맛보았다. 그렇게 때론 웃고 때론 같이 한탄하며 그들
은 밤을 새워 대화를 주고받았다.

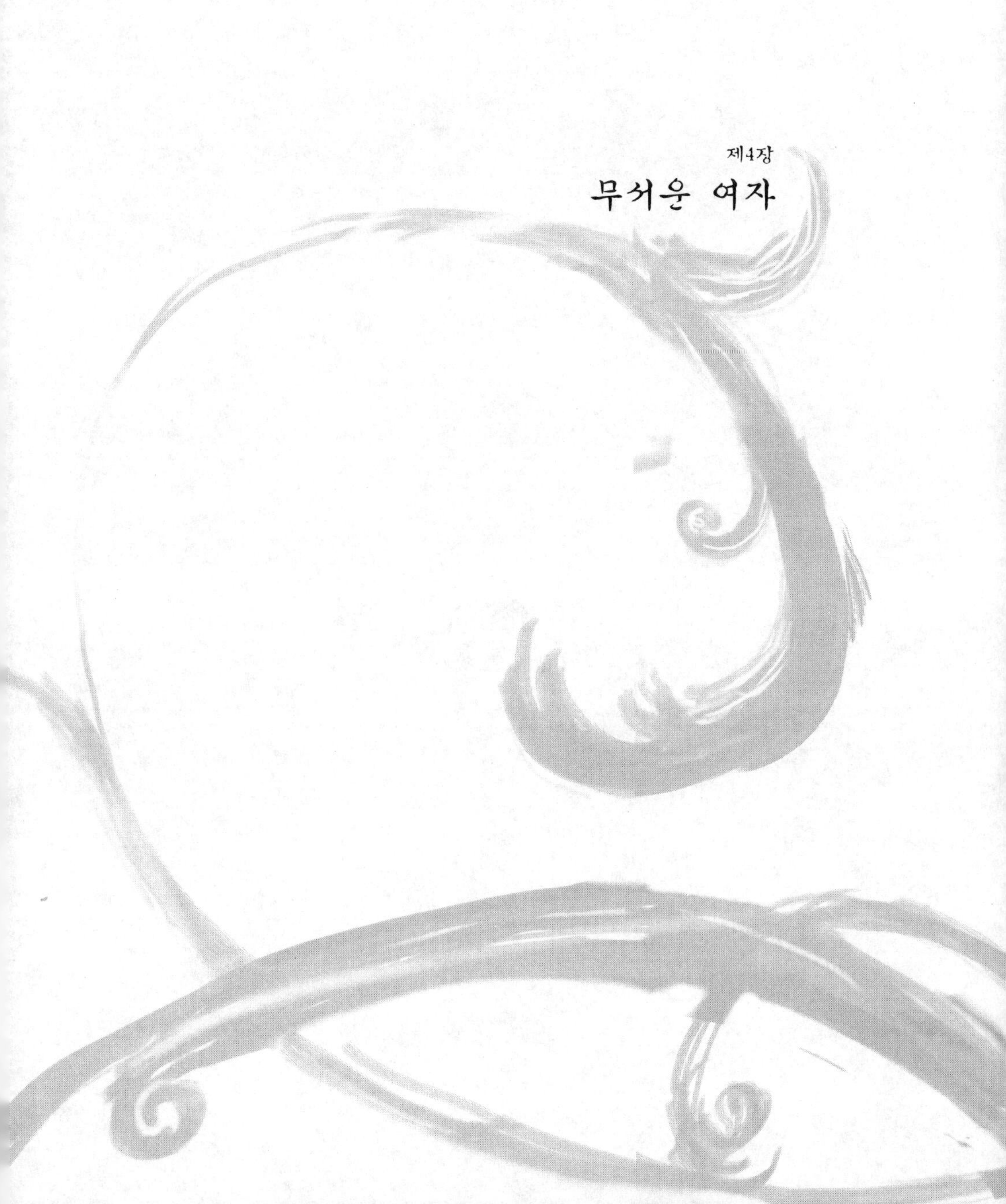

제4장
무서운 여자

무서운 여자

일행은 새벽에 객잔을 나섰다. 조금이라도 빨리 화산파에 도착하기 위함이었다. 그들이 부지런히 걸어 화산파에 도착했을 때는 이미 비무대회에 출전하기 위한 사람들이 관문 돌파를 위해 자신의 순번을 기다리고 있었다.

이번 비무대회는 이전까지의 비무대회와 마찬가지 방식으로 진행된다. 그러니까 3백 년 전부터 진행되어 온 방식에 따라 천(天), 지(地), 인(人), 삼 관으로 나뉘어져 있는 각 관문에 들기 위해선 일정한 검사에 합격해야만 했다. 그것은 실력도 없는 사람들이 비무대회에 나가는 것을 저지하기 위해서였다.

각 관문을 돌파한 사람들은 화산파 내부에 마련되어 있는 숙소에 머물 수 있었다. 하지만 남궁기 일행들은 그런 절차를 거치지 않아도 되었다. 법현과 법문은 소림사의 서찰을 가지고 온 사자의 신분이었고,

그것은 의청과 범혜도 마찬가지였다. 그리고 남궁기 등도 모두 오대세가의 자제들이었다. 구대문파와 오대세가에 몸담고 있는 사람들은 관문을 거치지 않아도 화산파 내부에 들어갈 수 있었다. 해서 그들은 모두 순조로이 화산파 내부에 들어갈 수 있었다.

"하하, 소생은 이만 여기서 작별을 고해야겠습니다."

남궁기는 일행을 둘러보며 작별을 고했다. 이제 화산파 내부에 들어왔으니 그도 자신의 세가 사람들을 찾아야 했다. 그것은 다른 이들도 마찬가지였다. 곧 남궁기가 자리를 떠났고, 그 뒤를 이어 황보중이, 다음엔 모용도와 모용경이, 마지막으로 사마운지와 사마영령이 포권을 취해 보이고는 자리를 떴다. 그리고 화수수는 약간 아쉬운 듯 법문을 한번 쳐다보고는 자신의 무사함을 아버지께 알리기 위해 그녀의 아버지에게로 떠나갔다.

"네 분께서는 저를 따라오시지요."

무사 하나가 법현 일행을 어디론가로 데리고 갔다. 그곳은 손님을 잠시 머물게 하는 임시 숙소였다.

"여기서 잠깐 기다려 주십시오. 곧 장문인께 알리고 오겠습니다."

그는 법현 일행을 방 안에 밀어 넣고는 장문인께 소림과 아미의 사자가 왔음을 알리기 위해 달려갔다. 법현 일행이 한 반 시진 정도를 기다리자 방문이 열리고 좀 전의 그 무사가 들어왔다.

"저를 따라오십시오. 지금 대청에서 모두 여러분들을 기다리고 계십니다."

그 무사는 앞장서서 걷기 시작했고, 그 뒤를 법현 일행은 따라갔다. 대청에 들어서자 여러 명이 모여 있는 게 보였다. 소림과 아미를 제외한 나머지 칠대문파의 장문인들과 오대세가의 가주들이었다.

“으음…….”

“험험…….”

여기저기서 불쾌한 음성들이 터져 나왔다. 법문과 의청이 죽립을 쓰고 있자 그런 것이었다. 자신들로 말하면 한 문파의 수장이자 소림과 아미의 방장과 동배의 신분들인데 그 소림과 아미의 제자들이 죽립을 쓰고 있으니 불쾌했던 것이다.

“하하하, 잘 왔네. 한데 왜 자네들만 온 것인가? 장문인들은 왜 아직 오시지 않고 있는 것인가?”

화중문 역시 불쾌하긴 했지만 자신의 딸로부터 내막을 들었기에 내색하지 않으며 법현 일행을 향해 입을 열었다. 그러자 법문이 공손히 합장을 하며 말했다.

“아미타불, 본 사 장문 방장 스님의 서찰을 가지고 왔습니다.”

하며 그는 품속에서 서찰을 꺼냈다. 그와 동시에 의청의 입이 열렸다.

“아미타불, 소승 역시 본 파 장문 방장 스님의 서찰을 가지고 왔습니다.”

법문과 의청의 서찰은 곧 화중문의 손에 들어갔다. 화중문은 두 서찰을 다 읽고는 그것들을 옆으로 돌렸다. 곧 칠대문파의 장문인들과 오대세가의 가주들은 그 서찰을 읽을 수 있었다.

“으음… 이렇게 공교로울 때가…….”

화중문이 신음을 흘리자 그의 말을 공동파의 장문인인 장 진인이 받았다.

“그러게 말이오. 비슷한 시기에 광우 성승(廣佑聖僧)님과 유화 사태(柔和師太)님이 열반에 드시다니… 정도의 큰 별이 동시에 떨어졌구려.”

　모두들 침중한 표정을 지었다. 정도의 정신적 지주이던 소림의 광우성승과 아미의 유화 사태가 죽었다니… 모두가 그러한 표정을 짓는 것은 당연했다. 게다가 그분들의 49일재를 지내느라 소림과 아미는 조금 늦게 도착할 거라고 하니 그들의 얼굴은 더욱 일그러질 수밖에 없었다.

　칠패천은 벌써부터 모두 모여 이번 비무대회의 대책을 강구하고 있는데 정파의 핵심인 소림과 아미가 늦게 도착하게 되다니, 이로 인해 어떤 일이 생길 것인지 모두 불안한 마음을 금치 못했다.

　각 문파의 장문인들과 오대세가의 가주들은 저마다 고집이 세고 자존심이 높았다. 그러니 그들이 합의를 하여 제대로 된 계획을 세우기 위해서는 누군가 중재해 줄 사람이 필요했다. 그리고 그것은 대대로 소림과 아미의 담당이었다. 그들은 불제자라 세속의 명리에 남보다 관심이 적었기에 모두의 의견을 수렴하고 타협하는 일에 앞장서 왔던 것이다. 한데 그들이 늦게 도착한다니 화중문은 앞이 깜깜해지는 것 같았다.

　사실 무림대회는 정과 마의 싸움이나 다를 바가 없었다. 3백 년 전, 고루혈교의 이간질에 정과 마의 대립은 극에 달했었다. 다행히 혜성처럼 나타난 다섯 세가가 고루혈교의 존재를 알리고 모든 것이 그들의 이간질임을 만천하에 밝혀 고루혈교는 정과 마의 합공을 받아 다시 어둠 속으로 숨어들었다. 그리고 정과 마의 대립도 종식되었다. 하지만 그들은 언제 다시 사(邪)의 이간질에 속게 될지 몰랐다. 해서 생각해낸 것이 바로 20년마다 한 번씩 비무대회를 여는 것이었다. 비무대회를 통해 서로 정정당당한 승부를 하자는 것이 그 취지였다. 그러면 더이상 사(邪)에 이간질당할 거리를 제공하지 않게 될 것이라고 그들은 믿었다. 그리고 그것은 지금까지 깨어지지 않았다.

하지만 역대 비무대회 우승자는 모두 정파의 고수가 차지했다. 마도는 단 한 번도 우승자를 배출해 내지 못했던 것이다. 그것은 실력의 차이도 있겠으나 그보다는 대진표(對陣表)의 작성을 지난 대회의 우승자 측이 작성하게 되어 있기 때문이었다.

자연 정파에 유리하게 대진표가 만들어지는 바람에 마는 한 번도 우승자를 배출하지 못했던 것이다. 이번에도 이변이 없는 한 우승자는 정파에서 나올 것이었다. 지난 대회의 우승자는 바로 화산파의 장문인인 화중문이었으니까.

그러니 마는 이번만은 반드시 우승자를 자신들 쪽에서 만들려고 혼신의 노력을 하고 있었다. 그런데 정에서 의견이 모아지지 않는다면? 그래서 대진표가 엉뚱하게 만들어져 자칫 마가 우승할 수 있는 여건을 제공하게 된다면? 그래서 마에서 우승자가 나온다면? 정은 더 이상 마를 깔볼 수가 없게 된다. 그리고 마는 더 이상 고개 숙이고 다니지 않을 것이었다. 비무대회의 우승자가 가지는 정신적 비중은 매우 높았기에 마는 그를 중심으로 똘똘 뭉칠 수도 있었다. 그러면 마는 지금보다 훨씬 더 강대해지게 될 것이었다.

"으음… 알겠네. 자네들은 그만 가보게나. 밖의 무사가 자네들이 묵을 곳으로 안내해 줄 것이네."

화중문은 법현 일행에게 그만 나가보라고 했다. 그러자 법문이 입을 열었다.

"아미타불, 화 장문님, 한 가지 청이 있습니다."

"뭔가?"

"이곳에 머무는 동안 죽립을 벗고 있어도 되겠습니까?"

"그걸 왜 나한테 묻는 건가?"

"소승이 죽립을 쓰고 있는 것은 방장 스님의 명 때문이었습니다. 그리고 방장 스님께선 화산파에 도착하거든 죽립을 쓰고 있을지, 아니면 벗고 있을지를 화 장문님의 허락을 얻으라고 하셨습니다."

"으음… 무슨 뜻인지는 잘 모르나 내 생각으론 벗는 게 나을 것 같네. 죽립을 쓰고 있는 것은 예의가 아닌 것 같네."

"아미타불, 그럼 그렇게 알겠습니다."

"아미타불, 소승도 죽립을 벗는 게 낫겠습니까?"

"그러게나."

의청의 말에 화중문은 아무 생각 없이 그렇게 하라고 했다. 그러자 법문과 의청은 합장을 해 보였고, 곧 그들 네 명은 대청을 빠져나왔다. 그들이 나가자 화중문은 각파 장문인들과 오대세가의 가주들을 데리고 밀실로 걸음을 옮겼다. 차후의 대책을 강구하기 위함이었다.

한편 밖으로 나온 법현 일행은 한 무사를 따라 자신들이 묵을 방으로 들어갔다. 그리고 그들은 한자리에 모여 마주 앉았다.

"아미타불, 드디어 이 답답했던 죽립을 풀게 되었군요."

말을 하며 법문은 천천히 목에 매어져 있던 죽립의 끈을 풀었다. 그와 동시에 의청도 죽립의 끈을 풀었다. 그리고 그들은 동시에 죽립을 벗었다. 범혜의 얼굴이 붉어진 것과 법현의 얼굴이 붉어진 것은 순식간이었다. 그리고 당사자들인 법문과 의청조차 상대의 용모에 내심 당황했다. 이 정도일 줄은 둘 다 미처 몰랐던 것이다.

"아미타불, 아미타불……"

"아미타불, 아미타불……"

곧 이어 네 명의 스님들의 불경이 읊어져 나왔다. 진탕되는 가슴을 억누르기 위해서였다. 그때 방문을 두드리는 소리가 들려왔다.

"들어가도 될까요?"

화수수의 목소리였다.

"아미타불, 들어오시지요."

법현의 말에 수수는 방문을 열고 웃으며 안으로 들어왔다. 그리고는 그 자리에 경악한 표정으로 멈추어 섰다.

"아미타불, 화 시주는 이곳으로 오시지요."

법현의 말에 수수는 얼굴을 붉히며 그쪽으로 걸어가 그들과 나란히 앉았다. 가까이서 보자 그녀는 마음이 더 떨리는 것을 느낄 수 있었다. 이렇게 잘생겼다니… 출가한 스님을 보며 이런 감정을 품다니… 그녀는 자신이 '탕녀가 아닌가?' 라는 생각마저 들었다. 그리고 의청을 보며 한없이 왜소해지는 자신의 모습을 발견했다. 그녀는 정파 최고의 미녀라는 천상칠화 중 하나였다. 하지만 의청에 비하면 그녀의 미모는 아무것도 아닌 것 같았다.

"두, 두 분이 왜 여태껏 죽립을 쓰고 계셨는지 이제야 알겠군요."

그녀의 말에 법문과 의청은 그저 쓴웃음을 지을 뿐이었다.

"그래, 여기엔 어인 일로 오셨는지요?"

법현의 물음에 수수는 재빨리 입을 열었다.

"다름이 아니라 정오에 구대문파의 후기지수들이 한자리에 모이기로 되어 있어요. 여러분도 그곳에 나와주셨으면 좋겠군요."

그녀의 말에 법현의 얼굴에는 씁쓸한 미소가 머금어졌다.

"아미타불, 죄송하지만 거기는 저희가 낄 자리가 못된답니다."

수수가 의아한 얼굴로 법현을 바라보자 법현은 의청을 한 번 쳐다보고는 말을 계속했다.

"소승은 소림의 나한제자에 불과하며 법문은 무림과 관계없는 소림 내당의 제자입니다. 그런 저희들이 그런 자리에 참석할 수는 없는 일이지요. 소림의 후기지수는 바로 용등제자(龍燈弟子)입니다. 만약 나한제자에 불과한 제가 그 자리에 참석했다간 소림의 얼굴에 먹칠을 하는 것이 됩니다."

법현의 말을 듣고 보니 그럴 만도 했다. 다른 파에서는 자파 최고의 후기지수들이 나올 것인데 소림만 나한제자가 나온다면 소림의 위상은 떨어지게 될 것이었다. 하지만 법문은 다르다고 수수는 생각했다.

"법현 스님은 그렇다 쳐도 법문 스님은 괜찮지 않을까요? 스님께서 참석하셔서 조금이나마 저희에게 깨달음을 주신다면 더할 나위 없이 좋을 겁니다."

"아미타불, 소승은 번잡한 것을……."

"우매한 중생들에게 깨달음을 주는 것도 수행의 한 가지가 아닐까요?"

수행의 한 가지란 말에 법문은 아무 말도 할 수 없었다. 그저 고개를 끄덕일 뿐이었다.

"아미타불, 시주의 말이 맞는 것 같군요. 그럼 잠시 참석하도록 하겠습니다."

법문의 허락을 받아낸 수수는 이번엔 의청을 바라보았다.

"의청 스님께서도 참석해 주실 거죠? 스님께선 아미파의 장문인이신 절진 사태(切診師太)님의 제자이시니 말이에요."

"아미타불, 그렇긴 하나 소승은……."

"스님께서 우려하시는 일은 없을 거예요. 그 자리에 나올 사람들은 모두 예의를 아는 사람들이니까요."

“…아미타불, 그럼 소승도 잠시 참석하도록 하겠습니다.”

“그럼 두 시진 뒤에 소녀가 여러분들을 모시러 다시 오겠어요.”

그 말을 끝으로 수수는 자리에서 일어났다. 그리고는 모두에게 포권을 취해 보이고 총총히 방을 나섰다. 그녀는 방을 나오자마자 빠른 걸음으로 자신의 방으로 돌아갔다.

“하아, 하아……..”

그녀는 침대에 털썩 앉으며 거친 숨을 내쉬었다. 그녀의 가슴은 세차게 뛰고 있었다.

'내가 왜 이러지? 그는 출가한 사람인데… 왜 이렇게 내 가슴이 뛰는 거지?'

수수는 두려워졌다. 현숙하고 정숙하기로 소문이 난 그녀. 한데 지금 그녀는 출가한 스님에게 이상한 감정을 느끼고는 두려워하고 있었다.

'아니야. 내가 그럴 리가… 그래, 너무 외로워서 그런 걸 거야. 이번 비무대회가 끝나고 나면 아버님께서 말씀하신 대로 혼사 문제를 한번 생각해 봐야겠어.'

그녀는 머리를 세차게 흔들어 자신의 이상한 감정을 지워 버렸다. 그리고는 뒤뜰로 나가 열심히 무공을 수련했다. 그녀의 무공 실력은 별로였다. 그것은 그녀가 무공보다는 시(詩), 서(書), 화(畵), 금(琴), 예(禮) 쪽에 더 관심이 많아서 무공보다는 그것들에 더 많은 시간을 투자하였기 때문이었다. 그런 그녀가 엉성하게 화산파 비전검법인 매화검법을 시전하기 시작했다.

그렇게 그녀는 한 시진가량을 무공 수련 하는 데 허비했다. 무공 연마를 끝낸 그녀는 옷을 화려한 것으로 갈아입었다. 그리고 동경 앞에 앉아 정성 들여 화장을 했다. 천천히 검법을 연습했기에 몸에 땀은 생기지 않았다. 해서 땀 냄새가 나지 않았기에 다시 목욕을 할 필요는 없을 것 같았다.

수수는 공들여 화장을 했다. 아마 그녀가 이렇게 오랜 시간을 화장하는 데 투자한 적은 별로 없을 것이었다. 그녀는 의식적으로 ‘내가 이렇게 화장을 공들여 하는 것은 내가 추하게 하고 나간다면 화산이 업신여김을 당할지도 모르기 때문이야’ 라고 생각했다. 내면의 숨은 진짜 이유를 애써 무시하면서.

그녀는 동경에 자신의 모습을 한번 비춰 보고는 만족한 미소를 지었다. 그리고 천천히 법문과 의청을 데리러 갔다.

‘아미타불, 큰일이구나.’

의청은 수수의 모습을 보며 일이 심상치 않음을 느꼈다. 그녀도 불제자이기 이전에 한 명의 여자였다. 그런 그녀가 수수의 변화를 모를 리가 없었다. 청순한 소녀의 모습이던 수수는 지금 요염한 여인의 모습을 하고 있었다. 의청은 법문을 바라보았다. 그는 수수의 변화를 눈치 채지 못하고 있었다. 하긴 불제자가 여인의 용모에 관심이 있다면 그게 더 이상한 일이겠지만.

“두 분께서는 소녀를 따라오세요.”

수수의 목소리가 한층 더 요염해 보인다고 의청은 느꼈다. 그리고 수수의 목소리는 법문과 대화를 하며 한층 더 요염해져 있었다.

‘아미타불, 불제자에게 저런 추파를… 아미타불, 아마도 법문은 고생을 하겠구나.’

의청은 수수의 행동이 무엇을 의미하는지 눈치 챌 수 있었지만 워낙 미약한 것이라 그녀와 같이 예리한 사람이 아니라면 눈치 채지 못할 것이었다. 자연 법문은 모를 수밖에. 그런데 수수가 법문과 나란히 붙어서 걸음을 옮기자 의청은 괜히 심술이 났다. 해서 저도 모르게 입을 열었다.

"아미타불, 화 시주는 좀 전보다 한층 더 아름다워 보이는 것 같군요."

의청의 말에 수수는 흠칫하더니 재빨리 입을 열었다.

"지금 갈 자리엔 각 문파의 후기지수들이 저마다 자신을 뽐내며 저희를 기다리고 있을 거예요. 그래서 저도 화산의 명예를 위해 조금 치장을 했답니다."

"아미타불, 그랬군요."

'그래, 내 말대로야. 난 단지 화산의 명예를 위해 이렇게 치장을 약간 했을 뿐이야. 다른 뜻은… 없어……'

수수는 자신에게 다짐하며 법문과 약간 사이를 두었다. 생각해 보니 법문과 너무 가깝게 붙어 있었던 것이다. 의청은 아주 능청스럽게 말하는 수수의 모습에서 괘씸한 생각이 들었다. 하지만 그것은 어디까지나 속마음일 뿐, 겉으로 내색하지는 않았다. 또한 수수가 법문에게 관심이 있다고 해도 그녀와는 상관없는 일이었다.

하지만 왠지 모르게 마음이 언짢았다.

"흥, 꼴같잖아서!"

조미(曹美)는 짜증 섞인 목소리로 투덜거리며 술잔을 들어 한 번에 마셔 버렸다.

"하하, 조 소저께서는 왜 그리도 화가 나셨습니까?"

막 이곳에 도착하자마자 화를 내는 조미를 보며 공동파의 후기지수인 일수풍운(一手風雲) 구양운(歐陽雲)이 웃으며 그 이유를 물었다. 그러자 모여 있던 모든 사람들이 조미의 얼굴을 주시했다.

적화(赤花) 조미.

천상칠화의 하나이자 청성파 장문인 건곤신검(乾坤神劍) 조양수(曹陽壽)의 막내딸.

그런 그녀가 투덜거리자 모두들 그녀의 얼굴을 주시한 것이다. 조미는 다시 술 한 잔을 들이켠 뒤 구양운을 보며 입을 열었다.

"지금 밖에 무슨 소문이 떠돌고 있는 줄 아세요?"

"무슨 소문이 나돌고 있기에 그러십니까?"

"흥, 글쎄 오대세가 녀석들이 어제 괴한들로부터 화 언니를 구했다고 동네방네 떠들고 다니지 뭐예요. 그러면서 별말을 다하고 다닌대요. 뭐 화산파의 다섯 고수가 맥도 못 추고 당한 고수들을 자신들이 격퇴시켰다고요. 흥, 정말 기고만장한 꼴이라니."

구대문파는 3백 년 전 고루혈교를 격퇴시키는 데 가장 큰 공헌을 하면서 급부상한 오대세가를 그다지 좋아하지 않았다. 수천 년을 쌓아온 구대문파의 입지를 그들이 점점 위협하고 있기 때문이었다. 그리고 오대세가도 겉으로는 구대문파를 떠받들고 있기는 하지만 자신들을 무시하는 구대문파를 그다지 좋아하지 않았다. 해서 그들은 구대문파와는 같은 정도이긴 하지만 다른 길을 걷고 있는 처지였다.

자연 구대문파와 오대세가 간에는 보이지 않는 알력이 존재하고 있었다. 그러니 조미가 화를 내는 것도 당연한 일이었다. 정도를 걷는 사람으로서 위험에 처한 사람을 도와주는 것은 당연한 일일진대 그것 한 번 도와주고는 생색을 내며 동네방네 떠들고 다니다니 말이다.

"아니, 그런 일이 있었습니까?"

"흥, 화 언니는 어쩌다가 그 사람들에게 도움을 받았는지 모르겠어요. 그것 때문에 괜히 애꿎은 우리들까지 무시당하게 됐잖아요."

"하하, 그만 하렴. 어쨌든 그들이 화 소저를 구한 것은 사실이 아니냐?"

조미가 너무 흥분을 한다고 생각한 그녀의 오빠이자 청성파의 후기지수인 낙운검(落雲劍) 조자양(曹自襄)이 차분한 어투로 조미를 말리고 나섰다.

"으음, 아무리 그렇다고는 해도 그들이 계속 떠들고 다닌다면 문제가 있을 것 같은데요."

해남파의 가장 촉망받는 후기지수인 유성검(流星劍) 수망운(隋忙澐)이 신중한 목소리로 입을 열었다. 그러자 모두들 저마다 한마디씩 해댔다. 결론은 소문을 퍼뜨리고 다니는 자들을 찾아 따끔한 충고를 하자는 쪽으로 기울어지고 있었다. 그들이 그 문제로 열띤 토론을 벌일 때 문밖에서 이곳의 경비를 서고 있던 무사 중 하나의 목소리가 들려왔다.

"화수수 소저께서 오셨습니다."

그 말에 방 안은 일순 조용해졌다. 소문의 주인공이 오고 있으니 그런 것이다. 문이 열리고 방 안에 세 사람이 동시에 들어왔다. 수수와 승포를 입고 있는 두 명의 스님이었다.

'아, 아니… 무슨 스님이……'

조미는 황급히 고개를 숙였다. 얼굴이 붉어진 것 같았다. 그녀뿐 아니라 방 안에 모여 있던 여자들은 법문의 얼굴에, 남자들은 수수와 의청의 얼굴에 모두들 넋이 나가 버렸다.

“흠흠……."

수수는 모두의 얼굴을 보며 가볍게 헛기침을 한번 하고는 자리에 앉았다. 그러자 모두들 제정신으로 돌아올 수 있었다. 법문과 의청도 수수의 옆에 자리를 잡고 앉았다.

“수, 수수 언니, 저… 저 스님 분들은……."

조미가 말을 버벅거리며 묻자 수수는 가볍게 웃어 보이고는 입을 열었다.

“이 스님 분은 아미파 장문인이신 절진 사태님의 제자이신 의청 스님이에요. 그리고 이분은… 소림 내당의 법문 스님이라고 한답니다."

그녀의 소개에 의청과 법문은 모두에게 합장을 해 보였다. 그러자 모두들 자신의 신분을 밝혔다. 자기소개가 모두 끝났을 때, 수망운이 약간은 언짢은 표정으로 법문을 한번 쳐다보고는 수수에게 물었다.

“소림 내당이라 하면, 제가 알기로는 무공을 모르는 그저 불법만 좇는 스님들만 있다고 들었는데……."

“예, 그래요. 법문 스님은 무공을 모르신답니다. 하지만 제가 여기에 와달라고 부탁을 드렸어요. 법문 스님의 불법은 아주 깊으시거든요."

“하나 여기는 각파의 후기지수들이 모여 이번 비무대회를 논의하는 곳입니다. 한데 비무대회와는 아무 상관도 없는 스님이 이곳에 있다는 것은……."

수망운이 끝 말을 흐리긴 했으나 그의 말뜻은 명확했다. 이곳은 법문이 있을 자리가 아니라는 것이었다. 그의 말속에는 약간의 질투가 섞여 있었는데, 아마도 스님인 주제에 자신보다 잘생긴 법문이 여기 있는 게 못마땅한 것 같았다. 그리고 그것은 여기 모여 있는 남자라면 모두 그렇게 생각하고 있는 듯했다. 그들은 속으로 어서 빨리 법문이 나갔으면 하고 바라는 것 같았다. 법문도 그것을 눈치 채고는 조용히 합장을 하며 일어섰다.

"아미타불, 시주의 말이 맞는 것 같소이다. 이곳은 소승이 낄 자리가 못되는 것 같군요."

'세상에! 목소리까지도 어쩜……'

조미는 법문의 목소리에 겨우 진정되었던 가슴이 다시 세차게 뛰는 것을 느꼈다. 스님에게 이런 감정을 느끼다니… 정말 알 수 없는 일이었다. 그녀는 방을 나서는 법문을 말리고 그와 이야기를 나누고 싶은 충동을 느꼈다. 하지만 법문은 곧 방을 나가 버렸고, 그가 사라지자 그녀는 뭔가 허탈한 느낌이 들었다.

법문은 조용히 자신의 처소로 돌아왔다. 법현은 어딘가에 나가 버리고 없었다. 법문은 뒤뜰로 걸어가 바닥에 정좌를 하고 앉았다. 그리고 눈을 감고, 코를 막고, 귀를 닫았다. 곧 법문은 자신만의 세계에 빠져들었다. 바람이 느껴지고, 자연의 정기가 느껴졌다.

법문은 내공심법을 모른다. 아니, 알고는 있었지만 그것을 한 번도 시전해 보지 않았다. 불제자가 무공을 익혀서 뭐 하겠는가가 법문의 생각이었다. 만약 법문이 좌선하는 동안 태극자의 독문 심법인 태극혼원일기공(太極混元一氣功)을 운공했다면 그는 벌써 일류고수의 반열에 들었을 것이다.

어쨌든 법문은 좌선에 들어갔다. 이제 언제 법문이 좌선을 끝낼지는 그 외에는 아무도 모를 것이다. 법문은 한번 좌선을 하면 하루고 이틀이고 지겨워질 때까지 계속해서 하는 부류였으니까.

다음날, 조미는 수수와 함께 법문이 머물고 있다는 곳으로 찾아갔다. 핑계는 법문의 불법을 배우기 위함이었다. 사실 수수도 어떤 구실을 만들어 그곳에 갈까 하고 고민하고 있었는데 마침 잘된 참이었다. 하지만 그들이 법문이 머물고 있는 처소에 도착했을 때는 이미 다른 불청객이 와 있는 상태였다. 방 안에는 법현과 의청, 그리고 범혜가 담소를 나누고 있는 중이었다.

"아미타불, 화 시주께서 오셨군요. 한데 옆의 시주는……."

"소녀는 청성의 조미라고 해요."

조미는 공손히 포권을 취해 보였다. 그러자 범혜와 법현이 조미에게 합장을 하며 각자 자기소개를 했다.

"한데 두 분께선 어인 일이신지요?"

"법문 스님께 불법을 배우러 왔어요. 그런데 법문 스님은 어디 가셨죠?"

조미의 당찬 말에 의청은 또 하나의 문제가 생겼음을 알 수 있었다. 조미의 눈빛은 호기심으로 가득했던 것이다.

"아미타불, 때를 잘못 선택하셨군요. 법문은 지금 참선을 하고 있답니다."

말을 하며 법현은 뒤뜰을 가리켰다. 그에 조미와 수수는 뒤뜰로 나가보았다. 그곳에서 그녀들은 놀라운 광경을 목격할 수 있었다. 법문은 등을 돌리고 앉아 있었는데 그의 한쪽 어깨엔 작은 새 두 마리가 나란히 앉아 있었다. 그 새들은 기르는 새들이 아닌 야생의 새들이었다. 그리고 야생의 새들은 대부분 인간을 경계하기 마련이었다. 한데 법문의 어깨에 얌전히 앉아 있다니, 정말 놀라운 일이었다.

새들은 잠이 든 듯했다. 정말 보면 볼수록 신비한 사람이라고 수수는 생각했다. 그 용모뿐 아니라 동물을 끌어들이는 기이한 마력까지 있다니 말이다.

"언니, 어떻게 저럴 수 있죠?"

조미가 작은 목소리로 수수에게 물었다. 하지만 그것은 수수도 모르는 일이었다.

"나도 모르겠구나."

그때 그녀들의 뒤에서 법현이 입을 열었다.

"소승도 들은 말이긴 하나 수행을 오래 하면 자연과 동화가 된다고 하더군요. 아마 지금 저 새들은 법문을 생명체가 아닌 자연의 일부로 생각하고 있을 것입니다."

"아미타불, 부끄러운 일이에요. 법문 스님께선 벌써 저만한 경지를 이루셨건만 소승은 제자리에서 맴돌기만 하니 말이에요."

의청의 한탄 섞인 말이 들렸다. 그녀는 법문을 보며 그토록 믿었던 자신의 자부심이 점점 보잘것없어지는 것을 느끼고 있었다. 물론 무공이라면 법문은 그녀의 일초지적이 되지 않을 것이다. 하지만 출가한 승에게 무공보다 더 중요한 것은 도를 깨닫는 것이라는 것을 그녀는 법문을 보며 깨닫고 있었다.

"아미타불, 사숙, 너무 심려 마세요. 법문 스님은 무공 연마에 시간을 뺏기지 않아 그런 것이에요. 그리고 사숙은 무공을 통해 도를 깨닫고 계시잖아요."

범혜의 말에 의청은 그저 한숨을 내쉴 뿐이었다.

"법문 스님은 언제부터 저렇게 하고 계셨나요?"

"아미타불, 어제 정오부터 저러고 있었으니 하루가 다 되어가는군요."

　수수의 질문에 법현은 대수롭지 않게 말했다. 하지만 조미는 크게
놀랄 수밖에 없었다. 사람이 하루 동안 아무것도 먹지 않고, 조금도 움
직이지 않은 채 좌선만 하고 있다니 말이다. 그녀가 다시 한 번 법문에
대해 호감을 느낄 때 방문을 두드리는 소리가 나고 곧 낯익은 목소리
가 들려왔다.

　"법현 스님, 소생 남궁기입니다. 들어가도 되겠습니까?"

　"아미타불, 들어오시지요."

　남궁기는 방 안에 들어서자 그 외에도 방문자가 더 있는 것을 보고
는 약간 멈칫했다. 지화와 적화가 같이 있으니 약간 놀란 것이었다.

　"하하하, 소생 외에도 먼저 오신 분들이 계셨군요."

　"흥."

　남궁기의 말에 조미는 코웃음을 쳤다.

　"…하하, 조 소저는 소생이 여기 온 것이 못마땅하신 모양입니다."

　"흥, 안 그래도 한번 남궁 공자를 찾아가려고 했었어요."

　"소생을 찾아오려고 했다니… 소생에게 무슨 언짢은 감정이라고 가
지고 계십니까?"

　"몰라서 물으세요? 요즘 남궁 공자께서 다른 오대세가의 사람들과
함께 화 언니를 한 번 구해준 걸 가지고 생색을 내고 다닌다면서요? 그
리고 구대문파를 무시하는 말도 하고 다닌다고 하더군요. 대체 그 저
의가 뭐죠?"

　날카로운 조미의 말에 남궁기는 순간 당황하는 듯싶더니 곧 평정을
유지하며 입을 열었다.

　"하하, 뭔가 오해를 하신 것 같은데 소생은 그런 적이 없소이다. 다

만 있었던 사실을 친구에게 얘기한 적은 있지만 말이오."

"흥, 남궁 공자는 '오른손이 한 일을 왼손이 모르게 하라' 는 말도 모르시나요? 그거 한 번 구해준 거 가지고 너무 떠들고 다닌다는 생각은 하지 않으세요?"

"하하, 그보다는 구대문파의 사람이 오대세가의 사람에게 도움을 받았다는 사실이 알려지는 게 두려운 것은 아니오?"

"뭐, 뭐라구요! 지금 뭐라고 했어요?!"

"하하, 소생은 그저 한번 말해 본 것에 불과한데 이렇듯 흥분을 하다니, 정말 그런가 보군요."

"이! 이… 감히!"

조미는 남궁기의 유들유들한 말에 화가 머리끝까지 솟았다. 그녀는 말싸움에서는 남궁기의 상대가 되지 않았던 것이다.

"아미타불, 두 분 다 진정하시지요. 진정하시고 이곳에 앉으시기 바랍니다."

법현이 조미와 남궁기 사이에 끼어들며 둘을 탁자로 데리고 갔다.

"아미타불, 남궁 시주께서는 여기에 어쩐 일이십니까?"

"하하, 다름이 아니라 법문 스님을 좀 뵈러 왔습니다. 법문 스님은 지금 어디 계시는지요?"

"아미타불, 오늘 법문을 보러 오는 시주들이 많군요."

법현의 말에 남궁기는 재빨리 조미와 수수를 바라보았다.

"두 분께서도 법문 스님을 보러 오신 것입니까?"

"예, 저희는 법문 스님께 불법을 조금이나마 배워보고자 왔어요. 그런 남궁 공자께선 무슨 일로 법문 스님을 만나러 오신 거죠?"

수수의 말에 남궁기는 한번 웃어 보이며 말했다.

"하하, 다름이 아니라… 그보다는 법문 스님께서는 지금 어디 계십
니까?"

"아미타불, 법문은 지금……."

"아미타불, 소승은 여기 있습니다."

법현이 막 법문은 참선 중이라고 말하려 할 때 법문이 방 안으로 들
어왔다. 방 안의 소란으로 인해 더 이상 참선을 할 수가 없었던 것이
다. 법문의 얼굴을 본 남궁기의 얼굴은 경악과 놀람으로 굳어져 버렸
다. 대강 들었기에 꽤 잘생겼으리라고 생각하긴 했으나 이 정도일 것
이라곤 미처 몰랐던 까닭이다. 더구나 법문의 어깨엔 현재 한 쌍의 새
들이 자리 잡고 있었다. 새들은 조금도 법문에게 거부감을 가지고 있
지 않은 것 같았다. 자연 남궁기의 입은 더욱 벌어질 수밖에 없었다.
한편, 그가 충격으로 그렇게 멍하니 있을 때, 그와 마찬가지로 법문의
어깨에 아직도 새 두 마리가 앉아 있는 광경을 본 조미는 놀란 것이 분
명한 음성으로 더듬더듬 입을 열었다.

"아, 아니… 법문 스님, 어, 어깨엔……."

"아미타불, 이분들께서 배가 고프신 것 같아 소승이 조금이나마 식
사를 대접하기 위해 모셔왔습니다."

하며 법문은 탁자로 다가와 의자에 앉았다. 그리고는 품속에서 하얀
빛깔의 벽곡단 한 알을 꺼냈다. 법문은 그것을 탁자에 올려놓고는 작
게 몇 조각으로 쪼갰다. 그러자 법문의 어깨에 앉아 있던 한 쌍의 새가
탁자로 내려가 벽곡단을 쪼아 먹기 시작했다.

"아미타불, 마음껏 드세요. 벽곡단은 아직 많답니다."

그러자 놀랍게도 새들은 법문을 향해 알겠다는 듯 지저귀고는 벽곡
단을 먹기 시작했다.

‘이, 이게 대체……’

지금 일어나고 있는 일을 조미는 이해할 수가 없었다. 짐승을 부리고 다루는 것은 만수문의 문도들만이 가능한 일이었다. 한데 법문은…… 그리고 법문은 새들을 부리는 것이 아니라 마치 사람 대하듯 하고 있었다. 그리고 새들도 법문을 친구 대하듯 하고 있었다. 정말 눈으로 보지 않았다면 믿지 못할 일이었다. 이 상황에 유일하게 놀라지 않은 사람은 법현뿐이었다. 그는 법문이 동물들과 대화하는 것을 몇 번인가 보아왔던 것이다.

“아미타불, 법문, 나에게 이분들을 소개시켜다오.”

“아미타불, 그러지요. 이 두 분은 며칠 전에 부부지연을 맺으셨답니다. 그리고 여기서 그리 멀지 않은 나무 위에 집을 짓고 있으시고요. 먹이를 찾아 돌아다니다가 저를 만나게 된 것이지요. 두 분, 이분은 제 사형이신 법현이라고 한답니다.”

법문이 새들에게 법현을 소개하자 놀랍게도 새들은 법현을 향해 지저귀며 반갑다는 듯이 고개를 끄덕였다.

“……하하, 법, 법문 스님은 볼 때마다 저를 놀라게 하시는군요.”

“아미타불, 소승에겐 무슨 일이신지요.”

남궁기는 조미를 한 번 쳐다보고는 입을 열었다.

“다름이 아니라 한 시진 뒤쯤에 오대세가의 젊은이들이 한자리에 모여 담소를 나누기로 하였습니다. 해서 괜찮으시다면 법문 스님께서 그 자리에 참석해 주셨으면 해서 온 것입니다.”

“아미타불, 소승은 오대세가와 아무런 관계가 없는 사람일 뿐더러 무림과도 아무런 관계가……”

“하하, 저희는 다만 법문 스님께 조금의 가르침을 받고 싶을 뿐입니다. 그리고 어제와 같은 불미스러운 일은 없을 것입니다. 저희들은 모두 앞뒤가 꽉 막히진 않았으니까 말입니다."

어떻게 알았는지 남궁기는 어제 법문이 구대문파 후기지수들의 모임에 참석했다가 바로 쫓겨난 것을 알고는 조미더러 들으란 듯이 그렇게 말한 것이었다.

"아미타불, 아미타불……."

남궁기의 말에 법문은 그저 불호를 외울 뿐이었다. 조미는 남궁기의 말에 화가 났지만 그의 말이 사실이라 아무런 말도 할 수가 없었다.

"법문 스님, 제 부탁을 들어주시겠습니까?"

"…아미타불, 그럼 그렇게 하겠습니다."

"하하, 고맙습니다. 그럼 한 시진 후에 수상루에서 뵙겠습니다."

그 말을 끝으로 남궁기는 모두에게 포권을 해 보이고는 방을 빠져나갔다. 그가 나가자 범혜와 법현이 약속이라도 한 듯 동시에 일어났다.

"사숙, 잠시 나가도 될까요?"

"그러럼."

그들은 죽이 잘 맞는 듯 어제도 같이 경치를 구경하기 위해 돌아다녔으면서 오늘도 둘이 같이 경치 구경을 하려는 듯했다.

"아미타불, 그럼 소승은 나가보겠습니다. 모두들 담소를 나누십시오."

법현과 범혜는 곧 방을 빠져나갔다.

"소림의 벽곡단은 하얀색이군요."

의청이 새들이 먹고 있는 벽곡단 부스러기를 하나 손가락으로 집으며 말했다.

"아미타불, 그럼 아미의 벽곡단은 아니란 말씀입니까?"

법문의 물음에 의청은 품에서 초록빛의 벽곡단 한 알을 꺼냈다. 의청이 그것을 법문에게 주자 법문은 그것을 받아 들고는 향기를 맡아보았다. 자신이 가지고 있던 것보다 더 진한 향이 흐르고 있었다.

"아미타불, 아름다운 색에 향마저 소림의 것을 능가하는군요."

법문의 치하에 의청은 그저 빙긋 웃어 보였다.

'흥! 아무리 예뻐봤자 비구니인 주제에.'

조미는 의청의 웃는 모습이 너무도 아름답자 저도 모르게 속으로 코웃음을 쳤다. 그리고는 재빨리 입을 열었다.

"저…, 전부터 궁금했었는데 그 벽곡단은 뭘로 만들어지는 거죠?"

"그래요. 저도 전부터 그게 궁금했어요."

수수까지 그렇게 말하자 법문은 입을 열었다.

"아미타불, 소림의 경우는 쌀과 밀을 칠 대 삼 정도로 섞고 그것을 갈아 가루로 만든 뒤, 물을 조금 섞어 반죽을 만들어 이렇게 벽곡단을 만든답니다. 그리고 만들어둔 벽곡단은 솔잎으로 싸놓아 솔잎의 청아한 향기가 벽곡단에 스며들도록 하지요."

법문의 설명이 끝나자 곧 의청의 말이 이어졌다.

"아미타불, 소림은 아주 검소하게 벽곡단을 만드는군요. 아미는 조금 다르답니다. 저희도 쌀과 밀을 갈아 가루를 만들지만 그것에 물이 아닌 다른 것을 넣는답니다."

"아미타불, 다른 것이라 함은……."

"아미타불, 저희는 산에 나는 푸른 채소들을 갈아 그 즙을 물 대신 넣는답니다. 그리고선 반죽을 해서 이렇게 벽곡단을 만드는 것이지요."

"아미타불, 그래서 이토록 진한 향이 나는 것이군요. 정말 소승은 새로운 사실을 깨우쳤습니다."

"아미타불, 아닙니다. 소림의 벽곡단도 은은한 향이 나는 게 아미의 벽곡단에 못지 않은 것 같아요."

그때 어디선가 냉소가 들려왔다.

"홍! 정말 눈 뜨고 못 봐주겠군. 출가한 비구니인 주제에 남자를 유혹하는 꼴이라니."

"누, 누구냐!"

어디선가 들려온 비웃는 말에 의청은 얼굴이 벌게지며 자리에서 일어나 주위를 둘러보았다.

"홍! 부끄러움도 모르는 것들 같으니."

예의 목소리가 이번에는 의청뿐 아니라 수수와 조미까지 싸잡아 욕을 해댔다. 그러자 조미와 수수도 노기를 뿜으며 자리에서 일어나 주위를 둘러보았다. 그때 유령처럼 창가에 한 흑의여인의 모습이 나타났다.

"너희 정파의 계집들은 모두 다 너희들처럼 그렇게 부끄러움이 없느냐? 백주 대낮에 출가한 스님을 유혹하는 꼴이라니 말이다."

나타난 흑의여인은 의청 등에게 냉소를 퍼부었다.

"이, 이 뚫린 입이라고 말을 함부로 하다니! 용서할 수 없다!"

속마음을 들킨 게 분한 것일까? 조미는 있는 대로 화를 내며 검을 뽑아 흑의여인에게 덤벼들었다. 하지만 흑의여인은 조미의 검을 가볍게 피하며 다시 냉소를 터뜨렸다.

"홍. 왜? 내가 네 속마음을 제대로 찔러서 화가 난 거냐? 그런 거야?"

"이, 이! 죽어라!"

조미는 계속해서 흑의여인에게 검을 휘둘렀다. 하지만 흑의여인은 유유히 조미의 검을 계속 피하며 입을 놀렸다.

"정말 낯짝도 두꺼운 계집이군. 출가한 스님에게 추파를 던지다니 말이야. 네 집에서도 네가 이러는 걸 알까?"

"다, 닥치지 못해! 언니, 도와줘요."

조미가 도움을 청하자 안 그래도 손쓸 준비를 하고 있던 수수는 검을 뽑아 흑의여인에게 달려들었다. 수수까지 가세하자 곧 흑의여인의 손발이 어지러워졌다. 이에 흑의여인도 품에서 단검을 꺼냈다.

쟁쟁!

흑의여인이 단검을 휘젓자 그것에 조미와 수수의 검이 맞고 튕겨져 나갔다. 조미와 수수가 다시 흑의여인에게 덤비려 할 때, 의청이 그것을 말렸다.

"모두 그만 하세요. 그리고 당신은 무슨 이유로 이곳에 찾아와 저희들을 모욕하는 건가요?"

의청의 말에 흑의여인은 품속에 단검을 집어넣으며 냉소를 쳤다.

"내가 보기엔 네가 제일 여우 같은 계집이야. 출가한 비구니인 주제에 법문에게 추파를 던지다니, 부끄럽지도 않으냐?"

"가, 감히, 그런 말을! 도저히 용서할 수 없다!"

의청은 당장이라도 검을 뽑아 흑의여인에게 달려가려고 했다. 그때 법문의 목소리가 들렸다.

"아미타불, 모두들 그만 하십시오. 모두들 무기를 거두시고 시주께서도 다른 분들에게 무례한 말을 한 것을 사과하시기 바랍니다."

법문의 말에 흑의여인은 천천히 법문 쪽으로 걸어갔다. 그러면서 그녀는 얼굴을 가리고 있던 면사를 벗어 던졌다. 그러자 그녀의 맨 얼굴이 드러났다. 수수와 조미에 뒤지지 않는 미모의 여인이었다.

"호호, 법문, 벌써 소녀를 잊어버리셨어요? 소녀는 한시라도 법문 오라버니를 잊은 적이 없었는데 말이에요."

그녀의 미소를 보자 법문은 불현듯 옛날 기억이 떠올랐다. 자신의 손목에 깊은 이빨 자국을 낸 소녀. 왜 갑자기 그 기억이 난 것일까? 법문은 흑의여인의 얼굴을 자세히 바라보았다.

"법문 오빠, 날 잊지 말라고 했잖아요? 근데 벌써 잊은 거예요?"

흑의여인은 법문의 우려대로 사예설이었다.

"아… 아, 아미타불… 오, 오랜만이군요. 소, 소승은 이만 가볼 데가 있어서……."

법문은 허둥지둥대며 급히 방 밖으로 달려나갔다. 법문이 이렇게 평정을 잃고 도망치듯 사라져 버리자 의청 등은 더욱 흑의여인의 정체가 궁금해졌다. 저 여인이 누구이기에 법문이 저토록 당황하는 것인지 말이다. 법문이 도망쳐 버리자 예설은 의청과 수수, 조미를 바라보며 아까와는 전혀 딴판으로 사근사근하게 웃으며 입을 열었다.

"호호호, 소매가 아까는 너무 흥분해서 말을 함부로 했으니 모두들 용서해 주세요."

의청들이 갑작스럽게 달라진 예설의 행동에 정신을 못 차릴 때 예설이 다시 말했다.

"혹 들어본 적이 있을지 모르겠군요. 소녀는 사예설이라고 한답니다. 강호에서는 향접(香蝶)이라는 이름으로 불리고 있지요."

"흥, 누구이기에 이토록 무례한가 했더니 사파의 요녀였군."

조미의 말대로 예설은 마도의 네 마리 나비인 우내사접(宇內四蝶) 중 하나인 향접(香蝶)이라 불려지고 있었다. 그리고 그 잔인한 손속으로 인해 정파에서는 그녀를 요녀(妖女)라고 부르고 있었다. 하지만 예설은 조미의 말에도 눈 하나 깜짝하지 않고 여전히 웃는 얼굴로 대답했다.

"호호, 맞아요. 소녀는 사파의 요녀랍니다. 그것은 모두가 알고 있는 사실이죠. 한데 정파의 고고한 여러분들이 하는 짓은 저보다 더 추잡하기 이를 데 없군요."

"뭐!"

조미가 막 화를 내려 하자 의청이 그녀를 막으며 예설에게 말했다.

"아미타불, 시주께서는 왜 그런 말을 하시는지요?"

"호호호, 몰라서 물으세요? 정파의 가장 아름답고 고고한 꽃들이라는 천상칠화 중 둘과 이미 출가한 비구니가 한 남자를 둘러싸고 추파를 던지는 게 그럼 추잡한 짓이 아니란 건가요?"

"무, 무슨 근거로 그런 말을 하는 거죠? 우린 단지 법문 스님의 불법을 들으러……."

"호호호, 그건 다 핑계라는 걸 소녀는 잘 알고 있답니다. 사실 여러분들이 이곳에 온 이유는 법문의 아름다운 얼굴을 한 번이라도 더 보기 위해서, 그리고 그 매혹적인 목소리를 한 번이라도 더 듣기 위해서가 아닌가요? 어머, 애써 부인하려 하지 마세요. 여러분들의 얼굴에 그렇다고 쓰여져 있거든요. 호호호호."

수수의 말을 끊으며 예설은 다 안다는 듯 입을 열었다.

챙챙챙!

예설의 말이 끝남과 동시에 의청 등이 모두 검을 뽑아 들었다. 계속되는 모욕적인 말에 그녀들은 분노가 극에 달했던 것이다.

"어머, 소녀는 여러분들과 싸우러 온 것은 아니랍니다. 다만 한 가지 분명히 해둘 게 있어서 온 거예요. 그러니 검을 거두어주세요. 소녀는 무섭답니다."

예설이 몸을 움츠리기까지 하며 연약한 목소리로 말하자 조미는 코웃음을 쳤다.

"흥! 누가 사파의 요녀가 아니랄까 봐 하는 짓이라고는."

"호호, 고마워요. 소녀는 그 요녀란 소리를 들을 때마다 기분이 상쾌해진답니다. 앞으로 소녀를 볼 때마다 그 요녀란 말을 자주 해주세요. 호호호."

부르르.

검을 잡고 있는 손이 모두들 떨려왔다. 너무도 얄미운 예설의 말에 모두들 분기가 넘쳤다. 그런 그녀들을 보며 예설은 잊은 것을 생각해 낸 듯 한 번 박수를 치며 말했다.

"어머, 벌써 시간이 이렇게 됐네. 소녀는 이만 가봐야겠어요. 저는 매일 이 시간이면 남자가 그리워지거든요. 호호호."

"이이! 수치도 모르는 계집 같으니!"

조미가 노여움에 부르르 떨며 씹듯이 말을 내뱉었다.

"호호, 소녀는 원래 수치란 것을 모른답니다. 사파의 요녀들은 다 그래요. 그걸 이제야 아셨어요?"

모두의 얼굴이 경련으로 떨릴 때 예설은 창가로 걸어가며 말했다. 그녀의 목소리엔 좀 전과 같은 장난기라곤 없었다.

"내 말 잘 들어두는 게 좋아. 안 들으면 후회하게 될 테니까. 법문은 내 거야, 내 거! 8년 전에 이미 내가 찍어놓은 남자란 말이야. 알겠어? 너희들, 특히 너! 의청인지 뭔지 조심하는 게 좋아. 나보다 조금 예쁘다고 설치는 것 같은데, 앞으로 법문에게 꼬리 치면 내가 가만 안 놔둘 거야. 나머지도 마찬가지야. 법문에게 꼬리 치는 년은 내가 지옥 끝까지 따라가 모조리 죽여 버릴 거니까! 내 말 명심하는 게 좋아.”

　모두의 귀에 못 박듯이 강경하게 말하고는 예설은 창문 밖으로 사라졌다. 그렇게 되자 방 안에는 의청과 수수, 그리고 조미만이 남아 서로의 얼굴을 쳐다보며 자신만의 상념에 빠져들었다.

　수상루(水上樓)에는 하나둘씩 젊은이들이 모여들었다. 먼저 황보세가의 장자인 황보영(皇甫楹)과 그의 아우 황보중이 도착했고, 바로 뒤를 이어 사마세가의 사마운지와 사마영령이 도착했다. 그들이 앉아 담소를 나누기 시작할 때 남궁세가의 남궁기와 그의 여동생이자 천상칠화 중 백화(白花)로 불리는 남궁소소(南宮昭笑)가 도착했다. 그리고 그 뒤를 이어 모용세가의 모용도와 모용경이 종리세가의 종리화(鍾里花)와 종리연(鍾里娟)과 함께 도착했다. 종리화와 종리연은 둘 다 천상칠화 중 뇌화(腦花)와 해어화(解語花)의 자리를 차지하고 있는 절세의 미녀들이었다.

　“하하, 화 소저와 연 소저께서도 오셨군요.”

　먼저 와 있던 남궁기가 포권을 해 보이며 종리화와 종리연을 반겼다. 종리화와 종리연은 남궁기를 포함해 모두에게 가볍게 포권을 해 보이며 자리에 가서 앉았다. 이윽고 그들의 대화가 시작되었다. 대부분은 이번 무림대회에 관한 이야기들이었다. 그렇게 한창 이야기가 진행될 때 남궁기가 종리연을 보며 물었다.

　“하하, 연 소저께서는 이야기가 재미없는가 보군요. 그렇게 창밖만 내다보고 계시니 말입니다.”

　종리연이 좀 전부터 이야기에는 신경 쓰지 않고 창밖만 내다보자 남궁기가 물은 것이었다. 남궁기의 말에 종리연은 황급히 시선을 창가에서 돌리며 수줍은 미소를 지었다.

"소매는 아직 어려서인지 너무 복잡한 이야기를 들으면 머리가 아파요. 무례를 범해서 죄송합니다. 모두들 용서해 주세요."

그녀의 나이는 올해로 16세였다. 그녀는 약간은 바보 같은 백치미를 소유하고 있었는데 가끔은 진짜로 바보 같은 모습을 보이곤 했다. 바로 지금처럼 말이다. 그녀의 언니인 종리화는 무림에서 가장 지모가 뛰어난 여인으로 평가받고 있었는데 정말 알 수가 없는 일이었다.

종리화는 그런 동생의 모습을 보며 화가 치밀었다. 머리 좋기로 유명한 곳이 종리세가였다. 그런데 그런 세가의 여식으로 태어났으면서 저런 바보 같은 모습을 보이다니… 그녀는 바로 전까지 종리연이 바라보던 창밖을 응시했다. 아마도 그녀의 동생은 저기 날아다니며 놀고 있는 새들을 보고 있었던 것 같았다. 그녀는 재빨리 품에서 비침을 하나 꺼내 놀고 있는 새들 중 한 마리에게 날렸다. 비침은 빠른 속도로 날아가 새들 중 한 마리를 맞추었다. 그러자 곧 비침을 맞은 새는 허공을 몇 번 맴돌더니 땅으로 추락해 버렸고 나머지 새들은 놀라 다른 곳으로 도망쳐 버렸다. 그것을 본 종리연은 화가 나서 언니를 노려보았지만 오히려 종리화가 그녀를 노려보자 아무 말 못하고 고개만 숙였다.

'흥, 따분한 이야기를 듣는 것보단 새들과 노는 게 더 나을 텐데… 언니는 괜히 심술이야.'

'아미타불, 예설 시주를 이곳에서 만나게 될 줄이야……'

법문은 무의식적으로 오른쪽 손목을 만지작거렸다. 그의 오른쪽 손목에는 회색 천이 두껍게 매어져 있었고, 그 회색 천 안에는 아직도 선명하게 남아 있는 이빨 자국이 새겨져 있었다. 이 상처 때문에 법문이 겪은 수난은 이루 말할 수가 없었다. 사부님에게 매 맞고 꾸중 듣고, 동문들에게 놀림당하고, 원로 스님들에게 붙잡혀 색기를 지워 버린다는 명목 하에 한 달 동안 정좌한 채 불법을 듣고, 게다가 방장 스님께서는 참선암에 들어가 3년 동안 참선하라는 벌까지 내렸었다. 물론 그 3년 동안의 참선으로 인해 약간의 깨달음을 얻을 수 있었지만 그래도 고통스러웠던 것은 사실이다. 그런데 그 모든 고통을 자신에게 안겨준 예설을 오늘 다시 만난 것이니… 감회가 새로웠다. 그리고 예설과는 다시 마주치기가 두려웠다.

'아미타불, 아무래도 되도록이면 움직이지 말고 방 안에만 있어야 하겠구나.'

내심 다짐하며 법문은 정처없이 숲 속을 거닐었다. 그때 벽곡단을 주었던 새 한 쌍이 법문에게로 날아와 그의 어깨에 앉았다.

짹짹짹.

"아미타불, 뭐라구요? 어서 그리 가십시다."

새들이 도움을 요청하자 법문은 새들의 안내를 받아 달렸다. 그가 도착한 곳은 호숫가였는데 호수 근처의 잔디 위에 쓰러져 있는 작은 새 한 마리를 볼 수 있었다. 새들은 그 새에게 날아가 주위를 맴돌았다. 법문은 그 새에게 다가가 그 새의 상처를 살폈다. 새의 왼쪽 날개에는 조그만 바늘 한 개가 박혀 있었다. 아마도 누군가가 자신의 무공을 뽐내기 위해 이 새를 희생 양으로 쓴 것 같았다.

"아미타불, 한낱 호승심으로 인해 무고한 생명을 핍박하다니. 아미타불."

법문은 침중한 불호를 외며 새의 날개에 박혀 있는 바늘을 뽑았다. 그리고 상처 부위에 금창약을 약간 뿌려주고는 승포를 약간 찢어 날개를 동여매 주었다.

"아미타불, 한동안 날개를 움직이면 안 됩니다. 그러니 상처가 다 나
으실 때까지 저와 함께 계시지요."

법문의 제의에 새는 알았다는 듯 지저귀고는 법문의 어깨에 올라가
자리를 잡고 앉았다.

짹짹.

그때 한 쌍의 새가 그에게 고마움을 전해왔다.

"아미타불, 불제자로서 당연한 일을 하였을 뿐입니다. 염려치 마세
요."

그러자 새들은 법문에게 고마움을 전하고는 어딘가로 날아가 버렸
다. 그들의 친구를 법문에게 맡겨두고 말이다.

'저 스님은 누구지?

다시 따분한 이야기가 이어지자 슬쩍 창밖으로 시선을 돌리던 종리
연의 눈에 한 스님의 모습이 들어왔다. 멀리 떨어져 있어서 잘은 보이
지 않았지만 그 스님은 지금 막 앉았다가 일어나고 있는 참이었다. 그
런 스님의 어깨엔 한쪽 날개가 천으로 감싸져 있는 작은 새 한 마리가
올려져 있었다.

'어머, 저 스님이 언니가 맞춘 새를 구했나 봐……'

새가 죽지 않고 스님에 의해 살아나자 종리연은 기분이 좋아졌다.
내심 언니 뜻대로만은 안 되는 일도 있다는 생각에 유쾌한 기분도 들
었다.

그때 종리화가 다시 그녀에게 눈치를 주었다. 종리연은 지금 여기
앉아 있는 다른 사람들에게 종리세가를 비웃게 만드는 여건을 제공하

고 있었기 때문이다. 하지만 종리연은 그녀의 눈치를 무시하고 멍청한 미소를 지으며 입을 열었다.

"언니, 저기 좀 봐."

지금 막 자기 자랑을 하고 있던 모용도는 종리연이 전혀 쓸데없는 소리를 하자 짜증 섞인 두 눈으로 그녀를 노려보았다. 하지만 노려보는 것은 아무런 소용이 없게 되었다. 곧 종리연이 가리키는 곳에 모두의 시선이 집중되었던 것이다. 그리고 창밖을 주시하는 사람들은 모두 여자들이었다. 그렇게 되자 남자들도 자연히 창밖을 응시하게 되었고, 그들도 곧 여자들이 누구를 보고 있는 것인지 깨달았다. 새와 함께 웃으며 호수 주위를 거닐고 있는 스님, 여자들은 너무도 아름답게 생긴 그 스님을 보고 있었던 것이다.

"저 스님은 누굴까요?"

넋 나간 듯이 법문을 바라보며 종리연이 허공에 대고 묻자 그녀의 언니인 종리화가 놀란 마음을 감추지 않으며 입을 열었다.

"화산파 내에 들어올 수 있는 스님이라면 소림사의 스님들뿐일 텐데… 그리고 아직 소림사의 스님들은 도착하지 않은 것으로 알고 있는데 저 스님은……."

"하하, 저분은 소림 내당의 법문 스님이십니다."

남궁기는 창밖을 내다보고는 여자들이 보고 있는 게 법문임을 깨닫자 종리화의 말을 자르며 입을 열었다. 그리고는 재차 말했다.

"소생이 나가서 저분을 모시고 오겠습니다."

그리고 그는 누가 말릴 새도 없이 밖으로 달려나갔다.

"험험, 경아, 지금 뭘 하고 있느냐?"

모용도가 자신의 여동생인 모용경에게 주의를 주었다. 그의 말은 다른 여자들에게도 포함되는 말이었다. 모용도의 말에 여자들은 창가에서 시선을 떼며 급히 자신들의 자리로 돌아가 앉았다. 그런 그녀들의 얼굴은 조금 붉게 상기되어 있었다.

"오라버니는 어디 가셨나요?"

남궁소소의 물음에 모용도는 쓴웃음을 지으며 말했다.

"하하, 남궁 형께서는 지금 여러분들이 보고 있었던 스님을 데리러 갔습니다. 아마 조금 있으면 그 스님과 함께 여기에 올 겁니다."

"남궁 공자는 저 스님을 어떻게 알고 이곳에 데리고 온다는 건가요?"

자신의 가슴을 뛰게 만들었던 스님을 남궁기가 데리고 온다고 하자 종리화는 약간 떨리는 목소리로 물었다.

"하하, 좀 전에 이곳에 올 때 소림사의 스님 두 분과 같이 왔다고 얘기하지 않았습니까? 저 스님은 그중 한 분이십니다."

"아, 아니, 그럼 그 죽립 쓴 스님이……."

사마영령이 반사적으로 입을 열었다. 그제야 그녀는 법문이 죽립을 쓰고 있는 이유가 너무도 아름다운 얼굴 때문이라고 하던 말이 생각났다.

'그 말이 사실이었을 줄이야…….'

그녀는 법문과 동행했던 일을 떠올리며 자신만의 상념에 빠져들었다. 그렇게 차 한잔 마실 정도의 시간이 흘러간 뒤 남궁기가 돌아왔다. 그의 뒤에는 법문이 조용한 미소를 머금은 채 서 있었다.

"하하, 낯익은 얼굴들이 많지요, 법문 스님?"

"아미타불, 다시 뵙게 되어 반갑습니다."

법문은 모두에게 합장을 해 보였다. 그러자 남궁기는 법문을 만난

적이 없었던 황보영, 종리화와 종리연, 그리고 자신의 여동생인 남궁소소를 법문에게 소개시켜 주었다. 그들은 저마다 포권을 취해 보였고 법문 역시 그에 합장을 해주었다. 그렇게 인사가 오고 간 뒤 법문은 자리에 앉았다.

"법문 스님께서는 죽립을… 벗으셨네요?"

사마영령의 수줍은 목소리에 법문은 미소를 지으며 답했다.

"아미타불, 화 장문인께서 죽립을 벗는 게 더 나을 것 같다고 하시더군요."

그의 말에 모두 의아한 표정을 짓자 법문은 재차 입을 열었다.

"아미타불, 소승이 사찰을 떠날 때 방장 스님께서 말씀하시길 화산에 도착해서 죽립을 벗고 있을지, 아니면 죽립을 계속 쓰고 있을지를 화 장문인께 허락받으라고 하셨었습니다."

그의 말이 끝나자 모두들 수긍의 빛을 띠었다. 하긴 얼굴이 저렇게 생겼으니 방장 스님이 그런 명을 내릴 만도 했다.

"하하, 그런데 법문 스님의 어깨에 있는 새는 어떻게 된 것입니까? 어디 다치기라도 했습니까?"

모용도가 화제를 바꾸어 물었다. 그에 법문은 쓴웃음을 지으며 말했다.

"아미타불, 날개에 바늘을 맞았더군요. 아마 누군가가 자신의 재주를 뽐내기 위해 이분을 희생 양으로 쓴 것 같습니다."

법문의 말에 종리화는 내심 찔끔했다. 그녀가 저 새를 맞춘 장본인인데다 법문의 입으로 그런 말을 들었으니 그런 것이다. 하지만 다행히도 그녀와 종리연 외에는 그녀가 저 새에게 비늘을 날렸다는 사실을 모르고 있었다. 그녀는 아무도 모르게 바늘을 날렸었으니까. 그러니 종리연만 입 다물고 있으면 자신이 바늘을 날렸다는 사실은 아무도 모르게 될 것인데, 종리연이 마치 기다렸다는 듯이 입을 열었다.

"어머, 그런 무식한 짓을 저지른 사람은 도대체 누굴까요? 분명 그 자는 양심도 없는 파렴치한일 거예요."

자기더러 들으라고 하는 말임을 모를 종리화가 아니다. 그렇다고 마냥 화를 낼 수도 없는 일이니 우선은 그냥 참고 있는 수밖에 없었다. 그녀는 화제를 바꾸기 위해 재빨리 입을 열었다.

"법문 스님께서도 이번 비무대회에 출전하시나요?"

그녀의 말에 남궁기가 웬 뒷북을 치냐는 듯이 말했다.

"하하하, 제가 좀 전에 법문 스님은 소림 내당에 몸담고 계시다고 말했잖습니까? 법문 스님은 무공을 모르신답니다."

분명 남궁기는 법문이 소림 내당에 몸담고 있음을 말했다. 하지만 그때 종리화는 다른 여자들과 마찬가지로 법문의 얼굴에 정신이 팔려 그 얘기를 흘려들은 까닭에 모르고 있었던 것이다. 남궁기의 직설적인 말에 종리화의 얼굴은 금세 붉어졌고 그와 반대로 남궁소소와 종리연은 안도의 한숨을 내쉬었다. 자칫하면 그녀들이 종리화의 꼴을 당할 뻔했으니까.

"흠흠, 그럼 법문 스님은 소림 내당의 스님이셨군요. 한데 어떻게 이곳에 오시게 되었나요?"

다시 화제를 바꾸며 종리화가 묻자 그녀의 말에 남궁기가 대신 답했다.

"소생은 이곳으로 오는 도중 법문 스님의 불법을 약간 듣게 되었는데 그 말들이 너무도 가슴에 와 닿더군요. 해서 여러분께도 조금의 불법을 들려주심이 어떻겠냐고 제가 부탁을 드렸답니다."

"남궁 공자의 말은 사실이에요. 정말 법문 스님의 불법은 감명 깊었어요."

사마영령은 말을 하며 법문을 그윽한 눈길로 바라보았는데 그 눈빛의 의미를 눈치 챈 종리화는 왠지 모르게 질투심이 났다. 냉철하기로 소문난 그녀가.

"호호, 영령 소저는 법문 스님의 불법에 깊이 빠지셨나 보군요. 지금도 법문 스님을 보고 계시니 말이에요."

약간 둔한 사마영령은 종리화가 무슨 뜻으로 그런 말을 하는지 처음엔 눈치 채지 못했다. 하지만 그녀의 언니가 옆구리를 찌르고 남자들이 약간 미심쩍은 눈으로 쳐다보기 시작하자, 그제야 사태를 파악할 수 있었다.

"버, 법문 스님, 저희에게 불법을 약간 들려주시겠어요?"

이번엔 사마영령이 무안한 마음에 화제를 바꿔 법문에게 불법을 들려달라고 했다. 그러자 법문이 사마영령에게 물었다.

"아미타불, 어떤 것에 대해서 말씀인지요?"

"그, 그건……."

사마영령이 말을 머뭇거리자 보다 못한 사마운지가 대신 말했다.

"소녀는 무림에 몸담고 있다 보니 남들과 싸우는 경우가 많아요. 대부분 파락호들이나 사파의 마두들이죠. 전 그런 자들은 살아갈 가치가 없다고 생각해서 보는 족족 죽여 버리거든요. 여태까지 제 손에 죽은 파락호들만 해도 수십 명은 될 거예요. 하지만 가끔씩 제 손에 죽은 자들의 모습이 꿈속에 나타나곤 해요. 어떻게 하면 좋을까요?"

"으음……."

그녀의 말에 모두들 공감한다는 표정을 지었다. 정파의 후기지수들은 무림을 활보하며 세상에 악을 끼치는 파락호나 잡배들을 처치하는 것을 당연하게 여긴다. 해서 그들의 손에 죽은 파락호들이나 잡배들은 이루 헤아릴 수 없을 만큼 많다. 남자들은 그런 일에 면역이 되어서 아무렇지도 않겠지만 여인의 경우는 살인에 대한 죄 의식으로 인해 고통받는 경우가 많다. 아마 사마운지도 그런 여인들 중 하나인 것 같았다.

"아미타불, 날 때부터 나쁜 사람은 없답니다. 세상이 그들을 악하게 변화시킨 것뿐이지요. 악한을 잡는 것은 좋은 일인 듯하나 그렇게 잡은 분들을 군이 죽일 것까지는 없다고 생각합니다. 그들을 교화시키는 게 더 좋겠지요. 악인을 선인으로 인도하는 게 극락세계로 보내는 것보단 더 뜻이 깊을 것입니다. 제 소견으론 앞으로 속세를 떠돌다 악인을 만나거든 그를 교화시키려 노력해 보세요. 그럼 꿈에 그들의 모습이 나타나지 않을 겁니다. 그리고 언제 날을 정해 아무 데나 근처에 있는 사찰에 가서 그들의 명복을 빌어주시는 게 좋을 듯하군요. 거기에 걸맞은 경문을 하나 알고 있으니 읊어보도록 하겠습니다."

하며 법문은 맑은 목소리로 경문을 읊었다. 평상시의 목소리도 아름다웠지만 경문을 읊는 그의 목소리는 정말이지 천상의 것인 듯 감미로웠다. 남자, 여자 할 것 없이 이곳에 모인 모두가 눈을 감고 가슴까지 시원하게 해주는 경문을 경청했다. 잠시 후 경문이 끝났고 사마운지는 법문에게 정중히 포권을 해 보였다.

"감사합니다. 정말 도움이 되었어요."

"아미타불, 아닙니다. 불제자로서 당연한 일을 했을 뿐이지요."

"경문을 듣고 있자니 가슴까지 깨끗해지는 느낌을 받았어요. 법문 스님, 저도 감사드립니다."

종리화 역시 포권을 해 보이며 법문을 치하했다. 한데 법문이 막 답을 하려던 그때 어디선가 낭랑한 웃음소리가 들려왔다.

"내참, 어이가 없어서. 정파의 계집들은 다 이렇게 수치도 모르는 것들뿐인가?"

그 말에 모두들 놀라 주위를 재빨리 둘러보았다. 그러자 어느샌가 한쪽 구석에 서 있는 여인을 볼 수 있었다.

'아, 아미타불, 또 만나다니……'

법문은 나타난 여인이 예설임을 알아보았다.

"아미타불, 소승은 볼일이 있어서 이만 실례해야겠습니다."

법문은 황급히 말하며 자리에서 일어났다. 그리고는 밖으로 나가려고 했다. 그때 예설의 앙칼진 목소리가 들렸다.

"법문, 또 저를 피할 생각인가요?"

법문은 너무도 앙칼진 예설의 말에 나가려던 동작 그대로 멈추어 섰다.

"아미타불, 예설 시주께서는 다음에 한번 소승이 묵고 있는 곳으로 와주시기 바랍니다. 지금은 이만 실례하겠습니다."

법문은 뒤도 돌아보지 않고 말하고는 황급히 밖으로 나가 버렸다.

"젠장! 왜 나만 보면 도망가는 거야? 이런 밥맛 떨어지는 계집들하고는 이야기도 잘만 하면서. 흥."

"지금 말 다 했어요!"

사마영령이 예설을 노려보며 말했다. 그녀뿐 아니라 여기 있는 모든 여자들이 예설의 말에 발끈해서 예설을 노려보았다.

"그래, 말 다 했다. 어쩔래?"

하지만 예설은 전혀 꿀리지 않고 오히려 한 발짝 앞으로 걸어가며 도전적으로 말했다.

“뭐, 뭐라구! 이얍, 받아랏!”

사마영령이 검을 뽑아 들며 예설에게 덤벼들었다. 그때, 종리화가 급히 그녀를 제지했다.

“멈춰욧!”

그녀의 말에 사마영령은 달려가다 말고 종리화를 노려보았다. 그녀의 눈빛은 왜 자기를 말렸냐고 묻고 있었다.

“그녀의 오른손을 봐요. 세침(細針)을 숨기고 있어요.”

과연 그랬다. 사마영령이 종리화가 시키는 대로 예설의 오른손을 보자 거기엔 가느다란 침들이 들려져 있었다. 그녀가 만약 무턱대고 예설에게 덤벼들었더라면 그녀의 몸엔 세침이 수십 개가 박혔을 것이다.

“호오, 그년 꽤 눈썰미가 있군 그래.”

예설은 짐짓 놀란 표정을 지으며 종리화를 바라보았다.

“당신은 누구죠? 입이 꽤 더럽군요.”

종리화가 예설에게 다가가며 말했다. 그러자 예설은 기다렸다는 듯이 입을 열었다.

“나는 입만 더럽지만 네년들은 속까지 다 더럽잖아. 안 그래?”

“이익! 저 요녀가!”

사마영령이 발끈했지만 종리화는 그녀를 진정시키며 예설에게 말했다.

“우리가 왜 속까지 다 더럽다는 건가요?”

“그걸 몰라서 물어? 겉으론 고고한 척하는 계집들이 속으론 출가한 법문에게 흑심을 품고 있는 게 그럼 안 더럽다는 거야?”

“…우리가 법문 스님에게 흑심을 품고 있다는 건가요?”

“너희들이 법문을 보는 눈빛을 다 봤어. 그건 스님을 보는 눈빛이 아니라 한 남자를 보는 눈빛이었어.”

“뭔가 잘못 알고 있는 것 같군요. 우린 당신같이 그런 음탕한 사람들은 아니에요. 만약 그런 사람이 있다면 바로 당신이겠죠. 안 그런가요?”

“호호호, 그건 맞지. 난 법문에게 흑심을 품고 있으니까.”

너무 쉽게 수긍을 해버리자 종리화는 일순 말문이 막혔다. 무슨 여자가 저렇게 수치를 모르는지 그녀는 도저히 이해할 수가 없었다.

“이, 이 수치도 모르는… 감히 출가한 스님에게 흑심을 품고 있다니… 또 그걸 대놓고 말하다니……!”

사마영령의 얼굴이 벌겋게 달아올랐다. 그녀가 화가 머리끝까지 솟았다는 것을 아는 듯 모르는 듯 예설은 계속 입을 열었다.

“호호, 나는 원래 수치란 것을 모르는 요녀거든. 그보다 너희들, 앞으로 조심해. 만약 법문에게 꼬리 치면 내가 가만 안 놔둘 거야. 법문은 내 거니까.”

그녀는 하고 싶은 말을 다 하고는 다시 사라져 버렸다. 그녀가 갑자기 사라져 버리자 모두들 깜짝 놀랐다. 그녀가 어떻게, 어디로 사라졌는지 알 수가 없었던 것이다.

“화 소저, 그녀가 어떻게 사라졌는지 알겠습니까?”

모용도의 말에 종리화는 한동안 곰곰이 생각하더니 입을 열었다.

“잘은 모르겠지만 그녀가 사라질 때 사용한 신법은 비응신법(飛鷹身法)인 것 같았어요.”

“비응신법이라면…….”

“금붕문의 독문 신법이죠. 그렇다면 그녀의 정체도 알 것 같군요.”

“저 요녀는 누구죠? 다음에 만나면 가만 안 두겠어요.”

사마영령의 독기 서린 말을 들으며 종리화는 말했다.

"비응신법을 저렇게 자유자재로 쓰고 심성이 사악한 여자라면 금붕신군의 딸인 향접 사예설뿐이에요. 한데… 법문 스님은 어떻게 저런 사악한 여자에게 걸리게 되었을까요?"

"흥. 보나마나 뻔하죠. 저런 요녀에게 수치라는 게 있기나 하겠어요? 법문 스님을 한 번 보자마자 반해서 쫓아다니고 있는 거겠죠."

사마영령은 자신이 필요 이상으로 씩씩거리고 있다는 것을 아는지 모르는지 그렇게 한동안 사예설의 험담을 했다. 그리고 그것은 종리화나 종리연, 그리고 남궁소소까지 마찬가지였다.

*　　　*　　　*

법문은 자신의 처소에 틀어박혀 한 발자국도 밖으로 나가지 않았다. 오직 간간이 찾아오는 의청과 수수와 대화를 하거나 뒤뜰로 나가 참선을 할 뿐이었다.

그렇게 2주의 시간이 흐르는 동안 수수를 제외한 다른 여자들은 한 번도 법문을 찾지 않았다. 그게 사예설의 협박 때문인지 남의 이목을 의식해서인지는 알 수 없는 일이었다.

지금 법문은 의청과 불경에 대해서 이야기 중이다. 그때, 똑똑거리는 소리가 나더니 곧 낯익은 음성이 들려왔다.

"소녀 수수예요. 들어가도 될까요?"

"아미타불, 들어오시지요."

수수는 여느 때처럼 밝은 미소를 지으며 방 안으로 들어왔다.

"아미타불, 이곳에 앉으시지요."

"아녜요. 오늘은 법문 스님과 이야기하기 위해 온 것이 아니라 법문 스님을 모셔가려고 온 거예요."

"아미타불, 그게 무슨 말씀입니까?"

"아버님께서 지금 법문 스님을 모셔오라고 하셨거든요."

"아버님이라 함은… 화 장문인 말씀이십니까?"

"예, 아버님께서 법문 스님을 보고 싶다고 하시더군요. 옛날에 한 번 보신 적이 있으시다면서요."

"아미타불, 화 장문인께서 아직 소승을 기억하고 계시다니… 그럼 가보는 게 도리인 것 같군요."

법문은 의청에게 합장을 해 보이고는 자리에서 일어났다.

"의청 스님, 그럼 다음에 봐요."

수수는 의청에게 합장을 해 보이고는 먼저 방을 나섰다. 그녀의 뒤로 법문이 방을 나갔다. 텅 빈 방 안에 혼자 남은 의청은 뭔가 허전해지는 것을 느꼈다.

'뭐지? 이 알 수 없는 허전함은……'

그녀와 너무도 처지가 비슷했기에 법문과 친해지고 싶었고 그와 이야기를 나누고 싶었다. 그리고 그녀도 법문처럼 마음대로 밖으로 나다닐 수 없는 형편이었다. 수많은 남자들의 따가운 시선을 그녀는 견딜 수가 없었으니까. 그래서 매일 법문에게 들러 그와 담소를 즐겼기에 법문과 같이 있는 시간이 많았던 게 사실이었다. 그렇다고는 해도 단지 법문이 없다는 이유만으로 이렇게 허전한 기분이 든다는 것은 뭔가 이상했다.

태어나자마자 스승 절진 사태에게 거둬져 지금까지 비구니의 삶을 살아온 그녀였다. 한 번도 속세에 대해 미련을 가져 본 적이 없었고,

속세에 나가본 적도 없었다. 비구니의 삶이 자신의 운명이라고 생각했고, 그 삶에 충실하리라 다짐했었다. 하지만… 법문을 보며 그녀는 점점 흔들리는 자신을 발견할 수 있었다. 그도 자신과 같은 스님이니 아무런 미래도 보장할 수 없는데… 그저 마음에만 담아둘 수밖에 없는 존재일 뿐인데… 불제자로서 음욕을 품어서는 안 되는 일인데……. 예설이 하던 말이 떠올랐다.

'출가한 비구니인 주제에 법문에게 추파를 던지다니… 그럴까? 난 그에게 추파를 던지고 있는 것일까? 그와 조금이라도 더 같이 있고 싶어서 이렇게 오늘도 그를 찾아온 것일까?'

의청의 고뇌는 한동안 계속되었다.

수수를 따라간 법문은 어느 조그만 방으로 안내되었다. 그가 방 안으로 들어가자 화중문은 자리에서 일어나며 반갑게 그를 맞았다.

"하하하, 법문, 어서 이리로 와 앉게."

"아미타불, 화 장문님을 뵙습니다."

법문은 그에게 공손히 합장을 해 보이고는 그가 안내한 자리로 가서 앉았다.

"하하하, 내 진작 자네를 한번 부르려고 했네만 이제야 시간이 나는군. 그런데 저번에 봤을 땐 왜 아는 척을 하지 않았었는가? 내 그 죽립을 쓴 스님이 자네인 것을 알았더라면 무슨 수를 써서라도 죽립을 벗지 못하게 했을 것인데 말이네. 하하하."

화중문은 호탕하게 웃으며 말했다. 법문은 미소를 지으며 대답했다.

"아미타불, 화 장문인께서 소승을 기억하고 계신 줄은 몰랐었습니다. 또한, 제가 나설 분위기도 아니었고요."

“하하하, 아무렴 어떤가? 중요한 것은 지금 우리가 이렇게 마주 보고 있단 것이 아니겠나?”

“아미타불.”

화중문은 몹시 기분이 좋은 듯했다. 그는 연방 웃음을 그치지 않으며 법문과 이야기를 주고받았다. 그때 수수가 손에 쟁반을 들고 들어왔다.

“차를 드시면서 이야기를 더 나누세요.”

그녀는 다소곳이 찻잔을 내려놓으며 차를 따랐다. 그녀가 차를 다 따르고 나가려고 하자 화중문이 그녀를 불러 세웠다.

“하하하, 수수야, 너도 와서 앉거라.”

내심 기대하고 있던 말이었다. 하지만 수수는 못 이기는 척 망설이다가 조심스럽게 자리에 앉았다.

“그럼 잠시만 앉아 있겠어요.”

그녀는 양갓집 규수 뺨치는 행동만을 하고 있었다.

“하하하, 법문. 그래, 손목의 상처는 다 나았는가?”

화중문의 짓궂은 말에 법문은 얼굴을 붉혔다.

“아미타불, 다… 나았습니다.”

법문이 쥐 죽은 듯한 목소리로 말하자 수수는 궁금해져서 화중문에게 물었다.

“아버님, 손목의 상처라니요?”

“하하하, 너는 잘 모르지? 그럼 내 얘기 해주마. 그래도 되겠나, 법문?”

“아미타불… 부끄러울 뿐입니다.”

법문의 말을 승낙으로 안 화중문은 8년 전 자신과 법문이 만났던 이야기를 수수에게 해주었다.

"하하하, 내가 그때 얼마나 놀랐던지… 이제 겨우 열한 살 된 어린 꼬마가 법문을 유혹하다니 말이야. 하긴 법문의 얼굴이 그때도 지금처럼 준수했었으니까."

"아미타불, 아미타불……."

화중문의 말에 법문은 그저 연방 불호만 욀 뿐이었다.

"법문 스님의 손목에 상처가 있다는 건 무슨 말이에요?"

"내가 그 얘길 안 했나? 그럼 해주마. 우리가 사군악과 대치하고 있을 때 돌연 그 아이가 법문에게 다가가더구나. 우린 그때 대치 중이었기 때문에 그걸 보고만 있을 수밖에 없었지. 한데 그 아이가 갑자기 법문의 손목을 꽉 깨물더구나. 피가 나올 정도로 말이야. 정말 어린 소녀라고 하기엔 믿어지지가 않았단다. 네 숙부가 훗날 요녀가 되리라고 하더니 정말 그렇게 되지 않았겠니? 요새 향접의 악명이 천하에 진동하고 있으니 말이다."

화중문의 말이 끝나자 수수는 왜 그토록 예설이 법문에게 치근대는지, 또 법문은 왜 예설만 보면 피하는지 알 수 있었다. 슬며시 법문의 오른 손목을 보자 그 자리엔 회색 천이 동동 매어져 있는 것을 볼 수 있었다. 그러고 보니 법문을 볼 때마다 법문은 저 회색 천을 손목에 매고 있었던 게 생각났다.

'저기에 그 이빨 자국이 있겠구나…….'

내심 씁쓸한 미소가 지어졌다. 법문은 평생 예설을 잊을 수가 없을 것이다. 그 자신의 손목에 예설이 새긴 상처가 있는 이상은 말이다.

'그럼, 나도… 엇! 내가 무슨 생각을……!'

수수는 저도 모르게 법문의 다른 손목을 물어버리고 싶은 충동을 느졌다. 하지만 그녀는 어디까지나 정파의 고고한 꽃, 그런 생각은 마음 속으로만 할 뿐이었다.

"하하하, 법문. 내가 듣기로 자네는 소림 내당에 있다면서?"

화중문은 화제를 바꾸며 법문에게 물었다.

"아미타불, 그렇습니다."

"그 생활에 만족하고 있는가?"

"그게… 무슨 말씀이신… 지……."

"하하하, 별 뜻은 아니고… 그저 무공을 배우고 싶다는 생각은 해보지 않았는가?"

"아미타불, 불제자에게 그게 무슨 도움이 되겠습니까? 그리고 저도 약간의 무공은 알고 있습니다."

"아니, 자네가 무공을 할 줄 안단 말인가?"

"아미타불, 스승님께서 몸을 튼튼히 하라며 한 가지를 가르쳐 주셨습니다."

"자네 스승님께선 자네에게 어떤 것을 가르쳐 주었는가?"

"아미타불, 육합권을 배웠습니다."

내심 기대하고 있던 화중문은 크게 실망하고 말았다. 육합권이라면 동네 어린아이들도 할 줄 아는 그런 무공이었으니 말이다.

"으음… 자네는 정말 무공에 뜻이 없는가? 원한다면 내 알아봐 줄 수도 있네만."

"아미타불, 고마우신 말씀이나 소승은 무공을 배울 필요를 못 느끼겠습니다."

화중문은 법문이 매우 마음에 들었다. 오늘 그를 부른 이유도 다른 게 아니라 그를 좀 더 오랫동안 자신의 곁에 두기 위함이었다. 그가 무공을 배우고 싶어한다면 소림사 장문인에게 소림과 화산의 우의를 돈독히 하기 위해 제자 몇 명을 서로 보내 무공을 가르쳐 주자고 제안할 셈이었다. 그러면 그는 법문을 그중에 끼워달라고 말할 거고 그러면 법문을 더 자신의 곁에 오래 둘 수가 있었다. 그리고 법문이 그의 곁에 있게 된다면 그는 한 가지 계획을 실천할 생각이었다. 하지만 법문이 무공에 뜻이 없으니 화중문으로선 곤란할 따름이었다.

"하하하, 잘 한번 생각해 보게나. 무공을 익히면 실(失)보단 득(得)이 더 많은 법이라네."

"아미타불, 소승은……."

"아, 내 정신 좀 보게나. 중요한 약속을 잊고 있었구만. 이만 실례해야겠네."

화중문은 법문의 말을 끊으며 자리에서 일어났다. 거절하는 말을 듣고 싶지 않다는 뜻이었다.

"하하하, 그럼 다음에 보세나."

"아미타불."

법문은 방을 나가는 화중문에게 정중히 합장을 해 보였다.

"아미타불, 화 시주. 소승도 이만 가봐야겠습니다."

"법문 스님은 왜 중이 되셨나요?"

수수는 법문은 뚫어지게 바라보며 말했다. 그녀는 지금 자신의 엄청난 용기에 무척이나 놀라고 있었다.

"아미타불……."

법문은 수수의 표정이 진지한 것을 보고 한숨을 내쉬듯 불호를 외치고는 다시 자리로 가 앉았다.

"아미타불, 갓난아이일 때 소승은 사찰의 정문 앞에 버려져 있었다고 하더군요. 그런 저를 스승님이 거두어주셨답니다. 자연 저는 사찰 안에서 생활했고 그러다 보니 이렇게 중이 된 것이지요.”

“하면… 속세에 대한 미련은 없으세요?”

너무도 당돌한 질문이었다. 하지만 수수는 지금 제정신이 아니었다.

“미련이라… 잘 모르겠습니다. 미련… 중 이외의 삶은 생각해 본 적이 없어서 말입니다…….”

약간 쓸쓸한 기운이 묻어 있는 말이었다. 그것을 수수도 알아챈 것일까?

“지금이라도 속세에 환속할 기회가 주어진다면 어떡하시겠어요?”

“아미타불, 아미타불… 소승은 이만 실례해야겠습니다.”

법문은 대답을 회피하며 급히 자리에서 일어나 방 밖으로 나가 버렸다.

‘그는 내 말에 흔들린 거야.’

수수는 확신했다.

그녀는 법문의 얼굴에서 고뇌를 볼 수 있었다. 태어나 자신의 의지와 상관없이 중이 된 사람. 속세에 미련이 없다면 그건 거짓말일 것이다.

그렇다면…….

어떤 계기가 주어진다면…….

도저히 중의 생활을 계속할 수 없을 만한 일을 저지른다면…….

수수의 머리 속엔 한 가지 대담한 계획이 만들어져 갔다.

제5장

논죄집형(論罪執刑)

논죄집형(論罪執刑)

약실로 들어서는 한 인영이 있었다.

그 인영은 약실에 들어서자 무언가를 찾기 시작했다.

'찾았다.'

한 식경 정도 뒤적이더니 그 인영은 원하던 것을 찾았는지 급히 그 물건을 품속에 넣으며 약실 밖으로 나가 버렸다.

화산파 내에 위치해 있는 약실.

이곳엔 영약이나 약초 외에도 악한들로부터 뺏은 온갖 추잡스런 물건들도 같이 보관되어 있었다.

좀 전 약실에 들어온 인영의 체구를 보아 남자는 아닌 듯한데…….

*　　　*　　　*

“시킨 건 준비됐어?”

예설은 그녀의 앞에 머리를 조아리고 있는 시녀를 바라보며 입을 열었다. 그녀의 말에 시녀는 고개를 끄덕이며 말했다.

“예, 아가씨. 준비했어요. 하지만…….”

“하지만, 뭐?”

“그게… 이걸 대체 어디에 쓰시려고…….”

“넌 몰라도 돼. 그보다 어서 가져온 거나 내놔.”

시녀는 조심스럽게 품속에서 작은 약병 한 개를 꺼냈다. 시녀가 그 것을 내밀자 예설은 냉큼 그것을 낚아채며 시녀를 노려보았다.

“너, 이 일을 누설하면 어떻게 되는지 잘 알지?”

“예? 아, 알고말고요. 절대로 입을 열지 않겠어요.”

예설의 협박에 시녀는 몸을 떨며 대답했다. 예설은 그런 시녀를 보며 흐뭇하게 웃었다.

“그럼, 이만 나가봐.”

“예.”

시녀는 곧 방을 나갔고, 이제 방 안에는 예설 혼자만 남게 되었다. 그녀는 커다란 거울 앞에 서서 자신의 몸매를 감상하며 중얼거렸다.

“호호호, 법문. 내가 오늘 당신을 파계시켜 드릴게요.”

*　　　*　　　*

밤이 되었다.

역사가 창조되고 음모가 진행되는 밤이 되었다.

법현은 오늘 오후부터 잠이 들어서는 지금까지 일어나질 않고 있었다. 잠이 없기로 유명한 법현인데… 알 수 없는 일이었다.

법문은 지금 혼자 탁자에서 소림사를 출발할 때 가지고 나온 불경을 읽고 있었다. 등잔 불빛에 비춰진 법문의 모습은 더욱더 그를 신비롭게 보이게 하고 있었다.

똑똑.

그때 방문이 조심스럽게 울렸다.

'이 야심한 시간에 누구란 말인가?'

법문은 의아해하며 의자에서 일어나 문 쪽으로 걸어갔다.

"야밤에 누구신지요?"

"……."

밖에 있는 인영은 말이 없었다. 법문은 더욱 의문을 느끼며 조심스럽게 방문을 열었다. 문이 열리고 문밖에 서 있는 예설의 모습이 법문의 눈에 들어왔다.

"헛! 예, 예설 시주께선 여긴 웬일로……."

법문은 매우 당황해하며 몇 걸음 뒤로 물러났다.

"소녀가 들어가도 될까요?"

붉은 홍의를 입고 있는 예설의 모습은 너무도 아름다웠다. 그리고 그녀의 행동 또한 너무도 고왔다.

"드, 들어오시지요. 한데… 무슨 일로?"

법문이 들어오라고 하자 예설은 천천히 방 안으로 들어오더니 부드럽게 입을 열었다.

"법문 오라버니와 차나 한잔할까 해서요."

"하, 하면… 오후에 오시지 않고, 이런 야밤에……."

"오후엔 너무 바쁜 일이 있었답니다. 혹 제가 방해가 되셨나요?"

너무도 현숙한 그녀의 어투에 법문은 적잖이 당황하며 얼굴을 붉혔다.

"아, 아닙니다. 그저… 여기 앉으시지요."

법문은 예설에게 의자를 가리켰고 예설은 다소곳이 그곳에 앉았다.

"소, 소승은 차를 가져오겠……."

"아니에요. 차는 소녀가 가지고 왔답니다. 그러니 그냥 앉으세요."

예설의 말대로 그녀는 손에 쟁반을 들고 있었다. 법문도 그것을 보았을 텐데 그는 너무도 당황하고 있었다.

"그렇군요. 그럼……."

법문은 예설의 맞은편 의자에 앉았다.

"이 차는 눈꽃이라 불리는 설화(雪花)를 우려내어 만든 것이랍니다. 맛이 아주 좋지요."

그녀는 찻잔을 법문의 앞에 놓고 차를 따르며 속삭이듯 말했다. 너무도 얌전한 모습이었고, 부드러운 몸짓이었다. 저번의 모습과 너무도 다른 모습이었기 때문에 법문은 갈피를 잡을 수가 없었다. 요녀에서 요조숙녀로라니… 예설은 자신의 찻잔에도 차를 따르며 입을 열었다.

"오라버니는 모르시겠지만 소녀는…… ."

그녀의 말은 다 이어지지 않았다. 그녀의 귀에 전음이 들려왔기 때문이었다.

[아가씨, 문주님께서 찾으십니다.]

아버지의 그림자들인 십이비응(十二飛鷹) 중 하나의 목소리였다.

[무슨 일이냐? 내가 지금 바쁘다는 것을 모르느냐!]

그녀 역시 법문이 눈치 채지 못하게 전음을 날렸다. 이제 법문이 저 차를 마시기만 하면 찻잔에 발라져 있는 춘약(春藥)으로 인해 법문과 자신은 남녀의 일을 치르게 될 것인데, 이 중요한 순간에 방해자가 나타났으니 자연 그녀의 전음엔 짜증이 섞여 있었다.

[하지만 급한 일입니다. 지금 문주님을 비롯한 칠패천의 수뇌들이 한자리에 모여 있습니다.]

[그게 나와 무슨 상관이냐?]

말은 그렇게 했지만 내심 그녀도 궁금증이 일었다. 갑자기 칠패천의 수뇌들이 한자리에 모이다니 말이다.

[조금 전 관문이 마감되었습니다.]

'제기랄! 하필 관문 마감이 오늘이라니!'

이번 비무대회의 천, 지, 인관의 관문이 마감된 것이 오늘이었다. 비무대회가 2주 앞으로 다가왔으니 마감할 때가 되기는 됐다. 대진표를 짜는 데 많은 시간이 걸리니까 말이다. 이제 지금까지 관문을 돌파한 사람들을 가지고 대진표를 만들 것이었다. 하지만 대진표는 저번 대회의 우승자 측이 만들기로 약속되어져 있었으니 대진표는 정파에게 유리하게 만들어지게 될 것이었다. 그러니 마도에서도 가만히 있을 수는 없었다. 모두 모여 대책을 의논해야 했다. 그리고 그 자리에 금붕문의 소주인 예설이 빠질 수는 없는 일이었다.

[제기랄! 어디서 모인다고 하더냐?]

예설은 신경질적으로 내뱉었다.

[천마신교의 내실에서입니다.]

[알았다. 내 지금 가겠다.]

예설은 전음을 끝내고 법문을 바라보았다.

‘후우… 아쉽기는 하지만 다음을 기약해야 되겠군…….’

"법문 오라버니, 소녀는 이만 가봐야 할 것 같아요."

그녀는 여전히 부드러운 목소리로 말하며 의자에서 일어났다.

"그, 그러시지요."

법문 역시 의자에서 일어나며 엉거주춤하게 섰다. 예설은 차 주전자와 찻잔들을 다시 쟁반에 담았다. 이것을 남겨두고 간다면 무슨 일이 생길지 모르는 일이니 도로 가지고 가야 했다.

‘다행이야. 법문의 찻잔에 아직 차를 따르지는 않았으니 말이야.’

그녀의 찻잔에는 여전히 설화차가 가득 따라져 있었지만 법문의 찻잔은 비어 있었다. 그녀가 지금 마음이 조급하지 않다면 먼저 법문의 찻잔에 차를 따른 것을 기억할 텐데 불행히도 그녀는 그것을 기억하지 못했다. 그녀는 법문의 찻잔에 차를 따르지 않았다고 생각하고는 내심 다행이라고 여겼다.

‘다음 기회를 노려주지. 오늘은 이만.’

"그럼 오라버니, 차는 다음에 마시기로 해요."

예설은 다소곳이 법문에게 고개를 숙여 보이고는 밖으로 걸음을 옮겼다.

‘아미타불, 갑자기 찾아와 차 한잔하자고 하더니 다시 갑자기 나가버리다니…….’

법문은 씁쓸히 웃으며 문 쪽으로 다가가 문을 닫았다.

‘설화차라… 처음 느껴보는 맛이었어…….’

예설이 멍한 표정을 짓고 있을 때 그는 설화차를 마셨었다. 그리고 그의 입속에는 아직 설화차의 미묘한 맛이 남아 있었다.

똑똑.

그때 다시 문을 두들기는 소리가 들려왔다.

‘그녀의 마음이 바뀌었나?’

법문은 다시 문 쪽으로 다가갔다.

“누구신지요?”

“의청이에요. 잠시 볼 수 있을까요?”

‘그녀는 또 웬일이지?’

법문은 의아해하면서도 방문을 열었다.

“아미타불, 들어오시지요.”

의청은 약간 처연한 표정을 지으며 방 안으로 들어왔다.

“저기로 앉으시지요.”

법문은 그녀를 탁자로 안내했고 곧 그와 의청은 마주 앉게 되었다.

“아미타불, 이 야심한 시간에 무슨 일이신지요.”

“저…….”

의청은 입을 열려고 했지만 그게 잘되지 않았다. 법문의 얼굴을 보는 순간 그녀의 결심이 흐려졌기 때문이었다. 하루 종일 망설인 끝에 용기를 짜내어 이렇게 말을 하려고 왔는데 말이다.

그녀는 당분간 법문과 만날 수 없을 거라고 말하려고 했다. 더 이상 법문과 얼굴을 부딪친다면 그녀의 마음은 걷잡을 수 없이 혼란스러워질 것이기 때문이었다. 그런데 그녀의 입에선 그 말이 나오질 못하고 있었다. 이성은 그렇게 말해야 한다고 하고 있었지만 본능은 다른 말을 하라고 시키고 있었다. 그녀가 말을 우물거릴 때 다시 문을 두들기는 소리가 들려왔다.

‘아미타불, 또 누구란 말인가?’

“누구신지요?”

“소녀 수수예요. 들어가도 될까요?”

“아미타불, 들어오시지요.”

방문이 열리고 수수가 방 안으로 들어왔다. 그녀는 방 안에 의청이 있는 것을 보자 내심 짜증이 치밀었다.

‘이 야심한 밤에 여기엔 왜 온 거야?’

그녀 자신도 이 야심한 시간에 법문을 찾아온 주제에 그녀는 의청이 이곳에 있는 것이 못마땅했다.

‘흥. 내 그럴 줄 알고 당신에 대한 대비책도 세워놨지.’

수수는 내심 의청에 대한 대비책을 세워놓은 것을 다행으로 여겼다.

“이 밤에 여기엔 어쩐 일이신지요?”

“좋은 찻잎이 들어왔기에 법문 스님에게 조금 드리려고 온 거랍니다.”

그녀는 손에 쟁반을 들고 있었다.

“마침 의청 스님도 계시니 우리 같이 한 잔씩 하시는 게 어떨까요?”

그녀는 미소를 지우지 않으며 탁자로 걸어갔다.

“이리 앉으시지요.”

수수는 법문이 권하는 자리에 앉으며 쟁반을 탁자에 내려놓았다. 그리고 찻잔에 차를 따랐다.

“이 차는 눈꽃이라고 불리는 설화를 우려내어 만든 것이랍니다. 맛이 아주 상큼하다고 들었어요.”

그녀는 찻잔에 차를 다 따르자 신중하게 찻잔을 선택해 법문과 의청에게 나누어 주었다.

“향이 아주 좋군요.”

의청은 찻잔을 들어 차의 향을 맡으며 말했다.

‘흥, 좋을 수밖에. 당신은 그거 마시고 한잠 푹 자게 될 거예요.’

수수는 내심 코웃음을 쳤다. 의청의 찻잔에는 몽혼약(朦昏藥)이 발라져 있었다. 의청은 차를 마시는 즉시 잠에 빠지게 될 것이었다. 의청이 먼저 차를 마셨다.

‘그럼, 의청 문제는 해결이 됐고.’

수수는 법문을 바라보았다. 법문은 찻잔을 집어 들고서 향을 맡고 있었다.

‘하루에 두 시주에게 똑같은 차를 대접받게 되는군.’

예설이 가지고 온 차도 설화차였다. 한데 수수까지 설화차를 가지고 왔으니… 법문은 씁쓸한 미소를 지으며 설화차를 단숨에 끝까지 들이켰다.

‘됐다.’

법문이 설화차를 다 마시자 수수는 쾌재를 불렀다. 법문의 찻잔에는 약실에서 훔쳐 온 색혼산(色魂散)이라는 음약(淫藥)이 묻혀져 있었다. 이제 법문이 그 차를 마셨으니 법문은 곧 욕정을 느끼게 될 것이었다. 수수는 자신도 차를 단숨에 들이켰다. 숨이 가빠오기 시작했다. 그녀의 찻잔엔 아무것도 묻혀져 있지 않았지만 조금 있으면 벌어지게 될 일에 묘한 흥분이 일기 시작했던 것이다.

이제 그녀의 각본대로라면 의청은 곧 잠에 빠지게 될 것이고 법문은 욕정을 느껴 고통에 몸부림치게 될 것이었다. 그러면 그녀는 법문의 상세를 살핀다는 명목으로 그의 곁에 있을 것이고 그러면 법문은 이성을 잃고 자신을 덮치게 될 것이었다. 음약은 여체를 접함으로써만 해소될 수 있으니까 말이다.

그렇게 일이 끝나고 나면 그녀는 겁탈당했다는 슬픔에 서럽게 흐느낄 것이고 법문은 곧 그녀의 뜻대로 환속을 해서 그녀를 책임지게 될 것이었다. 여인을 범한 이상 그 여인을 끝까지 책임져야 하는 것은 당연한 일이었으니까.

고고하고 현숙한 그녀가 이런 계책을 세웠다는 것을 아무도 믿지 못할 것이다. 누가 그랬던가? 여자는 알 수 없는 존재라고.

'어? 왜? 왜… 왜 갑자기……?'

하지만 곧 수수는 뭔가 일이 잘못됐음을 알 수 있었다. 자야하는 의청은 자지 않고 오히려 자신의 눈꺼풀이 감겨오기 시작했던 것이다.

'설마, 설마 찻잔이 바뀌기라도…….'

그녀의 생각은 다 이어지지 않았다. 그녀는 곧 깊은 잠에 빠져들고 말았으니까.

"화 시주, 화 시주!"

의청은 수수가 갑자기 잠들어 버리자 황급히 수수를 흔들었다. 하지만 수수는 일어나질 않았다.

"크으으으……."

콰당탕탕!

그때 법문이 거칠게 의자를 넘어뜨리며 일어나더니 휘청거렸다.

"아, 아니. 이게 대체…….'

의청은 지금 무슨 일이 일어나고 있는지 전혀 알 수가 없었다. 갑자기 수수가 쓰러지더니 이번엔 법문이…….

"법문, 법문. 왜 그래요?"

의청은 법문에게 다가가며 그의 어깨를 잡았다.

“아, 아미타… 으윽. 으, 의청 스님께선… 어서 밖으로… 밖으로……."

법문은 의청의 손을 거세게 뿌리치며 신음성을 토했다. 그는 무척 괴로워하고 있었다. 예설이 준 차를 마셨기 때문에 그의 몸속에는 이미 음약이 혈관을 타고 흐르고 있었다. 거기에 수수가 준 색혼산까지 가미되었으니 그의 몸은 두 음약이 합쳐져 이미 뜨겁게 달아올라 있는 상태였다. 법문은 오랜 수행으로 인해 정력이 남달랐다. 한 가지 음약에만 중독되었다면 그의 정신력으로 오랜 시간을 참을 수 있었을 것이다. 하지만 두 가지 음약이 그의 몸 안에서 서로 섞이는 바람에 몇 배나 더 강한 효과를 발하고 있었다. 자연 법문의 초인적인 인내력도 점점 사라져 가고 있었다.

“어, 어찌 된 일이에요? 법문! 법문! 정신 차려요."

의청은 지금 법문의 상태를 정확하게 알지 못했다. 만약 법문이 두 춘약에 중독되어 엄청난 욕정을 이기고 있단 것을 알았다면 그녀는, 그녀는…….

“부, 부탁입니다……. 크으으… 어서, 어서 내 눈앞에서… 사라……."

하지만 의청은 사라지지 않았다. 오히려 법문에게 더 더욱 다가가며 소리쳤다.

“법문, 왜 그래요? 법문, 정신… 꺄악!"

의청은 들려진 법문의 얼굴을 보고 비명을 질렀다. 자애롭고 부드럽던 법문의 얼굴은 일그러질 대로 일그러져 있었고, 두 눈은 색기에 가득 차 있었다.

‘음약!'

의청은 법문이 음약에 중독되었다는 것을 알았다. 그녀가 막 몸을 움직이려 할 때, 법문은 한 가닥 가지고 있던 이성의 끈을 놓아버렸다.

"크아아아!"

법문은 빠른 속도로 의청에게 돌진했다.

펑!

의청은 반사적으로 달려오는 법문을 향해 일장을 날렸다. 그녀의 무공은 매우 뛰어난 것이었다. 방금의 장력엔 바위도 부숴 버릴 정도의 위력이 담겨져 있었다.

"크아악!"

하지만 법문은 곧 일어나더니 다시 의청에게 덤벼들었다.

"법문, 정신 차려요! 법문!"

의청은 법문의 손길을 피하며 계속 소리쳤다. 하지만 이미 이성을 잃은 법문의 귀에 의청의 말이 들릴 리 만무했다.

휘청.

도망 다니던 의청의 발치에 무언가가 걸렸다. 그로 인해 의청은 일순간 휘청이고 말았다. 그리고 그 일순간은 법문에겐 더없이 좋은 기회였다.

"까아악!"

법문이 의청의 몸을 두 팔로 껴안아 들어 올렸다. 그리고는 어깨에 의청을 메고는 빠른 속도로 어둠 속을 향해 달려나갔다.

"까악! 법문, 법문. 정신 차려요! 정신 차려요!"

픽! 팍! 픽!

의청은 법문의 등에 업혀져 있는 상태에서 고함을 지르며 법문의 등을 두 손으로 사정없이 두들겼다. 하지만 법문은 그런 것엔 아랑곳하지 않고 계속 달릴 뿐이었다. 숲 속으로, 숲 속으로……

의청은 계속해서 고함을 지르며 발버둥을 쳐서 법문의 손아귀를 벗어나려고 해봤지만 역부족이었다. 음약으로 인해 법문의 몸속에 잠들어 있던 공청석유가 격발되어 의청의 공격은 법문에겐 아무런 소용이 없었다. 그렇게 달려가다가 돌연 법문이 멈춰 섰다. 그의 붉게 충혈된 눈은 근처에 있는 작은 동굴에 머물러 있었다.

"버, 으흐흑… 법문. 정신 차려요. 제발……."

의청은 두려움에 흐느끼며 애타게 법문을 불렀다. 하지만 법문은 의청을 등에 멘 상태로 곧장 동굴 안으로 들어갔다.

쿵! 털썩!

의청의 몸은 차가운 동굴 바닥에 내동댕이쳐졌고, 의청이 막 신음을 흘리며 몸을 일으키려 할 때 법문의 몸이 의청을 덮쳤다.

찌익! 찌이익!

의청의 승포가 찢어지기 시작했다.

"까악! 법문! 법문!"

의청이 처절하게 고함을 질렀지만 그녀의 승포는 곧 갈가리 찢어지고 말았다.

"까아아아아아악!"

"크아아아아!"

곧 법문의 승포 역시 모두 찢어졌고 법문은 본능이 시키는 대로 움직이기 시작했다.

칠흑같이 깜깜한 밤, 화산의 이름 모를 동굴에선 여인의 처절한 흐느낌과 사내의 거친 숨소리가 연방 터져 나왔다.

*   *   *

"화 장문인! 좀 자세히 말씀해 보시오. 우리 의청이 도대체 어떻게 되었단 말이오?"

절진 사태의 우렁찬 목소리가 대청 전체에 울려 퍼졌다. 지금 대청엔 화중문과 절진 사태, 그리고 소림사 장문 방장인 혜불 성승(慧佛聖僧)이 자파의 고수들 몇몇만을 대동한 채 모여 있었다. 화중문은 지금 사흘 전에 있었던 이상한 사건으로 인해 곤욕을 치르고 있는 중이었다.

"우선 흥분을 멈추십시오, 사태."

"내가 지금 흥분 안 하게 됐소? 의청은 우리 아미파의 다음 대를 이어갈 막중한 임무를 가지고 있는 아주 소중한 아이란 말이오. 그런 의청이 행방불명이라니, 도대체 어떻게 된 일이오?"

"아미타불, 사태께선 진정하시지요. 본 파의 법문 역시 실종된 상태. 우선 화 장문인의 말을 들어봅시다."

절진 사태를 막고 나선 것은 혜불 성승이었다. 이대로는 도저히 진전이 없다는 생각이 들어 우선 절진 사태를 말린 것이다. 혜불 성승의 말에 절진 사태는 흥분을 가라앉혔다.

"아미타불, 화 장문인께선 우리에게 자초지종을 말해 주시지요."

"으흠, 그러겠습니다."

화중문은 한 번 헛기침을 해 보이고는 입을 열었다.

"사흘 전, 법문과 법현이 머물고 있는 숙소에서 고함 소리가 들려오는 걸 주위를 지나던 본 파의 무사가 들었다더군요. 그 무사는 소리가 난 방향으로 재빨리 달려갔다고 합니다. 하지만 거기서 그가 본 것이라곤 엉망이 되어 있는 실내와 바닥에 쓰러져 있는 내 딸 수수뿐이었다고 하더군요. 수수는 몽혼약을 마신 듯 잠들어 있었고 그것은 침대에서 자고 있는 법현도 마찬가지였다고 합니다. 법문의 모습도 의청의 모습도 보이지 않았다고 하더군요. 한 무사가 법문의 처소 쪽에서 어둠 속을 달려가는 물체를 보았다고는 합니다만 제대로 보지는 못했다고 합니다. 아무튼 지금까지 온 산을 뒤지고 조사를 하고 있지만 그들의 모습은 온데간데없이 찾을 수가 없었습니다.”

“그렇다면 당신 딸은 뭔가를 알고 있을 게 아니오? 그 자리에 쓰러져 있었으니 말이오.”

“저도 그러리라 생각해서 수수에게 물어보았습니다. 하지만 수수가 한 말이라곤 의청, 법문과 함께 차를 마시며 담소를 나누고 있었는데 갑자기 머리가 어지러워지더니 정신을 잃었다고 합니다. 그 뒤의 일은 전혀 기억이 나질 않는다고 하더군요.”

“그럴 리가? 아무것도 모른다는 건 말이 되지 않소. 그 아이를 당장 내게 데려오시오. 내가 직접 물어보리다.”

절진 사태의 흥분한 말에 화중문은 짜증이 치밀었다.

“그럼 사태께선 소생의 여식이 거짓말을 했다는 말입니까?”

화중문의 목소리도 점차 커지기 시작했다. 이것을 본 혜불 성승은 두 사람을 말리며 입을 열었다.

“아미타불, 두 분 다 진정하시오. 화 시주께선 지난 3일 간 조사를 해오셨을 줄 압니다. 소승은 그걸 들어보고 싶군요.”

“으음… 조사한 바로는 그날 밤 몇몇이 어둠 속을 달리는 한 사람을 언뜻 보았다고 합니다. 그 사람의 등에는 한 사람이 업혀져 있었다고 하더군요.”

여기까지 말한 화중문은 잠시 말을 멈추고 숨을 골랐다. 그런 화중문의 모습이 짜증이 나는지 절진 사태가 고함을 질렀다.

“계속하시오!”

“으음, 그리고 그 등에 업혀져 있던 사람이 승포를 입고 있었다고 합니다. 자세히 본 것은 아니지만 말입니다. 한데…….”

“한데?”

화중문이 말을 머뭇거리자 절진 사태가 어서 말을 하라고 재촉했다.

“그… 등에 사람을 업고 달리는 인영 또한 승포를 입었었다고 하는 것 같더군요.”

“뭣이라!”

절진 사태는 재빨리 혜불 성승을 노려보았다. 사라진 것은 법문과 의청. 둘 다 승포를 입고 있었다. 그렇다면?

“이, 이럴 수가! 아무리 의청의 용모가 아름답다고는 해도 불제자가 감히!”

절진 사태의 뜻은 명백했다. 법문이 의청을 납치해 도망쳤다고 그녀는 생각한 것이다. 의청의 미모가 아주 뛰어나니 충분히 그럴 수 있는 상황이라고 여겨졌다. 그녀의 말뜻을 모를 혜불 성승이 아니다. 그의 인자했던 얼굴은 금세 굳어져 버렸다.

“아미타불, 지금 그 말뜻은 무엇이오? 사태는 반드시 해명을 해야 할 것이오. 소림의 명예가 더렵혀지는 것은 참을 수 없소.”

은연중 공력이 실려 있는 말이었다. 그만큼 혜불 성승이 화가 났다는 말이기도 하다.

"흥! 아미가 소림을 무서워한다고 생각하나요?"

절진 사태의 도전적인 말에 양측의 사람들은 저마다 흉험한 기세를 뿜어냈다. 자칫 잘못하면 두 파 간의 전쟁으로 치달을 수도 있는 상황이었다. 이에 화중문은 당황하며 재빨리 입을 열었다.

"험험… 소생의 말은 다 끝나지 않았습니다. 두 분 다 제 말을 끝까지 들어주시지요."

"흥. 더 들을 것이 뭐 있단 말이오? 사태는 이미 명백해졌거늘."

"아미타불, 소승의 인내에도 한계가 있음을 알아주시오. 더 이상 망언을 남발한다면 소림은 더 이상 참지 않을 것이오."

"한데 한 가지 풀리지 않는 문제가 생겼습니다."

화중문은 절진 사태와 혜불 성승의 말을 무시하며 계속 입을 열었다.

"그 달려가던 인영의 경공은 가히 초절정의 수준이라고 들었습니다. 등에 한 사람을 업고 있으면서도 바람과도 같은 속도로 신속을 달렸다고 하더군요. 그것은 그의 무공이 보통이 아니라는 것. 여기서 큰 문제가 생겼습니다. 법문은 무공을 하지 못하니까 말입니다."

"아미타불, 법문은 소림 내당의 제자이니 당연히 무공을 모를 수밖에."

혜불 성승의 말은 절진 사태를 비웃고 있었다. 절진 사태의 얼굴이 일그러졌다. 법문이 무공을 모른다면 그녀의 추측은 불가능한 것이 되니까.

"흥, 그가 무공을 아는지 모르는지 그걸 어떻게 안단 말인가? 혹시 모르지. 소림의 숨은 고수인지도."

절진 사태의 억지스러운 말에 혜불 성승은 얼굴을 붉게 물들이며 말했다.

"무공이 고강한 의청이 무공도 모르는 법문을 제압하는 것은 쉬운 일이겠지. 아마 의청이라면 법문을 등에 업고도 그처럼 빠른 경공을 전개할 수도 있을 것. 법문의 용모가 워낙에 뛰어나니 의청이 딴 마음을 품을 만도 한 일이지."

혜불 성승의 말에 절진 사태의 얼굴은 노기로 들끓어 올랐다.

"그게 무슨 뜻이오? 성승의 말은 지금 우리 의청이 그 법문이란 아이를 납치했단 뜻이오?"

"아미타불, 어찌 출가한 비구니의 몸으로… 쯧쯧……."

혜불 성승은 혀를 끌끌 차며 끝 말을 흐렸다. 절진 사태는 그게 더 화가 났다. 혜불 성승은 이미 의청이 법문을 납치했다고 단정하고 있는 것 같았기 때문이었다.

"이! 이… 오늘 아미가 받은 치욕은 결코 잊지 못할 것이오. 화 장문인! 본 파의 제자들도 그들을 찾는 데 총력을 기울일 것이니 그쪽에서도 수고해 주시기 바라오. 가자!"

절진 사태는 노기를 터뜨리며 말을 하고는 아미파의 제자들을 데리고 대청을 나가 버렸다.

"아미타불, 화 장문인. 소림에서도 그들을 찾는 데 총력을 기울일 것이오. 그러니 수고해 주시기 바라오. 그럼 물러가겠소."

혜불 성승 역시 화중문에게 합장을 해 보이고는 소림사의 제자들을 데리고 대청을 나가 버렸다.

'큰일이구나. 대회가 열흘 앞으로 다가왔는데 이런 일이 생기다니… 무슨 수를 써서라도 이번 일을 빨리 매듭 지어야 한다.'

화중문은 의자에 몸을 파묻은 채 한동안 생각에 잠겼다.

*   *   *

'오늘이 벌써 닷새째다. 난 아직 그를 죽이지 못하고 있다.'

의청은 힘주어 손을 들어 올렸다. 이제 그 손을 내려치기만 하면 법문의 머리는 잘 익은 수박과도 같이 으스러지고 말 것이었다. 하지만 의청은 결국 손을 내려치지 못했다. 기회는 수없이 많았다. 하지만 의청은 그때마다 지금처럼 기회를 놓치고 있었다. 법문은 아직 정신을 차리지 못했다. 얼마나 지독한 음약인지 몰라도 법문은 의청의 몸을 탐하고 잠들기를 수없이 반복했다.

'난 그를 죽여야만 한다. 하지만……'

의청은 자신이 왜 법문을 못 죽이고 있는지 알 수가 없었다. 그리고 법문이 잠들어 있을 때 충분히 몸을 피할 수도 있었다. 하지만 그녀는 법문을 죽이지도 도망가지도 않고 그저 법문의 곁에 있을 뿐이었다.

잠들어 있는 법문의 얼굴은 매우 평온해 보였다. 이 얼굴을 가진 사람이 지난 5일 동안 그녀를 난폭하게 겁탈했다는 것을 아무도 믿지 못할 것이었다. 의청은 조심스럽게 법문의 얼굴을 어루만졌다.

'난, 난… 어떻게 해야 하나……'

법문을 죽일 수는 없었다. 그렇다고 그를 떠날 수도 없었다. 그는 아직 제정신을 찾지 못했으니 잠에서 깨어난다면 욕정을 풀기 위해 다른 여자를 덮칠 것이 뻔했다.

'다른 여자가 피해를 입는 것을 막기 위해 난 여기 있는 것일까?'

의청은 자신에게 물어보았다. 대답은 '아니다' 였다. 그런 이유도 있기는 했지만 더 큰 이유는 따로 있었다. 법문이 다른 여자와 자신과 했던 짓을 한다는 것을 그녀는 상상조차 하기 싫었던 것이다.

'난, 난 그를 사랑하고 있는 것일까? 그런 것일까?'

의청은 법문의 얼굴을 쓰다듬으며 알 수 없는 자신의 마음을 향해 물어보았다. 어찌 됐든 그녀와 법문은 몸을 섞은 사이였다. 이제 다신 옛날의 비구니와 스님으로는 돌아갈 수 없었다. 그들은 이미 색계(色戒)를 범해 버렸으니까.

'난 앞으로 어떻게 해야 할까? 이, 이 사람과… 같이… 살게 될까?'

그녀는 어릴 때부터 색(色)은 음란하고 저주스러운 것으로 교육받아 왔다. 그리고 색을 혐오하도록 키워져 왔다. 하지만 그녀가 지난 5일 동안 몸으로 체득한 것은 그녀가 여태껏 배워왔던 것과는 너무도 다른 것이었다.

고통 속에서 찾아오는 희열, 그리고 쾌락.

색은 결코 나쁜 것만은 아니었던 것이다.

의청은 법문과 같이 사는 상상을 하자 왠지 기분이 좋아졌다. 작은 집에서 아이를 낳아 키우고, 같이 식사를 하고, 같이 밭을 갈고… 그녀의 가슴 한구석에 잠들어 있던 작은 소망이 뭉게구름처럼 부풀어 올랐다. 그녀가 비구니가 된 것은 자의가 아니었다. 갓난아이일 때 스승에게 거둬져 비구니가 됐을 뿐, 그녀는 결코 자의로 비구니의 삶을 선택하지는 않은 것이다. 어쩌면 그녀는 오래전부터 환속하고 싶었는지도 몰랐다.

'하지만, 사부님……'

그녀는 자신에게 그토록 잘해주었던 사부 절진 사태가 떠올랐다. 그녀를 배신할 수는 없었다.

‘죽여야 한다. 죽어서 내 명예를, 사부님의 명예를 지켜야 한다.’

그녀는 다시 손을 들어 올렸다. 그리고는 그 손을 힘차게 내려쳤다.

“으음…….”

하지만 그녀의 손은 법문의 머리를 치지 못했다. 법문이 깨어나고 있었던 것이다.

‘그는 또 일어나 짐승처럼 내 몸을 탐하겠지…….’

두려움이 밀려왔지만 그 속에 한 가닥 기대가 섞여 있는 것은 왜일까?

‘난, 난… 어쩌면… 어쩌면 그때 도망치기 싫었던 것인지도 몰라. 법문이 날 덮쳐 주기를 바랐는지도 몰라… 그래서 도망치지 않고 그 자리에 남아 있었는지도…….’

법문이 음약에 중독되어 괴로워할 때 그녀는 얼마든지 몸을 뺄 수 있었다. 아니, 법문이 이성을 잃고 그녀를 덮쳐 올 때에 그녀가 방 밖으로 몸을 날렸다면 그녀는 충분히 법문의 손에서 벗어날 수 있었을 것이다. 하지만 그녀는 그렇게 하지 않았다. 오히려 법문을 소리쳐 부르며 그의 시선을 그녀 쪽으로 돌리게 만들었고, 방 안을 맴돌며 법문을 감질나게 만들었다.

‘어쩌면 그때 내 발에 걸린 것은 없었는지도… 내가 일부러 틈을 만들어준 것인지도…….’

그랬던 것일까? 그녀는 일부러 몸을 휘청이며 틈을 보였던 것일까? 그것은 의청 자신만이 알고 있을 것이다.

“으으음…….”

법문은 부스스 몸을 일으켰다. 평소대로라면 몸을 일으키는 즉시 괴성을 지르며 의청을 덮쳤을 텐데 지금은 그렇지 않았다. 다만 주위를 둘러보며 의아해하고 있을 뿐이었다.

"의, 의청 스님… 으윽… 여, 여긴… 그리고 이건……?"

법문은 황급히 일어나더니 신음을 흘리며 머리를 감싸 쥐었다. 5일 만에 깨어나서인지, 아니면 무의식 중에 벌인 일의 자책감 때문인지 법문은 심한 두통을 일으키고 있었다.

"일어나셨군요."

그런 법문을 보며 의청은 나직이 입을 열었다. 그녀의 의사와는 상관없이 나온 차가운 말투였다.

"아, 아니… 의청 스님. 그… 그 모습은… 아, 아미타불, 아미타불……."

법문은 의청을 바라보고 그녀가 입고 있는 것이 겉 장삼 하나뿐인 것을 알자 소스라치게 놀라며 연방 불호를 뇌까렸다. 법문은 고개를 의청의 반대쪽으로 돌리며 더듬더듬 입을 열었다.

"이게 대체 어찌 된 일입니까? 그리고 여긴… 게다가……."

"으흐흐흑……."

의청은 서럽게 흐느꼈다. 좀 전의 냉정함은 어디로 갔는지 보이지 않고, 갑자기 슬픔이 물밀듯이 밀려왔다.

"아, 아미타불. 의청 스님, 왜 그러십니까? 의청 스님."

법문은 의청의 흐느낌에 그녀 쪽으로 다가가 그녀의 어깨에 살며시 손을 올렸다. 그녀를 진정시키기 위해서였다.

"어찌 된 일인……."

말을 하다 말고 법문은 주위를 둘러보았다. 여기저기에 널려 있는 승포 조각들, 그는 아무런 옷도 걸치고 있지 않았다. 의청 역시 겉

장삼 하나만 입고 있을 뿐, 나머지 옷들은 아무것도 입고 있지 않았
다.

　정신을 잃기 전 마지막 기억들이 떠올랐다. 왜인지 몰라도 갑자기
극심한 욕정을 느꼈었다. 자제하려고, 욕정을 사그라지게 하려고 노력
했었지만 허사였다. 결국 이성을 잃고 누군가를 덮쳤던 것까지 기억났
다. 아니, 그 누군가를 들쳐 업고 산속을 달린 것도, 어느 동굴 속에 들
어간 것도 기억이 나기는 했다. 하지만 그 모든 것들은 다 꿈이라고 생
각했었는데, 그저 심마에 빠진 것이라 여겼었는데…….

　'서, 설마 그 모든 것들이 사실이었단 말인가?

　의청은 여전히 흐느끼고 있었다. 법문은 알 수 있었다. 자신이 돌이
킬 수 없는 일을 저질렀음을 말이다. 영원히 씻을 수 없는 죄를 저질렀
음을 말이다.

　'내, 내가 색계를 범하다니… 그, 그것도 같은 불제자인 의청을 범하
다니…….'

　"아… 아미타… 불……."

　법문은 허탈한 신음성을 흘리며 의청의 맞은편에 무릎을 꿇었다.

　쿵!

　차가운 돌바닥에 법문의 두 무릎이 부딪치며 둔탁한 음을 만들어냈
다. 하지만 그는 고통을 느끼지 못했다. 법문은 그 상태로 의청에게
절을 했다. 그리곤 고개도 들지 않고 여전히 절을 한 상태로 흐느꼈
다.

　"…소, 소승을 죽여주시오… 의청… 소승을 제발, 제발… 죽여주시
오……."

　법문의 전신이 부르르 떨려왔다. 그는 자신이 저지른 너무도 엄청난

죄에 살 의욕을 잃어버렸다. 그는 의청에게 죽었으면 하고 바랬다. 그래서 조금이나마 속죄가 됐으면 하고 바랄 뿐이었다.

"난… 당신을… 죽일 수 없어요……."

의청은 처연한 목소리로 법문에게 말했다. 그녀의 말에도 법문은 여전히 그녀에게 엎드린 채 몸을 일으키질 않았다.

"죽이려고 몇 번이나 시도를 했었지만 죽일 수 없었어요……."

"그, 그럼… 스스로 죽겠습니다. 에잇!"

법문은 차가운 동굴 바닥에 머리를 들어 찧었다.

쿵쿵!

법문의 이마와 돌바닥이 부딪치며 처절한 소리를 냈고 법문의 이마는 피로 물들어갔다.

"그, 그만 해요! 그만 해요!"

의청이 황급히 말렸지만 법문은 계속해서 돌바닥에 머리를 찧었다. 그는 아픔 따윈 느끼지 못했다. 그저 너무도 괴로워 이대로 죽었으면 하고 바랄 뿐이었다. 이대로 간다면 법문이 죽을 것만 같았기에 의청은 황급히 법문의 혈을 짚었다.

"왜, 왜 저를 말리십니까? 저, 저 같은 놈은 살 자격이 없습니다… 제발… 이대로 죽을 수 있게… 제발……."

몸을 움직이지 못하게 되자 법문은 의청에게 이대로 죽게 해달라고 간절히 호소했다. 하지만 의청은 그렇게 하지 않았다. 단지 그녀가 입고 있는 승포를 조금 찢어 피가 흐르고 있는 법문의 이마를 질끈 동여맸을 뿐이었다.

"왜, 왜 이러십니까? 소승은 죽어 마땅한데, 왜……."

의청이 자신의 상처를 치료하자 법문은 더욱더 처절하게 소리쳤다.

"당신을 죽일지 살릴지는 당신의 사문에서 결정할 일이에요. 저 역시 지금 당장 죽고만 싶어요. 하지만 제 맘대로 목숨을 끊을 수는 없어요. 그것은 사부님께 허락을 받아야 해요."

"하, 하지만……."

"지금쯤 화산에는 소림과 본 파의 분들이 도착했을 거예요. 저는 사부님을 찾아가 죄를 고하고… 자결할 생각이에요. 당신은 어떻게 할 건가요?"

"저는……."

"제 생각으론 당신도 당신의 사부님께 죄를 고하고, 그 뒤에… 당신 마음대로 하는 게 좋을 것 같아요."

그녀의 마음과는 달리 너무도 차갑고 냉정한 말들만 흘러나왔다. 의청은 모든 것을 용서한다고 말하고 싶었지만 그 말은 그녀의 마음속에서만 맴돌 뿐이었다.

"…소승의 목숨은 이미 의청 스님에게 맡겨져 있습니다. 그렇게 하라고 하신다면… 그렇게 하겠습니다. 저 역시 사부님을 찾아 뵙고 죄를 고한 뒤… 자결하도록 하겠습니다……."

법문은 허탈하게 의청의 말대로 하겠다고 했다.

'그의 목숨이 내게 맡겨져 있다고? 그럼… 내가 이대로 떠나자고, 모든 것을 버리고 떠나자고 한다면 그렇게 하겠다는 뜻일까? 그런 것일까?

의청은 갑자기 모든 것을 잊고 떠나자고 말하고 싶은 충동을 느꼈다. 하지만 그녀는 그 말을 입 밖으로 내지는 못하였다. 그녀의 자존심이 허락하지 않았기 때문에.

"그럼 어서 화산으로 돌아가도록 해요… 으윽!"

그녀는 몸을 일으키려고 했다. 하지만 하체에서 오는 극심한 통증으로 인해 그녀는 몸을 일으킬 수 없었다.

"의, 의청……."

법문은 혈이 짚여져 있는 상태였기 때문에 그저 의청이 괴로워하는 것을 지켜볼 수밖에 없었다. 의청이 땅바닥에 주저앉음으로 인해 법문의 눈에는 의청의 알몸이 들어오게 되었다. 법문의 눈이 저도 모르게 의청의 음부로 향해졌고, 그곳에 선혈이 묻어 있는 것을 그는 볼 수 있었다.

'나 때문이구나… 나 때문에 의청은 저렇게 고통을 당하게 되었구나…….'

더욱 죽고만 싶은 법문이었다. 법문의 눈에는 한줄기 눈물이 흘러내렸다. 의청은 재빨리 장삼을 추스르며 몸을 가렸다. 그녀도 법문의 눈물을 보았다. 사실 따지고 보면 법문의 잘못은 없었다. 의청도 그걸 알고 있었다. 누가 음약에 중독되고 싶어 중독되었겠는가? 모든 것은 법문에게 음약을 중독시킨 자의 잘못이었다.

하지만 이유야 어찌 되었든 의청은 불제자로서 색계를 범했고 순결을 잃었다. 바로 법문에 의해서. 법문의 고통은 당연한 것이었고, 의청은 법문을 도울 수 없었다.

의청은 법문의 시선을 애써 회피하며 남아 있는 벽곡단을 모두 입안에 털어 넣었다. 그리고 정좌해 운기(運氣)를 시작했다. 그녀의 초췌한 얼굴에 조금씩 생기가 돌기 시작했다. 여전히 혈을 짚여 있는 법문의 머리 속은 복잡하게 돌아가기 시작했다. 그의 눈에 아름다운 의청의 모습이 보이고 있었다.

'내 정신이 아니었다. 어찌 된 일이지? 난… 음약에 중독되었던

것인가? 그런 것일까? 그렇다면 누가? 누가… 예설! 그러고 보니 예
설이 준 설화차와 화 시주가 준 설화차의 향과 맛이 약간이긴 하지만
달랐다. 그녀가… 하지만 왜? 왜 그런 짓을? …그렇다고는 해도 난
의청을 범했다. 불제자인 의청을 짐승처럼 범하고 그녀의 육신을 짓
밟았다. 내 정신이 아니었다고는 해도 내가 저지른 일이다. 불제자인
내가, 가슴에 한 점 부끄러움이 없다고 생각했던 내가 그깟 음악을
견디지 못하고 의청을 범했다. 난 그녀에게 어떻게 사죄해야 하는가?
어떻게 해야 한단 말인가? …내가 죽는 것은 당연한 일이다. 그런 짐
승 같은 짓을 저지른 이상 더 이상 살아갈 수는 없다. 하지만 그녀는,
그녀는 아무런 잘못이 없는데… 그녀는 단지……. …이대로 그녀를
데리고 달아나 버릴까? 그래 버릴까? 그녀를 데리고 아무도 없는 곳
으로 도망가서 살까? 난… 난, 난 그러고 싶다. 천벌을 받을 생각이
긴 하지만 난 그러고 싶다. 그녀를 처음 본 순간부터 내 마음엔 심마
가 찾아들었다. 그 심마는 하루에도 몇 번씩 그녀에게 딴 마음을 품
게 만들었다. 난, 난 어쩌면 이런 기회를 노리고 있었는지도… 난 중
이 되고 싶지 않았다. 그저 스승님이 시키셨기에 그게 보답하는 길인
것 같아서 중이 되었을 뿐이다. 어쩌면 나는 오래전부터 환속하고 싶
었는지도 모른다. 정말 이대로 그녀를 데리고 떠나 버릴까? 환속한
스님들도 많다고 들었다. 그들 중에는 결혼해서 행복하게 사는 사람
들도 있다고 들었다. 나도 그래 버릴까? 하지만… 의청은 날 따라가
지 않을 테지……. 그녀는 날 죽이고 싶어할 거니까… 고고한 불제
자로 살아갈 그녀였는데, 내가 그녀의 인생을 망쳐 버렸으니, 그녀를
데리고 도망간다는 건 나 혼자만의 상상일 뿐이겠지……. 그래, 그녀
의 말대로 스승님께 죄를 고하고 깨끗하게 죽음을 택하자. 그게 내가

할 수 있는 최선의 방법인 것 같다……. 하지만… 그녀에게 물어볼
까? 혹시나 그녀도 나와 같은 생각을 하고 있는 건 아닐까? 혹
시…….'

법문의 머리 속은 여러 가지 생각들로 인해 뒤죽박죽이 되어갔다.
그때 의청이 운기를 마쳤는지 감고 있던 눈을 떴다. 그녀의 눈은 차분
히 가라앉아 있었다. 아마도 운기를 하며 그녀는 뭔가 결심을 내린 듯
했다. 의청은 몸을 일으켰다. 약간 휘청이긴 했지만 조금 전처럼 쓰러
지지는 않았다. 그녀는 법문의 뒤로 돌아가 갈가리 찢겨져 있는 옷들
속에서 꽤 성한 승포를 들고 왔다. 지금 법문은 아무것도 걸치고 있지
않았다. 밖으로 나가기 위해선 최소한 몸을 가리긴 해야 하니 법문이
입을 것이 필요했다. 의청은 법문의 앞에 승포를 내려놓으며 법문의
혈을 풀어주었다.

"입으세요……."

법문은 말없이 의청이 건네준 승포를 입었다.

"의, 의청……."

"아무 말도 하지 마세요……."

법문이 막 의청에게 용기를 내어 말하려고 했지만 의청은 처연한 목
소리로 법문의 말을 잘랐다. 만약 법문의 말을 막지 않았다면 그녀는
다른 삶을 살 수도 있었을 것인데…….

"움직일 수 있겠어요?"

법문은 여태껏 아무것도 먹지 못했다. 하지만 수행의 하나로 벽곡단
한 알과 물 한 모금으로 하루하루를 견디던 법문이었기에 그다지 배고
픔을 느끼지는 못하였다.

"저는 괜찮습니다. 그보단……."

"저도 괜찮아요……."

의청은 앞장서서 동굴 밖으로 걸음을 옮겼다. 그녀의 뒤로 법문이 말할까 말까를 망설이며 고개를 숙인 채 걸어갔다.

"으윽!"

"의, 의청!"

의청은 걸은 지 반 각이 채 되지 않아 휘청거리며 신음을 터뜨렸다. 그에 법문은 그녀에게 다가가 그녀를 부축했다. 의청은 법문을 한 번 노려보기만 했을 뿐, 그의 손길을 거부하지는 않았다.

"괜찮으시오?"

걱정이 담겨 있는 법문의 말에 의청은 한순간 다시 마음이 흔들렸다. 운기를 할 때 사부님께 죄를 고하고 자결하기로 마음을 굳혔다. 하지만 법문의 근심 어린 시선을 받자 그와 도망치고 싶은 강한 욕망을 느꼈다.

"법문……."

그녀의 입이 저절로 열렸다. 그 입은 뭔가를 말하려고 하고 있었다.

'혹시 그녀도… 그녀도 나와 같은 생각을 하고 있는 것일까?'

의청의 눈은 뭔가를 갈망하고 있는 듯했다. 그녀의 얼굴을 보며 법문은 말하고 싶었다. 우리 이대로 도망치자고, 그러자고.

"의청… 우리……."

법문의 입도 저절로 열렸다. 그의 얼굴 역시 의청의 얼굴과 비슷한 표정을 짓고 있었다.

'그도, 그도 나와 같은 생각을 하고 있어! 그도 나와 같은 생각을 하고 있는 거야!'

의청은 법문의 얼굴에서 그도 그녀와 같은 생각을 하고 있음을 느낄 수 있었다. 아니, 그녀의 눈에는 그렇게 보였다. 의청은 말하겠다고 결심했다. 그녀가 용기를 내어 말한다면 법문은 흔쾌히 승낙할 것 같았다. 아니, 그럴 것이다.

"법……."

"찾았다! 저기다! 저기에 있다!"

하지만 그녀의 말은 시작도 하기 전에 잘리고 말았다. 어디선가 큰 고함 소리가 들려오더니 그들의 주위로 몇몇의 인영들이 다가오기 시작했던 것이다.

그들은… 법문과 의청을 찾아 나선 화산파의 무사들이었다.

*　　　　*　　　　*

"흐흑… 사부님……."

"청아, 청아! 이게 대체 어떻게 된 일이냐?"

옷이라곤 승포 하나밖에 걸치지 않은 채 초췌한 얼굴로 흐느끼며 엎드린 의청을 보며 절진 사태는 재빨리 그녀에게 다가가 그녀를 부축했다.

"흐흐흑……."

의청은 계속 흐느꼈다.

"청아, 어찌 된 일이냐?"

절진 사태의 가슴이 쓰라려 왔다. 늘그막에 얻은 제자가 의청이었다. 그래서 그런지 의청에 대한 그녀의 사랑은 각별했다. 이번에 화산에 의청을 먼저 보내고 나서 얼마나 마음 고생을 했는지 모른다. 한데 무사하리라고 믿었던 의청이 이렇게 흐느끼고 있으니 그녀는 애가 탈

지경이었다.

"사, 사부님……."

"그래, 말해 보거라."

"제, 제자를 죽여주세요… 흐흑……."

"무슨 일인데 그러냐? 답답해 미치겠구나. 속 시원히 말해 보아라."

"법문이… 법문이… 흐흑… 저는 색계를 어겼어요……."

"뭐, 뭣이라! 아아……."

절진 사태는 너무도 놀라 몸을 휘청였다. 색계를 어겼다니… 불제자로서 색계를 어겼다니… 그것도 다름 아닌 의청이 색계를 어겼다니… 의청의 말로 미루어 보아 법문이 그녀를 범했다는 것 같았다.

"내, 내 이놈을 당장!"

절진 사태는 엄청난 분노를 터뜨렸다. 그리고는 고함을 질렀다.

"범혜와 범정(凡井)은 의청에게 옷을 입히고 쉬게 하라! 그리고 나머지 아미 제자는 모두 무기를 챙겨 들어라! 우린 당장 소림사 놈들에게 가서 법문이란 녀석을 죽여야 한다."

"사, 사부님… 흐흐흑……."

의청은 절진 사태를 불렀지만 절진 사태는 의청을 돌아보지 않았다. 그녀는 준비가 되자 즉시 제자들을 데리고 밖으로 나가 버렸다. 어떻게 됐든 간에 의청은 색계를 범했다. 그렇다면 더 이상 아미에 머물 수는 없었다. 그 법문이란 녀석을 죽이고 의청의 문제도 해결해야 한다. 아마 파문시켜야 할 것이다. 그렇다면 지금부터 의청을 멀리해야 했다. 정 때문에 아미의 유구한 역사를 깨뜨릴 수는 없는 일이었으니까 말이다.

"어서 내놓으시오."

절진 사태는 혜불 성승이 머물고 있는 방 안으로 들어가자마자 고함을 질렀다.

"아미타불, 그럴 수는 없소이다."

"흥, 소림이 지금 죄인을 숨겨주겠단 말이오? 난 무슨 일이 있어도 그 법문이란 녀석을 잡아가야겠소. 그러니 어서 내놓으시오."

"아미타불, 소림 제자가 저지른 일은 소림이 해결할 것이오. 죄를 내리는 것도 소림이 할 일, 아미가 관여할 수는 없소이다. 그러니 그냥 돌아가시지요."

"흥! 내 그 속셈을 모를 줄 알고? 죄를 내린다고 하면서 그 찢어 죽일 놈을 도망치게 할 작정이란 것을 모를 줄 아시오? 잔말 말고 어서 내놓으시오. 말로 안 되면 무력으로라도 뺏겠소."

"아미타불, 이틀 뒤 법문의 논죄집형이 있을 것입니다. 그 식을 마치고 나면 법문은 소림에서 파문당하게 될 것. 그 후에는 법문과 소림은 남남이 됩니다. 그때 가서 사태는 마음대로 법문을 처벌하시구려."

"흥, 내 그 말을 어찌 믿을 수 있겠소?"

"아미타불, 이 혜불의 목을 걸겠소이다. 그러니 안심하고 오늘은 이만 돌아가시지요."

"…이틀 뒤 법문을 파문한다고 했소?"

"아미타불, 그렇소이다. 논죄집형과 동시에 파문식도 같이 치르게 될 거요."

"흥, 그렇다면 좋소. 이틀 뒤 아미도 의청의 파문식을 할 것이오. 그러니 장소를 정하시오."

소림에서 이틀 뒤에 파문식을 한다고 하는데 아미가 뒤질 수는 없는 일이었다. 그래서 절진 사태는 같이 파문식을 하자고 한 것이다. 혜불성승은 잠시 고민하는 듯싶더니 이내 고개를 끄덕였다.

"아미타불, 좋소이다. 아미에서도 파문식을 하겠다면 말릴 이유가 없지. 이틀 뒤 정오에 매화청(梅花廳)에서 논죄집형을 할 것이오. 허나 소림의 논죄집형은 좀 길어질 것이니 아미가 먼저 하시는 게 좋을 듯싶군요."

안 그래도 그렇게 하려던 절진 사태였다. 그러니 망설일 이유가 없었다.

"좋소. 하지만 이것만은 약속해 주시오. 법문과 의청이 파문되고 나면 둘의 목숨은 나에게 맡겨주시오."

"아미타불, 사태의 뜻대로 하시지요."

수수는 방 안에서 안절부절못하고 있었다. 그녀는 지금 소식을 들으러 나간 시녀를 기다리고 있는 중이었다. 그날 그녀가 실수만 저지르지 않았다면 일이 이렇게 꼬이지는 않았을 것이다.

잔이 바뀌다니… 생각할수록 분통 터지는 일이었다. 그 일만 잘되었다면 그녀는 지금쯤 법문과 미래를 설계하고 있을 것인데 일이 이렇게 되다니 말이다.

법문과 의청이 5일 만에 돌아왔다는 소식을 들었다. 그들의 행색은 예상대로였다. 수수는 남 좋은 일을 시켜준 것이다.

아버님이 추궁하시기에 그녀는 차마 사실대로 말할 수 없어 대충 얼버무렸었다. 고고한 그녀가 그런 추잡한 일을 꾸몄다는 것은 누구도 알아서는 안 되는 일이었으니까.

"아씨, 아씨."

그때 시녀가 황급히 방 안으로 뛰어 들어왔다.

"그래, 어찌 되었니?"

"헉헉… 그게, 이틀 뒤 매화청에서 의청과 법문 스님이 파문을 당하게 된다고 해요."

"그게 정말이니?"

"예, 제 두 귀로 똑똑히 들었어요. 법문 스님은 논죄집형인가를 받은 뒤 파문당한다고 하는 것 같았고, 의청 스님도 같이 파문당한다고 들었어요."

"알았다. 그만 나가보렴."

"예."

시녀는 할 말을 다하고 밖으로 나갔다. 다시 방 안에는 수수 혼자만 남게 되었다.

'그가 파문당한다면 그는 더 이상 스님이 아니니 어쩌면… 그래, 어쩌면… 하지만 의청도 같이 파문당한다고 하던데, 만약 그렇게 되면 의청과 그는… 게다가 그 둘은 이미 몸을 섞은 사이인데… 어떻게 해야 하지? 우선 사태를 지켜보자. 기회는 아직 많이 있으니까. 한데 논죄집형이란 게 뭘까? 처음 들어보는데……'

"호호호, 그게 정말이야?"

"예, 아씨. 분명하다고 해요."

"호호호, 알았어. 이만 나가봐."

시녀가 나가자 예설은 혼자 남은 방 안에서 기쁨을 감추지 않았다. 시녀가 알아온 바에 의하면 이틀 뒤 법문과 의청은 같이 파문을 당하게 된다고 했다. 그날 뒤늦게 법문이 차를 마셔 버렸단 것을 안 그녀는 황급히 사람을 보냈지만 이미 일은 벌어지고 난 뒤였다.

'호호, 남 좋은 일 시켜주긴 했지만 그런대로 목적은 달성한 셈이군.'

이제 법문이 파문당하게 되었으니 그녀의 바램은 성취된 것이나 다름없었다. 소림에서 파문되면 법문은 갈 데가 없게 된다. 그러면 예설은 자연스럽게 법문에게 접근할 것이고, 법문은 그녀를 따라갈 수밖에 없을 것이다. 그녀가 그녀의 아버지와 법문이 8년 전에 한 약속을 들먹거리면 말이다. 8년 전에 법문은 분명 그녀의 아버지와 차 한잔을 하겠다고 약속했었으니까.

'호호호, 의청이란 애가 마음에 걸리긴 하지만 걔는 그냥 지 갈 길을 가라고 하면 되겠지. 아냐, 그래도 법문과 몸을 섞었으니까 법문은 걔를 그냥 두지 않을 거야… 어떻게 한다? 그냥 죽여 버리라고 할까? 걔 하나쯤은 간단하게 죽일 수 있을 것인데… 하지만 그렇게 되면 법문은 날 원망하겠지? 내가 안 죽였다고 해도 법문은 안 믿을 거야. 그럼… 에이! 걔한테도 한자리 주자. 어차피 법문은 혼자 먹기에는 너무 부담스러웠으니까. 걔한테도 한자리 주지 뭐. 난 마음이 너무 넓어서 탈이란 말야. 한데… 논죄집형이 뭐지? 왠지 기분 나쁜 예감이 드는데… 흥, 별거야 있겠어? 그저 지은 죄를 말하고 형식적으로 매나 몇 대 때리는 것에 불과하겠지 뭐.'

소림의 논죄집형에 대해 아는 사람은 거의 없다.

그것에 대해 수수나 예설이 조금이라도 알았다면 그녀들은 무슨 수를 써서라도 그것을 막으려고 노력했을 것이다.

논죄집형.

무공을 익힌 소림 제자가 사문의 얼굴에 먹칠을 하였을 때 내리는 형벌.

법문은 무공을 모르니 논죄집형을 받아서는 안 되지만 법문의 스승인 무진 스님의 말에 따르면 그는 법문에게 무공의 입문 단계라고 할수 있는 토납법을 가르쳤다고 했다. 그것만으로는 부족한 감이 있긴하지만 이번 일은 아미파와도 관련이 있었기에 어쩔 수 없었다. 말하자면 이번 논죄집형은 아미파에 보여주는 성향이 짙었던 것이다. 그리고 비구니를 범했으니 논죄집형을 받기엔 충분했다.

법문은 내일 소림의 유일한 형벌이자 가장 지독한 형벌인 논죄집형을 받게 될 것이다.

*   *   *

정오가 되었다.

매화청엔 이미 모일 사람은 다 모여 있었다.

이번 일은 보여주기 위한 성향이 짙었기에 구대문파와 오대세가의많은 사람들이 모여 있었다. 그중엔 얼굴에 근심이 가득한 조미의 모습도, 안절부절못하고 있는 수수의 모습도, 법문에게 호감을 가지고 있던 오대세가의 자제들도 모두 모여 있었다. 그리고 상석에는 구대문파와 오대세가의 수장들이 일렬로 앉아 있었다.

댕, 댕…….

정오를 알리는 종이 울렸다. 종소리가 끝나자 절진 사태는 몸을 일으키며 소리쳤다.

"아미의 죄인 의청을 데려오라!"

그녀의 말이 끝나자 아미의 제자들이 포박한 의청을 데려와 대청의 중앙에 꿇어앉혔다.

"지금부터 아미의 계율을 범한 의청의 파문을 행하겠다. 의청의 포박을 풀어라!"

절진 사태가 크게 소리치자 한 제자가 재빨리 의청의 포박을 풀었다. 의청은 계속 눈물을 흘리고 있었다. 그녀의 얼굴은 보기 안쓰러울 정도로 초췌했고 곧 쓰러질 것만 같아 보였다.

"네 죄를 알겠느냐?"

"흐흐흑… 죽여주세요……."

의청은 흐느끼며 머리를 조아렸다. 그런 의청의 모습에 절진 사태는 가슴이 아팠지만 내색하지 않으며 더욱 차갑게 말을 이었다.

"아미 이대 제자 의청은 십계 중 하나인 색계를 어겼다! 이에 아미는 의청에게 파문을 선고한다!"

절진 사태의 말은 대청 전체에 울려 퍼졌다.

"의청의 검을 가져오라."

한 제자가 의청의 검을 가지고 왔다. 절진 사태는 그것을 검집에서 뽑아 한 손에 들었다.

"이제부터 아미와 의청은 남남이다. 아미는 의청의 어떤 일에도 관여하지 않을 것이며 의청 또한 아미의 일에 관여할 수 없다."

탕!

쨍그랑.

말을 하며 절진 사태는 의청의 검을 손으로 내리쳐 두 토막을 내버렸다. 토막난 검신이 대청 바닥에 부딪히며 을씨년스러운 소리를 터뜨렸고, 그와 동시에 의청은 정식으로 아미파에서 파문되었다.

"흐흐흑……."

의청은 더욱 서럽게 흐느꼈다. 하지만 절진 사태는 그런 의청을 내려다보며 차갑게 말했다.

"그대는 앞으로 의청이란 이름을 쓰지 말도록 하시오."

절진 사태는 매정하게 말하며 제자들에게 손짓했다. 그러자 제자들은 의청을 한쪽 구석으로 데려갔다. 그녀를 바로 내쫓지 않은 이유는 조금 있을 법문의 논죄집형과 파문식 때문이었다. 그녀를 더럽힌 남자의 파문식을 그녀 스스로 보게 하려는 배려였다.

"아미는 끝났어요. 이제 소림의 차례예요."

절진 사태는 혜불 성승을 쳐다보며 자리에 앉았다. 이에 혜불 성승이 일어나 큰 소리로 말했다.

"소림 제자들은 즉시 논죄집형 준비를 하라!"

그의 말이 끝남과 동시에 밖에 대기하고 있던 소림의 제자들이 손에 무언가를 들고 대청 안으로 들어왔다.

'아, 아니, 저게 다 뭐지?

수수는 떨리는 마음을 진정시킬 수 없었다. 소림 제자들이 들고 오는 것들은 하나같이 살벌한 것들뿐이었다. 뜨겁게 달군 쇠화로가 있는가 하면 사람을 묶는 데 쓰는 형틀도 있었다. 그뿐 아니라 쇠화로 속에는 알 수 없는 쇠막대 몇 개가 들어 있었고 채찍과 비수들, 금창약(金瘡藥) 또한 보였다. 대청 안에 있는 모두의 얼굴이 의혹으로 물들 때, 혜불 성승의 목소리가 대청 전체에 울려 퍼졌다.

"죄인 법문을 대령하라!"

법문이 밧줄에 포박당한 채 대청 안으로 들어왔다. 그의 얼굴은 모든 것을 체념한 듯 보였다.

"소림 제자 법문은 십계 중 하나인 색계를 어겼다. 더군다나 천인공

노할 짓인, 같은 불제자를 범했다. 원래 논죄집형은 외당 제자에게만 행하는 것이나 법문은 무공의 기초라고 할 수 있는 토납법을 익힌 상태, 이에 소림은 법문의 죄를 물어 논죄집형을 행한다. 죄인은 할 말이 있는가?"

"……."

법문은 말이 없었다. 그는 이미 생을 포기한 듯 보였다.

"죄인을 형틀에 묶어라!"

그러자 웃옷을 벗고 있는 두 건장한 승려가 법문을 형틀 위로 끌고 갔다. 그들은 법문을 형틀 위에 올려놓고 익숙한 솜씨로 법문을 하늘을 보고 눕게 한 뒤 그의 두 팔을 양 옆으로 벌려 형틀에 단단하게 묶었다. 그리고 두 다리 역시 어깨 높이로 벌려 형틀에 묶었다.

"제일!"

혜불 성승이 소리치자 법문을 형틀에 묶었던 두 승려가 형틀의 한쪽을 들어 올려 법문을 서게 만들었다. 그러자 다른 두 승려가 손에 채찍을 들고 법문의 앞에 섰다.

"형을 집행하라."

혜불 성승의 말이 떨어지자 채찍을 들고 있는 두 승려가 사정없이 법문의 몸에 채찍질을 가했다.

휘이익!

짝! 짝!

"윽! 으윽!"

채찍들이 바람을 가르며 법문에게 날아가 법문의 몸을 후려갈겼다. 법문은 상체엔 아무것도 입고 있지 않았다. 해서 채찍들은 법문의 맨살에 사정없이 꽂혔다. 채찍질은 갈수록 그 정도가 심해졌고 법문의 입에선 고통스런 신음이 새어 나왔다. 채찍질이 가해질수록 법문의 몸엔 붉은 선 자국이 생겼고 피부가 갈라져 피가 새어 나오기 시작했다. 비위가 약한 여자들은 그 지독한 광경에 그만 고개를 돌려 버렸다.

"그만!"

일 각 동안 행해지던 채찍질은 혜불 성승의 말이 끝나고서야 멈췄다. 하지만 이미 법문의 상체는 피범벅이 되어 있었다. 혜불 성승이 눈짓하자 한 승려가 금창약을 익숙한 솜씨로 법문의 상체에 발라주었다. 그 금창약은 효력이 매우 뛰어난 것인 듯 곧 법문의 상처에서는 피가 더 이상 나오질 않았다.

"제이!"

끝난 것 같았던 형벌은 이제 시작인 듯했다. 혜불 성승의 말이 떨어지자 두 승려가 법문을 다시 천장을 바라보게 눕혔다.

"형벌을 시행하라!"

잔인한 혜불의 말이 떨어지자 네 명의 승려가 각자 손에 비수를 하나씩 들고 법문의 곁으로 다가갔다.

"소림이 뿌린 것을 소림이 거두리라."

혜불 성승의 뜻 모를 말이 끝나자 네 명의 승려는 법문의 팔다리를 하나씩 잡았다. 그리고는 주저없이 손목과 발뒤꿈치의 근맥(筋脈)을 잘랐다.

"으아악! 으아아아!"

법문은 너무도 큰 고통에 발버둥을 쳤지만 형들에 단단히 묶인 상태라 그의 몸짓은 아무런 효과가 없었다.

"으음……."

"저런……."

너무도 잔인한 짓에 여기저기서 탄식이 흘러나왔다. 손발의 근맥을 잘라 버리다니… 이제 법문은 손으로 뭘 집을 수도, 두 발로 걸을 수도 없는 처지에 놓이게 된 것이다. 하지만 형벌은 거기서 끝난 게 아니었다. 네 명의 승려는 법문의 손발 근맥을 자른 뒤 바로 거기에 금창약을 뿌렸다. 그리고는 주저없이 법문의 두 어깨와 양 무릎에 단검을 쑤셔 박았다.

"크아아! 아아악!"

"꺄악!"

너무도 잔인한 형벌이 계속되자 몇몇 여자들이 비명을 지르며 고개를 돌렸다. 아무리 강호의 여인들이라 하나 저렇게 끔찍한 형벌을 본 적은 없었던 것이다. 네 명의 승려는 박았던 단검을 뽑으며 다시 그 상처에 금창약을 뿌렸다. 사람들은 왜 금창약이 저렇게 많이 필요한지를 이제야 깨달았다. 과다 출혈로 죽는 것을 방지하기 위해서라는 걸 말이다.

"제삼!"

아직도 형벌은 끝나지 않았다. 혜불 성승의 말에 역시 네 명의 승려는 뜨겁게 달궈져 있는 쇠화로에서 각자 꼬챙이 하나씩을 꺼냈다. 그 쇠꼬챙이의 끝은 종이처럼 얇고 넓적했다.

"형을 집행하라!"

혜불 성승의 말이 끝나자 네 명의 승려는 법문의 상처들을 불에 달궈져 벌겋게 달아올라 있는 쇠꼬챙이로 지지기 시작했다.

치이익!

"크아아아!"

　살이 타는 소리가 대청에 울려 퍼졌고, 법문은 최후의 발악이라도 하듯 비명을 지르며 몸을 흔들었다. 하지만 그 발악도 아무런 소용이 없었다. 네 명의 승려는 무섭도록 냉정하게 자신들이 맡은 바 임무를 수행할 뿐이었다.

　곧 법문의 모든 상처들은 쇠꼬챙이에 의해 지져졌다. 이 형벌은 극심한 고통을 주려는 목적도 있지만 상처들의 출혈을 완전히 멈추게 하려는 의도도 포함되어 있었다. 형을 집행하다가 법문이 과다 출혈로 죽는 일이 있어서는 안 되니까.

　법문이 괴로워하는 것을 지켜보며 의청은 아무것도 할 수가 없었다. 그녀는 당장이라도 법문에게 달려가 그의 형벌을 저지하고 싶었다. 하지만 그녀는 아혈(啞穴)과 마혈(麻穴)을 제압당한 상태, 그녀는 그저 지켜볼 수밖에 없었다. 그녀의 두 눈에선 뜨거운 눈물이 쉬지 않고 흘러내렸다.

　“제사!”

　아직도 끝나지 않은 듯 혜불 성승의 말은 계속되었다. 그의 말이 끝나자 한 노승이 법문의 곁으로 다가가 그의 단전에 손을 올렸다.

　“소림이 뿌린 것을 소림이 거두리라.”

　법문의 단전에 대어져 있는 손에 힘이 들어가고 그와 동시에 법문은 이제까지 지른 비명을 합해놓은 것 같은 절규를 터뜨렸다.

　“크아아! 커헉! 컥!”

　법문의 입에서 피가 토해져 나왔다. 그것은 내장이 상했다는 것, 노승은 잔인하게도 법문의 단전을 파괴한 것이다. 이제 법문은 완전한 폐인이 되었다. 손발 근맥이 다 잘리고 단전까지 파괴된 이상 그는 완전한 폐인이 되고만 것이다.

'나, 나 때문에… 나 때문에…….'

수수는 지금 제정신이 아니었다. 논죄집형이 이런 것일 줄은 꿈에도 상상하지 못했었다. 그저 죄를 말하고 매나 몇 차례 가하는 것으로 생각했었는데… 이렇게 잔인할 줄은, 저렇게 폐인을 만들 줄은 꿈에도 몰랐다.

이게 다 그녀의 잘못이라고 생각하니 그녀는 그저 죽고만 싶은 심정이었다. 저 남자를 어떻게 한단 말인가? 이제 혼자선 걸을 수도, 손으로 뭘 집을 수도 없는 저런 폐인을 어떻게 한단 말인가?

그녀가 원한 것은 이런 게 결코 아니었다. 그녀는 자신의 꿈이 산산조각 나는 것을 두 눈으로 지켜볼 수밖엔 없었다. 이제 형벌은 다 끝난 듯했다.

"죄인을 형틀에서 풀어라. 논죄집형이 끝났으니 파문식을 하도록 하겠다."

혜불 성승의 말에 법문은 형틀에서 풀려났다. 하지만 그는 더 이상 좀 전의 그가 아니었다. 혼자선 움직일 수가 없는 신세가 된 것이다. 그런 법문을 두 명의 승려가 들어 대청 바닥에 내려놓았다. 법문의 전신이 처절하게 부르르 떨려왔지만 법문은 엎드린 상태로 조금도 움직일 수 없었다.

"소림 내당 제자 법문은 이 시간으로부터 소림에서 영원히 파문한다. 더 이상 법문은 소림의 제자가 아니며 소림과 법문은 남남이다. 소림은 법문의 일에 일체 간섭하지 않을 것이며 법문 역시 소림의 일에 관여할 수 없다. 그대는 이 시간 이후 법문이란 이름을 사용해서는 안 된다. 만약 그 이름을 계속 사용한다면 소림이 그 죄를 물을 것이다."

혜불 성승의 선고와도 같은 말이 대청 전체에 울려 퍼졌다. 이제 법문은 완전히 파문되어 버린 것이다. 법문은 오열을 터뜨렸다. 바닥에 엎드려 있는 그의 눈에선 서러운 눈물이 하염없이 흘렀다.

"아미타불, 이제 저자와 소림과는 아무런 관계가 없습니다. 사태께선 마음대로 저자를 처벌하시기 바랍니다."

절진 사태 역시 논죄집형이 이렇게 잔인한 것인 줄은 꿈에도 몰랐다. 이미 폐인이 된 법문에게 더 이상 어찌 손을 댈 수가 있단 말인가? 그녀는 한숨을 내쉬며 입을 열었다.

"휴우… 저자는 이미 폐인이 되었으니 더 이상 죄를 묻지 않겠소."

그녀가 의청의 곁에 있는 아미 제자에게 눈짓하자 그 제자는 의청의 혈도를 풀어주었다.

"법문! 법문… 흐흐흑……."

그와 동시에 의청은 비명을 지르며 법문에게 달려갔다.

"으으으……."

하지만 법문은 너무 극심한 고통과 파문당했다는 충격으로 인해 제정신이 아니었다. 그저 신음만 흘릴 뿐이었다.

"법문… 흐흑……."

"그대는 들으시게."

절진 사태가 의청을 향해 입을 열었다. 그에 의청은 반사적으로 절진 사태를 바라보았다.

"더 이상 죄를 묻지 않을 테니 그를 데리고 이곳을 떠나시오. 그리고 다시는 내 눈앞에 나타나지 마시오."

"흐흐흑……."

의청은 절진 사태의 너무도 매정한 말에 서러움의 눈물을 흘리며 법

문을 등에 업었다. 이제 법문을 돌볼 사람은 그녀뿐이었다. 의청은 법
문을 등에 업은 채 절진 사태에게 공손히 인사를 해 보이고는 대청 밖
으로 천천히 걸어나갔다.
　그녀의 뒤로 저마다 상념에 잠긴 사람들의 모습이 보이고 있었다.

제6장

새로운 삶-예청

"뭐, 뭐, 뭐, 뭐, 뭐라구? 다, 다시 한 번 말해 봐! 어서!"

예설의 입술이 파르르 떨려왔다. 방금 도저히 믿을 수 없는 얘기를 들었기에 그런 것이다.

"그, 그게 아씨……."

"아아……."

예설은 눈앞이 노래지는 것을 느꼈다. 법문이 폐인이 되다니, 두 팔 다리의 근맥이 잘리고 단전마저 파괴되다니… 이럴 수는 없었다. 이럴 수는 없는 일이다.

"버, 법문은… 어떻게 되었느냐?"

"예… 같이 파문당한 의청이란 여자가 그분을 업고 사라졌다고 해요……."

"찾아! 무슨 일이 있어도 찾아야 해! 내가 이럴 때가 아니지!"

예설은 안절부절못하며 재빨리 밖으로 달려나갔다. 그녀가 도착한 곳은 아버지인 사군악이 머물고 있는 곳이었다.

"아, 아버지… 헉헉……."

예설은 사군악을 보자마자 고함을 지르며 그의 곁으로 뛰어갔다.

"어서, 어서 사람들을 풀어서……."

"내 이미 동원할 수 있는 모든 병력을 다 동원해 두었다. 그러니 너무 걱정 말거라."

"아, 아버지… 난, 난……."

예설은 사군악의 품에 안겼다. 물밀듯이 슬픔이 몰려왔다. 그런 예설의 등을 토닥이며 사군악은 부드럽게 말했다.

"너무 걱정 말거라, 너는 법문의 몸에 무엇이 잠들어 있는지 잘 알지 않느냐?"

"하지만… 아무리 공청석유라 해도 손발의 근맥이 다 끊어졌는데… 흐흑……."

"으음… 지금 이곳으로 영약이란 영약은 다 오고 있다. 그리고 전서구로 마의 선생(魔醫先生)까지 오게 해두었다. 법문의 몸속에 있는 공청석유와 영약들, 그리고 마의 선생이라면 어쩌면 법문을 살릴 수 있을지도 모른다."

사군악은 이미 자신이 할 수 있는 일은 다 해놓은 상태였다. 법문이 폐인이 되었단 말을 듣자마자 부하들을 시켜 모든 준비를 하게 해놓은 것이다. 물론 법문을 살릴 수 있는 가능성은 별로 없었다. 하지만 그의 딸인 예설이 법문을 어떻게 생각하는지 잘 알고 있는 그로서는 무슨 방법이든지 써봐야 했다.

"설아, 우선은 법문이 살아 있기를 기원하자꾸나. 법문이 이곳으로

무사히 오기만 한다면 내 무슨 수를 써서라도 그를 다시 걸을 수 있게
만들겠다."

"아, 아버지……."

사군악의 믿음직스런 말에 예설은 한 가닥 희망이 있음을 직감적으
로 느낄 수 있었다. 하지만 사군악의 말대로 우선은 법문이 살아서 이
곳으로 와야 한다. 만약 이곳에 오기도 전에 죽어버린다면… 사군악이
안배한 모든 것들은 무의미한 것이 되고 마는 것이다.

'어디로 가야 하나?

법문은 정신을 잃은 상태였다. 의청은 법문을 업은 채 산속을 걸어
가고 있는 중이었다. 사람들이 다니는 길로는 갈 수가 없으니 어쩔 수
없이 험한 산길을 내려가야 했다. 의청은 갈 데가 없었다. 태어나 처음
으로 세상에 나온 게 불과 몇 달 전이었다. 그런 그녀였기에 아미파 외
에 갈 곳이 없는 건 당연한 일이었다.

'그래, 우선 그 동굴로 가자. 거기서 법문을 치료한 뒤 떠나도록 하
자.'

의청은 어디로 갈 건지를 정하고는 그쪽으로 발걸음을 옮겼다. 그때
미세한 인기척들이 느껴지기 시작했다. 그리고 거친 말소리들도 들려
오기 시작했다.

"형님, 여기쯤인 게 확실하우?"

"그렇다니깐. 그 계집이 이쪽으로 가는 걸 내가 봤어."

"크헤헤헤, 거 생각만 해도 군침 도는구만. 고 예쁘장하게 생긴 계집
을 그냥, 크크크……."

"케케케, 이놈아, 찬물도 위아래가 있는 법. 고년을 잡으면 내가 먼

저 시식할 것이다.”

“크헤헤, 누가 뭐라고 했남? 난 고년과 한 번 하는 걸로 만족할라우.”

목소리를 들어보니 의청의 미색에 이끌려 그녀를 추적하고 있는 파락호들인 것 같았다. 지금 의청은 등에 그녀보다 훨씬 더 무거운 법문을 업고 있었고 기력도 완전히 회복되지 못한 상태였다. 그렇다면 도망치는 수밖엔 없었다.

사사삭.

그녀는 있는 힘껏 내공을 끌어올려 목소리가 들려온 방향과 반대 방향으로 달렸다. 그녀가 앞으로 계속 달려갈 때 어디선가 고함이 들려왔다.

“저기다! 저기에 있다!”

좀 전의 목소리들과는 다른 목소리였다. 의청의 미모에 반해 그녀를 쫓고 있는 자들이 한두 패가 아닌 것 같았다. 의청은 더욱더 빨리 달렸다.

“크헤헤, 어딜 도망가려고.”

그녀의 바로 뒤에서 끈적끈적한 사내의 목소리가 들려왔다. 의청은 소스라치게 놀라서 모든 내공을 끌어올렸다. 여기서 저자들에게 잡힌다면 그녀는 끔찍한 일을 당하게 될 것이었다. 그녀의 눈앞에 동굴이 보였다. 바로 그녀와 법문이 5일 간 머물렀던 바로 그 동굴이었다.

‘저기만 들어가면 이자들도 쉽게 공격하지는 못할 거야.’

의청은 더욱 힘을 냈다.

핑!

“까악!”

하지만 달려가던 의청은 허벅지에 뭔가를 맞고 그대로 엎어지고 말
았다. 법문은 그녀의 등에서 떨어져 동굴 바로 앞에 내동댕이쳐졌다.
  퍽!
  법문의 몸이 단단한 바위에 부딪히며 불길한 소리를 냈다. 발작적으
로 고개를 들어 재빨리 법문 쪽을 보니 법문의 뒤통수에서 피가 흐르
고 있었다. 논죄집형 때 뒤통수엔 아무런 상처도 입지 않았었다. 한데
피가 흐르고 있다면 방금 생긴 것이 분명했다. 안 그래도 죽어가고 있
던 법문인데…….
  의청은 재빨리 일어나 법문 쪽으로 달려가려고 했다. 달려가서 법문
의 상처를 빨리 치료해야 했다. 하지만 그녀의 앞을 막는 몇 명의 인영
들이 있었다.
  "우와! 이거 눈으로 직접 보니 환장하겠구만."
  한 사내가 의청의 미모에 넋이 빠진 듯 입을 헤벌렸다. 그것은 그의
동료들로 보이는 자들 또한 마찬가지였다.
  '크, 큰일이다. 난 힘이 없는데…….'
  그녀의 본래 무공 실력이라면 저자들과 한번 자웅을 겨뤄볼 수도 있
었다. 하지만 그녀는 기력이 다 회복되지 않은 상태에서 경공을 무리
하게 전개한 까닭에 본래의 힘의 절반도 사용하지 못하는 상태였다.
그녀가 어떻게 해야 할지 난감해할 때 몇 패의 인영들이 장내에 모습
을 드러내었다.
  "네놈들은 누구냐? 이 소저는 우리들이 먼저 발견했다. 그러니 그만
가보거라."
  먼저 의청을 발견한 사내들이 늦게 온 사내들을 향해 소리를 질렀
다. 하지만 그중 한 패의 사람들 중 하나가 무슨 개소리냐는 듯 거칠게

입을 열었다.

"네놈들은 눈도 없느냐? 저 소저의 허벅지를 보아라. 뭐가 있는가를. 크헤헤, 바로 이 몸의 독문암기가 꽂혀져 있는 게 네놈들의 썩은 눈깔에는 보이지 않는단 말이냐? 저 소저는 우리가 먼저 찍었으니 너희들이야말로 그만 가보는 게 좋을 것이다."

의청의 허벅지에는 작은 은빛 화살이 박혀 있었다. 아마도 화살을 쏜 장본인이 바로 그인 것 같았다. 의청은 절망감이 엄습해 왔다. 여기 모여 있는 10여 명의 사내들은 다 그녀에게 음심을 품고 있었다. 지금은 서로 대립하고 있으나 곧 어떤 방법으로든 결정이 날 것이다. 그리고 그 뒤에는 그녀를 짐승처럼 덮칠 것이다.

"크헤헤헤, 이놈들아. 너희는 황하사귀(黃河四鬼)의 이름도 못 들어봤단 말이냐? 피를 보기 싫거든 어서 빨리 꺼져라."

황하사귀 중 대귀(大鬼)가 흉험한 기세로 주위를 둘러보았다. 하지만 그 누구도 그의 말에 겁먹은 것 같지는 않았다.

"이, 이놈들이! 결국 벌주를, 으윽!"

그때, 대귀가 말을 하다 말고 갑자기 쓰러졌다.

"무, 무슨……."

대귀가 쓰러지고 뒤이어 이귀(二鬼), 삼귀(三鬼), 사귀(四鬼)가 차례대로 비명 한번 못 지르고 쓰러졌다.

"누, 누구냐!"

한 사내가 겁에 질린 목소리로 고함을 질렀다. 하지만 그도 곧 맥없이 쓰러지고 말았다. 그가 쓰러지고 곧 하나둘씩 영문도 모른 채 쓰러지더니 잠시 뒤에는 장내에 의청 혼자만 서 있게 되었다. 의청은 귀신이 곡할 노릇이라 생각했으나 우선은 방해자가 없어졌다는 생각에 벌문에게 뛰어갔다.

"법문, 법문!'

그녀가 법문을 흔들어보았지만 법문은 여전히 깨어나지 않았다. 두려운 마음에 손을 코에 대어보니 다행히 미약하지만 숨을 쉬고 있었다. 그녀는 재빨리 금창약을 꺼내 법문의 깨진 뒤통수에 바르고 자신의 승포를 찢어 상처가 난 부위에 질끈 동여맸다.

"치료가 끝나셨소?"

의청이 막 법문의 상처를 동여맸을 때 뒤에서 부드러운 목소리가 들려왔다. 황급히 뒤를 돌아보자 그곳에는 똑같이 생긴 남자 둘이 그녀를 바라보고 있었다. 그녀는 직감적으로 그들이 저 파락호들을 쓰러뜨린 자들이란 것을 알 수 있었다. 의청은 황급히 예를 취했다.

"은공의 도움으로 다행히 무사할 수 있었습니다. 감사드립니다."

"하하하, 뭐 그런 말씀을. 그보다 우리가 소저를 구해줬으니 뭔가 보답을 해야 한다고 생각하지 않소?"

의청은 그들의 눈빛이 좀 전의 파락호들과 똑같음을 알고 전신에 맥이 빠져 버렸다. 저 파락호들을 눈 깜짝할 사이에 다 쓰러뜨려 버린 저 둘의 무공은 고강할 것이 틀림없었다. 더구나 그녀는 허벅지에 화살이 박혀 있었고 기력이 빠져 단전에 힘이 들어가질 않고 있는 상태였다.

"어, 어떤 보답을 바라시는지요……."

의청의 목소리는 떨리고 있었다. 제발 그녀의 추측이 틀리기를 그녀는 기원했다. 하지만 두 사내 중 하나가 음흉한 미소를 지으며 입을 열었다.

"뭐, 별다른 건 없고 잠시 우리를 따라가 주었으면 하고 바랄 뿐이오."

“어, 어디로 말인가요?”

“흐흐, 내 좀 전 이곳을 살펴보니 저 쪽에 작은 암자가 하나 있더군요. 소저께서는 우리를 따라 잠시만 그곳으로 가주었으면 합니다.”

“죄송하지만 저는 지금 돌봐야 할 사람이 있습니다. 그러니…….”

“그럼 저자를 죽이면 우리를 따라가겠소?”

그 사내는 금방이라도 손을 쓸 것처럼 품속에 손을 넣으며 말했다.

‘어떻게 해야 하나?’

저자를 따라간다면 그녀는 능욕을 당하게 될 것이다. 그렇다고 거부한다면 법문은 죽고 그녀 또한… 그렇다면 방법은 한 가지뿐. 되든 안되든 저들과 싸울 수밖에 없었다.

“따라가겠어요……. 하지만 그전에… 당신들이 누군지 알려주시겠어요?”

“하하하, 그래 주시겠다니 고맙소. 어차피 강제로라도 끌고 가려 했는데 말이요. 소생은 당문(唐門)의 당휘(唐輝)라 하고 이쪽은 동생인 당예(唐銳)라 하오.”

‘사천당문(四川唐門)!’

그제야 왜 파락호들이 그토록 맥없이 쓰러졌는지 알 것 같았다. 당문의 암기 수법은 가히 천하제일이라 할 만했다. 그 당문의 첫째와 둘째가 쌍둥이란 것은 강호에 몸담고 있는 사람이라면 모두 알고 있는 사실. 이들이 당문에서도 손꼽히는 고수들이란 것을 알게 되자 의청은 눈앞이 노래졌다. 저들은 암습으로도 어찌지 못할 고수들인 것이다. 저들을 방심하게 해서 그 틈에 공격하려 했던 의청이었지만 그녀의 시도는 성공할 가능성이 희박했다.

‘이제 어떻게 해야 하나?’

그때 머리에 엄청난 고통이 전해졌다. 그와 동시에 몸이 점점 마비되기 시작했다.

'독!'

그녀가 맞은 화살엔 몸을 마비시키는 독이 발라져 있었다. 그 독이 이제야 효력을 발하고 있는 듯했다.

'끝이구나. 난 여기서 죽는구나……'

힘을 내어 법문을 바라보았다. 법문은 죽은 듯이 엎어져 일어나질 않고 있었다.

'안녕, 법문……'

의청의 눈꺼풀이 스르르 감겨왔다. 그녀의 눈에 당혹스러워하는 당씨 형제와 그 뒤로 많은 사람들이 달려오는 게 희미하게 보였다.

*　　　　*　　　　*

"이제 정신이 드나요?"

하루 만에 눈을 뜨고 있는 의청을 보며 예설은 걱정스럽게 물었다.

"으음… 여긴……"

의청이 신음 소리를 내며 억지로 몸을 일으키려고 했다. 하지만 그런 의청을 말리며 예설이 말했다.

"아직 움직이면 안 돼요. 온몸에 퍼져 있는 독을 다 제거하기는 했지만 워낙 기력이 빠진 상태라 이삼 일 정도는 누워서 요양을 해야 한대요."

"당신은… 법문! 법문은… 으윽……!"

의청은 법문이 어떻게 되었는지 걱정스러워졌다. 해서 다시 몸을 일으키려고 했다. 하지만 예설은 그녀를 눕히며 걱정하지 말라는 듯 입을 열었다.

"법문 오빠는 다행히 무사해요. 아직 깨어나지 못하고 있긴 하지만 그래도 생명엔 지장이 없을 거래요. 그러니 걱정하지 말아요."

예설의 말에 약간 안심이 됐는지 의청은 안도의 한숨을 내쉬며 입을 열었다.

"어떻게 된 거죠? 난……."

"우리 쪽 무사가 당문 놈들을 쫓아버리고 언니와 법문을 구했어요."

"그, 그랬군요. 고마워요……."

"그보다 기력을 회복하는 데 힘쓰세요. 의원 말로는 어떻게 그때까지 움직일 수 있었는지 놀랍대요. 다른 사람이었다면 진작에 쓰러졌을 거라고 하더군요."

의청은 예설의 말에 쓴웃음을 지으며 물었다.

"한데 왜 우리를 구한 거죠? 당신은……."

"호호, 언니두. 내가 법문을 어떻게 생각하고 있는지 잘 알잖아요."

"…그렇군요. 하지만 그렇다면 왜 나까지……."

예설이 법문을 구한 것은 이해할 수 있었다. 하지만 아무런 쓸모가 없는 자신까지 구한 것은 그녀로서는 이해할 수가 없었다.

"호호, 별 뜻은 없어요. 난 언니가 맘에 들었거든요. 그것뿐이에요. 그리고 법문이 깨어났을 때 제일 먼저 찾을 사람은 언니니까요. 만약 언니가 없다면 난 법문에게 미움을 받게 될 거니까……."

예설의 얼굴이 약간 어두워졌다. 어찌 됐건 법문과 의청은 이미 몸을 섞은 상태, 그저 좋아할 뿐인 그녀보다는 의청이 법문과 더 가까운 것이 사실이었다. 그리고 법문 역시 그녀보단 의청을 더 가까이 여길 것이었다. 현재의 예설은 그 둘 사이에 끼인 불청객에 불과한 것이다.

예설이 공공연하게 법문을 좋아한다고 말했던 것을 의청도 들어서 잘 알고 있었다. 지금 예설이 어두운 표정을 짓는 것도 같은 여자이기에 알 것 같았다. 하지만 예설은 언제 어두운 표정을 지었냐는 듯 활짝 웃으며 말했다.

"그보단 언니는 이제 어떻게 할 셈이에요?"

"난… 모르겠어요… 앞으로 어떻게 해야 할지……."

"언니, 제게 좋은 생각이 있는데 한번 들어볼래요?"

"…뭔가요?"

"제가 알기로 언니는 태어나서부터 쭉 아미파에서만 살아왔다면서요? 그러니 가족도, 갈 데도 없을 거 같아요."

예설의 말에 의청의 얼굴이 어두워졌다. 예설의 말은 사실이었다. 그녀는 갈 데가 없었다.

"그러니까, 언니만 괜찮다면 나와 같이 지내는 게 어떨까요?"

예설의 말에 의청의 고개가 확 들려졌다. 하지만 그것도 잠시, 곧 그녀의 풀 죽은 음성이 들렸다.

"하지만… 당신은……."

"왜요? 내가 마도에 몸담고 있어서 그래요?"

예설의 너무도 직설적인 말에 의청은 얼굴이 붉어졌다. 그녀는 불과 어제까지만 해도 사파의 사람들과는 상종도 하지 말라고 교육받던 정파의 사람이었다. 그리고 예설과는 안 좋은 기억도 가지고 있었다. 자연 그녀는 거부감이 들 수밖에 없었다.

"마도에 몸담고 있다고 해서 모두 나쁜 사람들만 있는 것은 아니에요. 그저 속과 겉이 다른 위선자들이 태반인 정도가 싫어서 마도에 몸담은 사람들도 많거든요. 우리 금붕문도 강함만을 추구할 뿐 사악한 짓은 하지 않아요. 내가 그렇게 나쁜 요녀라면 언니를 살리고 이렇게 간호까지 하겠어요? 저번에 그랬던 것은 내가 법문과 관계된 일이라면 좀 예민해지기 때문에 그랬던 것뿐이에요. 난 그와 관계된 일이라면 이성을 잃고 말거든요. 그게 내 본모습이라고는 생각하지 말아줘요. 여기서 지내다 보면 나에 대해 자세히 알 수 있을 거예요. 더구나 언니는 이제 정파로 돌아갈 수 없어요. 그쪽에서 받아주지 않을 테니까.”

“난······.”

의청은 뭔가를 말하려고 했다. 하지만 예설이 그녀의 말을 막으며 계속 말을 이어갔다.

“언니더러 우리 금붕문에 가입해 마도의 길을 걸으란 것은 아니에요. 그저 나와 같이 법문을 보살피며 살자는 것뿐이에요. 무림의 일엔 개입하지 말구요. 언니는 법문과 같이 있고 싶지 않나요?”

그랬다. 의청은 법문과 같이 있고 싶었다. 손을 못 움직이고 걷지도 못하는 폐인이 되었지만 그녀는 법문과 떨어지기 싫었다.

‘어쩌지? 난··· 법문과 같이 있고 싶어. 하지만 여긴 사파인데··· 그녀는 날 모욕한 사람인데··· 난 어찌하면 좋단 말인가? 하나, 이곳이 아니라면 법문이 살아나기는 힘들어. 그건 인정할 수밖에 없는 사실이야. 그러니 그는 이곳에 머물러야 해. 그러면 나도··· 이곳에 머물러야만 해. 난··· 그를 떠날 수 없어··· 그를 떠날 수는······.

의청, 아니, 넌 의청이 아니야. 넌 이름이 없어. 넌··· 넌 그저 여자일 뿐이야. 그래, 넌 더 이상 아미파의 제자가 아니야. 넌 그저··· 한 명의 여자일 뿐이야······.’

의청은 결심하고는 예설에게 고개를 끄덕여 보였다. 그녀의 말대로 하겠단 뜻이었다.

"어머, 잘 생각했어요, 언니. 그럼 이제부터 저를 동생이라고 불러주세요."

"…동생?"

"그럼요. 난 언니의 동생이죠. 나이도 나보다 언니가 한 살이 더 많은 데다가, 언니랑 법문은 이미 결혼한 거나 다름없고 나도 법문과… 결혼할 거니까 우린 언니와 동생 같은 사이가 된 거라구요."

왜 그럴까?

예설의 말이 밉지 않았다. 오히려 의청은 기댈 곳이 생겼다는 생각에 기분이 좋아졌다. 또 법문과 그녀가 결혼한 거나 다름없다는 말에 너무도 행복한 느낌이 들었다.

"그럼… 잘 부탁해요… 동생……."

"호호, 언니. 저야말로 잘 부탁해요."

이렇게 해서 의청의 새로운 삶이 시작되려 하고 있었다.

*　　　*　　　*

의청이 마음대로 몸을 움직일 수 있게 된 것은 그로부터 나흘이 지난 뒤였다. 예설은 의청이 침대에서 일어나자마자 그녀를 데리고 법문이 누워 있는 곳으로 데리고 갔다.

"아버지, 왜 여기 나와 있으세요?"

법문이 누워 있는 곳의 뜰에는 사군악이 뒷짐을 진 채 하늘을 바라보고 있었다. 그는 예설의 목소리가 들리자 고개를 돌려 예설과 의청을 바라보았다.

“네가 의청이란 아이구나.”

따뜻한 목소리.

너무도 따뜻한 목소리에 의청은 목이 메어왔다.

“…안녕… 하십니까?”

의청은 정중하게 사군악에게 인사를 했다.

“아빠, 법문 오빠는 어쩌고 이렇게 나와 있으세요?”

예설이 걱정스럽게 물었다. 그동안 사군악은 법문의 곁에 한시도 떨어지지 않고 붙어 있었다. 그런 그가 이렇게 밖에 나와 있으니 걱정이 된 것이다.

“마의가 방금 도착했단다.”

“그게 정말이에요?”

마의(魔醫) 섭광생(葉狂生).

마도의 사람들만 치료해 주며 한 가닥 숨만 붙어 있으면 누구라도 살릴 수 있다고 알려진 절세의 신의. 그가 지금 법문을 돌보고 있다는 말에 예설은 뛸 듯이 기뻤다.

“아니, 그분이 어떻게 이렇게 일찍 오셨죠?”

사군악이 마의에게 전서구를 날린 게 불과 닷새 전이었다. 한데 벌써 마의가 도착했으니 궁금할 만도 했다.

“다행스럽게도 마의도 이번 비무대회를 구경하기 위해 화산에 와 있더구나. 그래서 이렇게 일찍 데리고 올 수 있었지.”

“정말 다행이에요. 그럼 오빠는 나을 수 있는 거죠?”

“으음… 모르겠다… 마의가 나와봐야 알겠지… 우선 마의를 기다리는 동안 안에 들어가서 차나 한잔하자꾸나.”

사군악의 제의에 예설과 의청은 사군악을 따라 법문이 있는 방의 바로 옆방으로 들어갔다. 곧 시녀가 차를 가지고 왔다. 사군악은 차를 한 모금 마시며 의청에게 물었다.

"그래, 몸은 좀 어떠냐?"

"덕분에 다 나았습니다. 염려해 주셔서 감사합니다."

의청은 공손히 고개를 숙이며 대답했다. 사군악을 처음 만난 것이지만 오래전에 알고 있었던 것 같았다. 해서 사군악이 그녀에게 하대를 하는 것이 너무도 당연하게 생각되었다.

"다 나았다니 다행이구나. 그래, 설아와 친해졌다고?"

지난 나흘 동안 예설과 의청은 아주 친해졌다. 예설이 적극적으로 의청에게 접근해 사근사근하게 굴었고, 의청도 그런 예설이 싫지 않아 둘의 사이가 급속도로 가까워진 것이다.

"예, 동생이 저에게 너무 잘 대해준답니다."

"아이, 언니두. 뭐 당연한 것 같고……."

의청의 칭찬에 예설의 얼굴이 쑥스러움으로 인해 약간 붉어졌다.

"하하하, 둘이 친하게 지내니 참 보기가 좋구나. 설아는 어려서부터 친구가 없어서 늘 외롭게 지냈었단다. 앞으로 네가 설아를 잘 보살펴 주려무나."

사군악이 웃으며 말하자 의청은 고개를 살며시 숙이며 그렇게 하겠다고 했다. 예설이 세간에 알려져 있는 악랄한 요녀와는 거리가 멀다는 것을 의청은 알게 되었다. 단지 자유 분방하고 가식이 없는 것뿐, 그 이상도 그 이하도 아니란 것을 말이다. 그게 지난 나흘 간 그녀가 깨달은 사실이었다.

"내 사실 너에게 한 가지 말하고 싶은 게 있단다. 곡해하지 말고 들어주겠느냐?"

사군악은 아까 하늘을 쳐다보며 의청에 대한 한 가지 생각을 품고 있었다. 그는 지금 그것을 말하려는 것이다.

"예, 세이경청(洗耳敬聽)하겠습니다."

"험험, 다른 게 아니라… 앞으로 우리와 같이 살면 어떻겠느냐?"

"아이, 아빠. 그건 이미 언니가 대답했다니까요."

의청은 이미 그렇게 하겠다는 뜻을 예설에게 비쳤었다. 그래서 예설이 말한 것이다. 하지만 사군악은 의청의 대답을 기다렸다.

"저는 이제 갈 데가 없는 몸, 거두어주신다면 감사하겠습니다."

의청은 얼굴을 수줍게 물들인 채 작은 목소리로 속삭이듯 말했다.

"하하, 내 말은 그런 뜻이 아니란다."

"하면……?"

"나는 너를 수양딸로 삼고 싶단다. 언제나 너 같은 딸이 하나 있었으면 하고 바랬었거든."

너무도 돌연한 말에 의청은 말문이 막혀 버렸다. 수양딸이라니… 그것은 예설도 마찬가지였다. 아버지가 이런 말을 할 줄은 꿈에도 생각지 못했었다. 하지만 곰곰이 생각해 보니 그렇게만 된다면 지금보다 훨씬 더 좋을 것 같았다. 외동딸이었던 그녀에게 그녀보다 더 예쁜 언니가 생기게 되고, 의청과 그녀는 더욱더 가까워지게 될 것이었다. 더군다나 둘 다 법문을 좋아하니 후에 법문 때문에 다툴 일도 없게 될 것이다. 둘이 자매가 된다면 말이다.

"언니, 그렇게 해요. 그러면 우린 자매 간이 된다구요."

예설이 의청의 손을 잡으며 간곡한 어조로 말했다.

'수양딸… 어떻게 하지……? 이분을 처음 봤을 때의 그 느낌, 그것은 사부님에게서 느껴지던 것과 비슷했지만 뭔가 다른 것이 있었다.

따뜻하고 듬직한 그런… 난 이미 이들과 같이 있기로 결심을 했다. 이들은 말로만 듣던 사악한 사파의 사람들과는 너무도 다르다. 오히려 나에게 더 잘 대해주고 있지 않은가? 난 두렵다. 혼자라는 것이… 여태껏 날 지켜주던 사부님과 동문들은 나를 버렸다. 난 혼자라는 게 너무도 두렵다. 하지만 수양딸이 된다면… 나에겐 저 듬직한 아버님이 생기게 되고 이렇게 사랑스러운 동생도 생기게 된다. 그리고 법문… 그에게 난 당당하게 고백할 수 있게 된다. 내가 비구니가 아니라 한 가문의 평범한 여자가 된다면, 그렇게 된다면, 그에게 난 죄의식을 가지지 않아도 된다. 그 또한 나에게 죄의식을 가지지 않게 될 거야…….'

"하하, 지금 대답해 달라는 게 아니다. 한번 곰곰이 생각해 보렴."

의청이 너무 고뇌하는 것 같자 사군악은 대답을 미뤄도 된다고 말했다. 하지만 의청은 결심한 듯 입을 열었다.

"정말 그렇게 해도 될까요? 제가… 며칠 전까지만 해도 비구니였고, 사문에서 파문당한 데다, 무엇 하나 가진 것 없는 제가 그런 염치없는 짓을 해도 될까요?"

"되다마다. 여기 있는 누구도 네 과거를 가지고 왈가왈부할 사람은 없단다. 정말 내 딸이 되어주겠느냐?"

의청의 말이 반승낙으로 들린 사군악은 희열에 잠긴 얼굴로 의청에게 재차 물었다.

"어르신의 뜻대로 하겠어요……."

"하하하, 어르신이라니……."

사군악의 말뜻을 모를 의청이 아니다. 하지만 그 말을 하기엔 너무 부끄러웠다.

"언니, 해봐요. 뭐가 그렇게 부끄러워요?"

예설 역시 기쁜 것은 마찬가지였다. 그녀는 환하게 웃으며 의청을
재촉했다. 의청은 못 이기는 척 입을 열었다. 아주 작은 목소리였다.

"아… 버님……."

"하하하, 고맙다, 고마워. 내 오늘 이렇게 예쁜 딸을 얻게 되었구나.
하하하하."

사군악은 무척이나 흡족한 듯 통쾌하게 웃으며 의청에게 다가가 그
녀의 어깨를 잡았다. 의청의 어깨를 잡은 사군악의 손은 따뜻했다. 의
청은 그 따뜻함을 진하게 느끼며 아버지가 생겼다는 사실을 피부로 느
낄 수 있었다.

"아버지, 그럼 우선 언니 이름부터 새로 지어야죠?"

예설은 벌써부터 성급하게 나오고 있었다. 이제 막 의청은 그녀의
언니가 되었는데 벌써 이름 타령이라니 말이다. 하지만 사군악은 예설
의 말에 고개를 끄덕이며 뭔가를 생각하는 듯했다. 그의 생각은 짧았
다. 그는 생각을 끝낸 듯 고개를 한 번 끄덕이고는 차를 한 모금 입에
대며 말했다.

"아미에서 더 이상 의청이란 이름을 쓰지 못하게 했으니 네 이름이
당장 필요하긴 하구나. 내 방금 생각해 낸 이름이 하나 있는데 네 마음
에 들지 모르겠다."

"뭔지 말해 보세요."

예설이 재촉하자 사군악은 의청의 얼굴을 보며 입을 열었다.

"네 법명의 마지막 글자인 '청' 자를 넣어 예청, 사예청(查叡淸)이
어떠냐?"

'사예청이라… 그리 싫지 않은걸…….'

의청은 그 이름이 마음에 들었다.

"이야, 딱이다. 예청, 예설 자매. 언니, 맘에 들지 않아요?"

"…으응……."

그녀는 수줍게 고개를 숙이며 조그만 목소리로 답했다.

"하하하, 예청아, 이 아비에게 차 한 잔 따라주지 않겠느냐?"

그 이름이 마음에 든 것으로 판단한 사군악은 그녀의 새 이름을 부르며 물었다. 예청은 수줍게 얼굴을 붉히며 공손히 차를 사군악의 찻잔에 따랐다. 그때 방문이 스르르 열렸다.

"제기랄! 남은 쌔빠지게 고생하고 왔더니, 누군 팔자 좋게 계집 냄새나 맡고 있다니."

방 안으로 들어온 자는 사군악과 동년배로 보이는 사내였다. 그는 사군악이 전혀 두렵지 않은 듯 그에게 냉소를 날렸다. 사군악은 그의 성격을 잘 알고 있기에 전혀 불쾌하지 않았다.

"하하하, 자네, 무슨 말이 그런가? 내 딸더러 계집이라니? 그렇게 억울하면 자네도 와서 내 딸의 차나 한 잔 받게나."

"무슨 소리를 하는 거요? 당신 딸은 저 못생긴 계집애 하나뿐이란 걸 세상이 다 알고 있는데 말이오."

사내는 여전히 제자리에 서서 냉소를 날렸다.

"아니! 누가 못생겼다는 거예요? 자기는 꼭 돼지 얼굴에 수염 달아놓은 것같이 생겼으면서!"

예설이 못생겼다는 말에 흥분해 사내에게 톡 쏘아붙였다.

"흥, 못생긴 게 어디서 나서냐? 내 앞에 나서려면 네 옆에 있는 계집 정도는 돼야지."

"아니, 저!"

"어르신께서는 이쪽으로 오셔서 소녀의 차를 한 잔 받으시지요."

예설이 막 발작하려 하자 예청은 그녀를 말리며 사내에게 부드럽게
말했다.

"이야, 목소리도 죽여주는군. 그럼 어디 예쁜 계집의 차나 한 잔 받
아 마셔볼까?"

사내는 성큼성큼 걸어와 사군악의 바로 옆에 앉았다. 그러자 예청은
그에게 차를 따라주었다.

"캬아, 그 맛 한번 끝내주는구만. 정말 이 계집이 사 문주의 딸이 맞
소?"

"하하하, 그렇다네. 방금 내 딸이 되었지."

"으음… 내가 10년만 젊었어도……."

"하하, 이 사람이? 자네가 10년이 아니라 20년이 젊어져도 어림도
없으니 꿈도 꾸지 말게."

"흥, 돼지같이 생긴 작자가 예쁜 건 알아가지고."

예설의 코웃음을 사내는 흘려 넘기며 사군악에게 말했다.

"주위를 물러주시오."

"괜찮네. 이 두 녀석은 다 그놈과 혼인할 녀석들이니 들어도 무방할
것이네."

"안 되오. 오직 사 문주에게만 말할 게 있소."

"자, 잠깐만요. 그럼, 아, 아저씨가… 마의?"

"흥, 그걸 이제야 알았느냐? 이 어르신이 바로 마의님이시다."

마의의 말에 예설과 예청은 자리에서 벌떡 일어났다. 그리고는 아주
공손히 마의에게 예를 올렸다.

"소녀의 불경했던 점을 용서해 주세요. 소녀 예설이 마의 어르신을
뵈옵니다."

"의… 예청이라 합니다. 이렇게 뵙게 되어 영광입니다."

두 자매의 공손한 인사에 마의는 코웃음을 치며 대답했다.

"내 손에 니들 낭군의 목숨이 쥐어져 있으니 이렇게 공손한 거지?"

"아, 아니에요. 호호호, 소녀는 원래부터 마의 어르신을 흠모하고 있었어요."

예설은 황급히 부인하며 마의에게 다가가 애교를 부렸다.

"법문은, 법문은 어떤가요? 살 수 있나요?"

예청은 걱정스레 물었다. 법문의 생사, 이제 그녀에게 그것보다 중요한 것은 없었다. 하지만 마의는 고집을 부렸다.

"이 애들이 들으면 안 되는 것이오. 난 오직 사 문주에게만 말할 것이오."

"서, 설마… 법문이……."

"법문, 법문은 어떻게 됐어요? 왜 우리에게는 말을 못한단 거예요?"

예청과 예설은 불안해졌다. 마의가 왜 자신들에게는 말을 안 하려 하는지 두려워졌다. 혹시 법문이 잘못되기라도 했단 말인가?

"으음… 너희들은 나가 있거라."

사군악의 입이 열렸다. 하지만 예설과 예청은 나갈 수가 없었다.

"안 돼요. 난 꼭 들어야겠어요. 설령 그게 두려운 말일지라도."

"저도 꼭 들어야겠습니다. 궁금해서 견딜 수가 없어요."

그녀들의 말에 마의는 혀를 끌끌 차며 입을 열었다.

"쯧쯧… 그 법문인지 뭔지는 살아 있다. 그리고 내가 있는 이상 죽지는 않을 것이다. 난 사 문주에게 긴히 할 얘기가 있으니 너희들은 제발 나가다오."

마의는 귀찮다는 듯 말하고는 어서 나가라는 듯 친절히 방문까지 열어주었다.

"정말 법문은 무사한가요? 그런가요?"

예청의 물음에 마의는 짜증을 부렸다.

"아, 그렇다니깐. 안 죽을 거야. 그리고 잘하면 예전처럼 될 수도 있어. 그러니까 어서 빨리 나가기나 해."

"예전처럼? 정말 예전처럼 움직일 수도 있어요?"

예설은 마의의 옷을 잡으며 다그쳤다. 예전처럼 움직일 수 있다니? 그저 살아만 나도 고마울 뿐인데 예전처럼 다시 움직일 수도 있다니? 그녀의 흥분은 무리가 아니었다.

"어서 안 나가! 너희 지금 안 나가면 그놈 안 살려줄 거야!"

마의의 협박에 예청과 예설은 부리나케 밖으로 달려나갔다. 마의의 협박은 그만큼 효과가 있는 것이다. 이제 방 안엔 사군악과 마의만 남게 되었다. 마의는 사군악의 맞은편에 앉으며 입을 열었다.

"사 문주에겐 열두 마리의 매가 있다고 들었소. 그들이 지금 여기에 있는 것으로 아오. 맞소?"

"…그렇네."

사군악은 8년 전 법문을 납치(?)하려 할 때 화산오검 때문에 실패한 사건을 계기로 자신의 주위에 늘 열두 명의 그림자를 있게 만들었다. 그때 그의 곁에 십이비응만 있었더라면 법문은 지금쯤 금붕문의 차기 후계자가 되어 있었을 것이다. 하지만 그렇지 못했기에 그는 그림자의 중요성을 느끼고 십이비응을 곁에 두고 있는 것이었다.

"그들은 믿을 만하오?"

"으음… 그들은 내 그림자들. 내 수족과도 같은 존재들이네."

그 말로 그는 대답을 대신했다. 도대체 마의는 무슨 말을 하려는 것

일까? 무슨 말을 하려 하기에 이렇게 신중을 기하는 것일까? 사군악의
궁금증은 점점 더 커져 갔다.

"그럼, 그들에게 일러 지금부터 반경 10장 내에는 개미 새끼 한 마
리 못 들어오게 막으라 하시오. 당신의 딸들조차도 못 들어오게 말이
오."

예설과 예청이 떠나지 않고 있는 것을 알기라도 하는지 마의는 그렇
게 말했다. 그의 말이 진중함을 깨달은 사군악은 지체없이 천장에 대
고 명령을 내렸다.

"모두 들었는가?"

"예, 문주님."

여기저기서 동시에 말들이 터져 나왔다. 철저하게 몸을 숨기고 있는
그림자들, 십이비응은 모두 이곳에 숨어 있었던 것이다.

"실행하라. 그리고 설아와 청아는 당장 자신의 방으로 돌아가거라.
내 마의와 대화를 끝내고 직접 너희를 찾아가겠다."

예설과 예청은 어쩔 수 없이 숨어 있기를 포기하고 예청이 머물고
있는 방으로 돌아갔다.

"이제 말해 보게. 이제 반경 10장 안에는 우리 둘뿐이네."

사군악의 말대로 옆방에 죽은 듯이 잠들어 있는 법문을 제외하고는
반경 10장 안에는 아무도 없었다. 하지만 마의는 그래도 안심이 되지
않는지 전음으로 말을 꺼냈다.

[난 지금부터 전음으로 말하겠소. 그러니 문주도 전음으로만 말해
주기 바라오.]

[도대체 무슨 일인데 이렇게까지 하는 것인가?]

예설과 예청에게도 말 못하고, 반경 10장 안에 아무도 못 들어오게

하는 데다 전음으로만 말해야 하는 일이라니? 사군악의 의문은 최고조
에 다다랐다. 그리고 드디어 마의가 말을 꺼냈다.

[사 문주는 마도인이 확실하오?]

[지금 날 놀리는 것인가?!]

마의의 어이없는 질문에 사군악은 벌컥 화를 내었다. 기껏 하는 말
이 겨우 자신이 마도인임을 묻는 것이라니 말이다. 하지만 마의는 꼭
그 대답을 들어야겠는 듯했다.

[대답해 주시오. 사 문주는 정말 진정한 마도인임을 자부하오? 진정
마도의 미래를 걱정하는, 한 점의 사심도 없는 그런 사람임을 자부하
오?]

마의는 자신이 천하를 제패하려는 야심을 가지고 있는지 묻고 있는
것이다. 마의가 왜 이런 걸 묻는지 모르겠으나 사군악은 그가 매우 진
중함을 깨닫고는 그 역시 진심으로 말했다.

[…한때는 그런 생각을 품기도 했었지. 하지만 이제는 그렇지 않네.
난 단지 우리 마도가 더 이상 업신여김을 받지 않고 정파 놈들과 대등
하게 강호에 공존하기를 바라고 있을 뿐이네. 그 이상의 사심은 없네.
한데 왜 그런 것을 묻는 것인가?]

[그 말이 정말이오? 진정 문주는 한 점의 사심도 없이 단지 마도의
미래만을 걱정하는 그런 분임이 틀림없소?]

[으음… 한 번만 더 묻는다면 난 정말 화를 낼 것이네. 난 일찌감치
야욕을 버렸네. 다만 마도의 세가 지금보다 더 강해졌으면 하고 바랄
뿐이네.]

[…난 믿겠소. 사 문주를 한번 믿어보겠소.]

[정말 사람 궁금하게 만드는군. 자네 도대체 왜 이러나?]

[이게 다 그 법문이란 애물단지 때문이오.]

[그 녀석이 왜?]

[그 녀석이 사 문주의 사위라면서요?]

[그렇지. 예청과는 이미 그런 사이고, 예설도 그 녀석을 좋아하고 있다네. 한데 그게 무슨 상관인가?]

점점 더 궁금해지는 사군악이었다. 그런 사군악의 심정을 아는지 마의는 드디어 본론을 꺼냈다.

[그놈이, 그 별 볼일 없게 생긴 놈이… 천무성맥(天武星脈)을 타고났으니까 상관이 있지 않소?]

[…….]

사군악의 입이 더 이상 벌어질 수 없을 만큼 벌어졌다. 그리고 방 안엔 정적이 감돌았다.

"방, 방금 뭐라고 했는가? 내가 잘못 들은 것인가? 아니면 내 귀가 잘못된 것인가?"

사군악은 근 반 각 만에 벌리고 있던 입을 다물며 자리에서 벌떡 일어나 마의에게 다가가 그의 어깨를 잡았다.

"아야야, 아프오. 아프다니까."

사군악의 손에 힘이 들어간 탓에 마의는 신음을 토해냈다. 하지만 사군악은 그것도 못 느끼고 마의의 대답만을 재촉했다.

"어, 어서 말해 보게. 그게 정말인가? 그게……."

"아야, 그렇다니깐. 그러니까 우선 손부터 놓고 얘기를……."

사군악은 황급히 손을 놓았다. 그는 진정이 되질 않는지 차를 주전자째로 벌컥벌컥 들이키며 자리에 앉았다. 그의 얼굴은 상기되어 있었고 아직 마의의 말을 실감하지 못하고 있는 듯했다.

[아무리 그래도 전음을 사용하시오. 혹 누가 듣기라도 하면…….]

[그, 그렇지. 내가… 그렇지. 전음을 사용해야지.]

사군악은 횡설수설하며 다시 전음으로 말을 꺼냈다.

[내가 왜 이렇게 신중을 기했는지 이제 알겠소?]

[알겠네. 그럼, 그래야지. 아니, 오히려 부족한 감이 있구만. 방 안의 공기를 차단시켜야 되겠네.]

그는 그렇게 말하더니 곧 전음으로 십이비응에게 뭔가를 지시했다. 그러자 밖에서 약간 부스럭대더니 곧 다시 잠잠해졌다.

[이제 이 방 안에서 하는 말은 아무 데도 새 나갈 수가 없네.]

십이비응 중 여섯이 지금 그들의 내공으로 방 안의 공기를 차단하고 있었다. 이제 철저한 밀실이 된 것이다.

[크크, 호들갑은. 하긴 천무성맥이…….]

[쉿! 그 말은 다신 하지 말게. 그보다 어떻게 된 건지나 말해 주게.]

사군악은 그래도 안심이 되지 않았는지 마의에게 천무성맥이란 말은 하지 못하게 했다. 그만큼 그 말이 지니는 가치는 대단했으므로.

[아니, 내가 먼저 알아야겠소. 그놈은 도대체 누구요? 머리털이 짧은 걸로 봐서 예전에 중 놈이었던 것 같은데, 그놈이 어떻게 사 문주의 사위가 되었소?]

[얘기하자면 기네. 그보다 어서 말해 보게. 그 녀석이 정녕 그 천무성맥이 확실한가?]

[난 긴 얘기를 좋아하오. 사 문주부터 말해 주시오.]

[젠장! 그놈의 고집하고는.]

사군악은 짜증 섞인 목소리로 외치며 마의에게 8년 전에 있었던 일부터 지금까지의 일들을 간추려서 말해 주었다. 그의 말이 다 끝나자

마의는 턱에 붙어 있는 염소수염을 한 번 쓰다듬으며 말했다.

[으음… 그놈이 며칠 전에 매화청에서 무진장한 고문을 받고 파문당했다는 놈이었다니… 아무튼 우리 마도로서는 잘된 일임에 틀림없구려. 멍청한 정파 놈들. 눈앞에 보물을 두고도 여태껏 모르고 있었다니, 크크크.]

[나도 이제야 자네에게 들어서 알았네. 정말 그 녀석이 천무성맥임이 확실한가?]

[나도 처음엔 믿지 못했소. 천무성맥이 단절된 지 벌써 5백 년이 넘지 않았소? 그놈이 천무성맥이라고는 생각지도 못했지. 난 그저 사 문주의 사윗감이라기에 그놈의 상태를 한번 보고자 했을 뿐이었소. 그놈의 몸을 살펴보니 말이 아니더군. 손목과 발뒤꿈치의 근맥이 절단됐고, 어깨와 무릎의 연골까지 망가진 데다 내장까지 뒤죽박죽이 되어 있는 상태였으니 말이오. 딱 죽을 팔자였지. 아무리 노력해도 살릴 수는 있으나 평생 남 시중을 받아야 하는 상태였소. 하지만 사 문주의 부탁도 있고 해서 그놈의 몸을 자세히 살폈소. 어떻게 치료해야 할지 결정해야 했으니까 말이오. 한데 그놈의 몸을 자세히 살펴보니 뭔가 이상하지 않겠소? 근맥이 완전히 잘려진 줄 알았는데 미약하게나마 붙어 있더란 말이오. 어깨와 무릎의 연골도 완전히는 망가지지 않았고 말이오. 더 기가 막힌 건 놈의 단전이었소. 처음 봤을 땐 완전히 파괴된 줄만 알았소. 한데 다시 자세히 살펴보니 글쎄 저절로 단전 쪽으로 기가 모이고 있더군. 정말 기가 막힌 일 아니오? 그놈은 정신을 잃고 있는 상태인데 어떻게 저절로 단전에 기가 모여 몸을 스스로 치유하고 있을 수가 있는가 말이오? 혹시나 하고 그 녀석에게 기가 더 원활히 움직일 수 있도록 침을 놓아 보았소. 정말 이놈이 스스로 몸을 치유하고 있는

지 궁금했거든. 한데, 한 식경쯤 지나니까 대번에 놀라운 일이 벌어지더라 이 말이오. 난 그저 아무런 약도 먹이지 않고 막힌 혈맥 몇 군데만 뚫어줬을 뿐인데 이놈의 꼬여 있던 내장이 다 제자리를 찾아가더란 말이오. 게다가 기가 막히게도 근맥이, 그 다 잘려졌던 근맥이 스스로 붙고 있더란 말이오. 세상에 어떤 인간이 그런 일을 스스로, 그것도 정신을 잃고 있는 상태에서 할 수 있겠소? 그래서 그놈이 천무성맥이 아닌가 의심하기 시작했소. 전설의 신체, 의지와 상관없이 몸이 알아서 위험에 대처하고 스스로 치유한다고 알려진 그 전설의 천무성맥이 아닌가 하고 말이오. 이놈이 천무성맥이라면 모든 것이 다 풀리더군. 근맥이 붙어 있는 것도, 단전이 살아나고 있는 것도 말이오. 게다가 난 내 스승님에게 천무성맥을 알아보는 한 가지 방법을 배웠소. 그것은 천무성맥을 타고난 자의 왼쪽 발바닥에 충격을 주면 발바닥 중앙에 붉은 점이 하나 생긴다는 것이오. 난 떨리는 마음으로 그놈의 왼쪽 발바닥을 바늘로 찔러보았소. 그러니까 정말 발바닥의 중앙에 붉은 점이 하나 생기더란 말이오. 난 그걸 보자마자 여기에 달려온 것이오. 이 일을 사 문주에게 알리고 상의하기 위해서 말이오.]

마의의 기나긴 말이 끝나자 사군악은 희열에 몸을 떨었다. 마의가 확인까지 했으니 법문은 천무성맥이 확실할 것이다. 전설의 천무성맥이라니… 사군악은 너무도 큰 희열에 입을 다물 수가 없었다. 그의 얼굴 표정을 보던 마의는 한숨을 내쉬며 입을 열었다.

[문주, 체통을 좀 지키시오. 완전히 넋 나간 사람처럼 헤~ 하고 있는 꼴이라니 못 봐주겠소.]

[험험… 그 녀석을 살릴 수 있겠는가? 그러니까 예전처럼 걷고 움직이게 할 수 있겠는가?]

[한 달이면 놈을 원상태로 만들 수 있소. 하지만 난 겁이 나오.]

[뭐가 겁이 난단 말인가?]

[…문주가 딴마음을 먹을까 봐 말이오.]

[으음… 솔직히 그 말을 들으니 좀 욕심이 생기긴 하는군. 잘만 이용하면 천하를 상대로 도박을 한번 해볼 수도 있을 테니 말이야……. 하지만, 난 그럴 생각이 없네. 다만 금붕문이 마도제일 세력이 되는 건 한번 생각해 봄직 하지만 말이야.]

[…그 정도는 괜찮겠지. 사 문주, 나에게 약속을 하나 해주시겠소?]

[뭔가?]

[내가 놈을 책임지고 살릴 테니 사 문주는 방금 한 말을 지키겠다고 말이오. 그래 주시겠소?]

[하하하, 이 사군악의 목을 걸고 맹세하지.]

사군악은 흔쾌히 마의의 제의를 수락했다. 그러자 마의는 더욱더 그에게 반가운 말을 해주었다.

[한 가지 더 잘된 일이 있소.]

[잘된 일이라니?]

[그 녀석이 소림사에 몸담고 있었다면서요?]

[그랬었네. 며칠 전까지만 해도 소림사에 몸담고 있었지. 한데 그걸 왜 묻는가?]

[그 녀석은 뒷골에 강한 충격을 받아 기억 신경이 다 망가져 버렸소. 깨어나더라도 과거는 아마 기억 못할 거요.]

[그게 정말인가?]

[과거를 기억 못할 확률이 백에 구십이니 그렇다고 봐도 될 거요. 마도로서는 잘된 일이지.]

아무리 천무성맥이면 뭘 하는가? 그 천무성맥이 무공을 익히지 않겠다고 한다면, 만약 익힌다 하더라도 정파에 손해되는 일은 하지 않겠다고 한다면, 사군악으로서는 어찌할 도리가 없을 것이다. 법문의 본래 성품으로 보아 다시 움직일 수 있게 된다 하더라도 무공을 익히게 만들려면 큰 고생을 해야 할 것이었다. 또 억지로 무공을 가르친다 하더라도 자신을 파문했기는 하나 사문의 정이 남아 있을 것이기에 소림과 정파에 손해되는 일은 하지 않으려 할 것이 뻔했다. 그런 법문이 과거를 기억 못할 것이라 하니 사군악은 더없이 기뻤다.

어차피 법문은 이제부터 새로운 생활을 해야하는 신세였다. 그리고 가슴 아픈 과거를 기억해서 좋을 건 하나도 없었다. 자신이 중이었고, 비구니를 범해 극심한 형벌을 받고 파문당했다는 것을 생각할 때마다 그는 큰 고통에 빠질 것이다. 하지만 그 모든 것들을 기억하지 못한다면, 법문은 새로운 삶을 살수가 있을 것이다.

[정말 잘된 일이로군.]

[그럼 이만 일어나 봐야겠소. 놈을 보러 가야지.]

마의는 자리에서 일어났다. 그를 따라 사군악도 일어나며 말했다.

[되는 대로 시간을 당겨줄 수 있겠나?]

[그건 왜 그러시오?]

[이유는 묻지 말고 그렇게 해주게나.]

[알았소. 최선을 다해보지. 그보다 조금 전의 약속을 잊지 말기를 바라오.]

[알았네. 그럼 수고해 주게나.]

마의는 걸음을 옮겨 방 밖으로 모습을 감추었다.

'대회는 사흘 후부터 시작되지. 적게 잡아도 인관 돌파자들을 가리

는 데만 50일이 소모될 것, 본 문은 지관에 셋을 내보낼 수 있다. 지관
이 시작되려면 최소 60일이 남아 있다. 그 60일 사이 그 녀석이 깨어난
다면, 그래서 무공을 익힌다면, 어쩌면 이번 대회에 내보낼 수 있을지
도……'

사군악은 이미 식은 차를 한 모금 느긋하게 들이키며 자신만의 상상
에 빠져들었다.

"설아, 그 마의란 분은 믿을 만한 분이니?"

예청은 아무래도 안심이 되지 않는 듯 예설에게 걱정스럽게 물었다.
그러자 예설은 걱정 말라는 듯 입을 열었다.

"언니, 걱정 말아요. 그분이 보기에는 돌팔이같이 보여도 의술 하나
는 최고라구요. 혹시 신의(神醫)란 이름은 들어봤어요?"

"그럼, 신의야 들어서 알고 있지. 죽은 사람도 살려낸다는 명의라고
들었어."

"그 신의와 맞먹을 정도의 의술을 가지고 있는 분이 바로 마의라구
요. 그러니 걱정 말아요."

예청은 강호에 대해 모르는 것이 많았다. 해서 마의가 어느 정도의
위명을 떨치고 있는지 전혀 몰랐다. 그저 예설이 신의와 비슷한 실력
을 가지고 있다 하니 그렇게 믿을 수밖에. 그때 사군악이 방 안으로 들
어왔다.

"아버지, 어떻게 됐어요?"

사군악이 들어오자마자 예설은 황급히 그에게 달려가며 재빨리 물
었다. 예청 역시 불안한 표정을 감추지 못하며 사군악을 응시했다. 사
군악은 두 딸의 시선을 받으며 탁자로 가서 앉았다. 그러자 두 딸은 재

빨리 사군악의 곁에 앉으며 그의 입이 열리길 기다렸다.

"으음… 좋은 소식과 나쁜 소식이 있다."

"좋은 소식과 나쁜 소식?"

예설의 의문에 사군악은 그녀를 바라보며 말했다.

"뭐부터 듣고 싶으냐?"

"좋은 소식이요. 어서 말해 주세요."

"청아도 그것 먼저 듣고 싶으냐?"

"…예, 어서 말씀해 주세요."

"으음… 그럼 좋은 소식부터 말하마."

예청과 예설의 두 눈동자가 사군악의 입을 뚫어지게 바라보았다. 사군악은 잠시 뜸을 들이더니 말을 이었다.

"좋은 소식은… 그 녀석이 한 달이면 다시 예전처럼 움직일 수 있을 거라고 하더구나."

"예!?"

"저, 정말이에요?"

두 딸의 입에서 동시에 경악에 찬 말이 터져 나왔다. 한 달만 기다리면 법문의 몸이 원상태로 돌아올 거라고 하니 그녀들은 경악할 수밖에 없었다. 법문의 상태가 어떤지 누구보다 잘 알고 있는 그녀들이었다. 적어도 몇 년 동안은 치료를 받아야 어느 정도 움직일 수 있을 거라고 생각했었는데 겨우 한 달 만에 예전처럼 움직일 수 있게 된다니… 그녀들은 너무도 기뻤다. 예청의 눈에 물방울이 고였다. 그만큼 기뻐하고 있는 것이다.

"언니, 법문이 한 달 만에 낫게 된다니, 너무 잘됐어요."

"그래… 너무 잘됐어."

두 자매는 서로 손을 잡으며 기쁨을 나눴다.

"한데, 나쁜 소식이 있다. 말해도 되겠느냐?"

사군악은 두 딸이 기뻐하는 것을 잠시 지켜보다가 입을 열었다. 사군악의 말에 두 자매는 기뻐하는 것을 잠시 멈추고 사군악을 바라보았다. 하지만 그녀들은 별로 걱정하는 것같이 보이지는 않았다. 너무도 기쁜 소식을 들었기에 나쁜 소식은 별 대수롭지 않게 생각하고 있는 듯했다.

"나쁜 소식은… 법문이 기억을 잃을 거라고 하더구나. 뒷골에 강한 충격을 받아서 말이다."

예청의 얼굴에 미소가 사라졌다. 법문이 기억을 잃을 거라니? 그러고 보니 생각이 났다. 치한들에게 쫓길 때, 그녀는 다리에 화살을 맞고 쓰러졌었다. 그때 법문은 그녀의 등에서 떨어져 바위에 머리를 부딪혔었다. 법문의 뒤통수에 피가 흘러 그녀가 약을 바르고 천으로 싸매줬던 기억이 났다. 그때 법문은 뒷골에 강한 충격을 받았을 것이다.

예청은 자신 때문에 법문이 기억을 잃을 거라는 생각이 들었다. 그때 자신이 법문을 꽉 잡았으면 법문은 바위에 머리를 부딪치지 않았을 것이었다. 그녀의 얼굴이 어두워졌고, 예설 또한 마찬가지가 되었다.

법문이 그녀를 기억 못할 거라는 생각이 들자 그녀는 두려워졌다. 예청은 이미 법문과 몸을 섞은 상태이니 법문이 기억을 잃었다 하더라도 그 둘은 맺어질 것이다. 하지만 그녀는, 법문의 손목에 나 있는 이빨 자국을 제외하고는 법문과 그녀를 이어주는 건 아무것도 없었다.

그렇게 예청과 예설이 어두운 표정을 짓고 있을 때, 사군악이 위로가 되는 말을 해주었다.

"어찌 보면 잘된 일인 것도 같다. 법문이 과거에 불제자였고, 너희들에 관한 것과 그 외 모든 것을 기억하지 못한다면 법문은 이제 완전히 다시 태어나게 되는 것이 아니냐? 아무런 기억이 없다면 모든 것을 홀홀 털어버리고 새 출발을 할 수 있을 거란 말이다.”

듣고 보니 그랬다.

완전한 새 출발, 그리고 새로운 삶.

그리고 그 새로운 삶에 그녀들이 끼어들 자리는 충분할 것이다. 오히려 전보다 더 잘된 일인 것 같았다. 비구니와 자신의 손을 깨문 요녀의 기억은 사라지고, 이제부터 그에게 그를 사랑하고 있는 두 자매의 기억을 넣어준다면, 그녀들과 법문은 더욱더 가까워질 수 있을 것이었다.

“언니, 어쩌면 이게 더 잘된 일인지도 몰라요. 법문이 가지고 있는 기억이래 봤자 우리에게 좋은 것은 별로 없으니까 말이에요.”

“…그래, 하지만… 과거를 알고 싶어하면 어쩌지? 모든 것을 숨길 수는 없잖아?”

“하하, 그건 내가 생각해 둔 게 있단다. 법문이 과거를 알고 싶어한다면 모든 것을 솔직히 말해 주어야 할 것이다.”

“아빠, 그렇게 되면…….”

“아니, 내 생각이 옳을 것이다. 그 녀석이 궁금해한다면 말해 주어야겠지. 굳이 감추려고 할 필요는 없을 것 같다. 그러면 오히려 역효과가 올 수도 있을 테니까 말이다.”

“역효과라면?”

“과거를 기억 못할 확률이 백에 구십이라고 하더구나. 그러니 기억을 잃는다 하더라도 단편적인 기억은 가지고 있을 것, 그런데 우리가 잘못된 사실을 말한다면 그 녀석이 어떻게 생각하겠느냐?”

그럴 수도 있었다. 자신의 간간이 떠오르는 기억들과 이들이 말하는 게 다르다면 의심을 할 수도 있었다. 이들이 자신의 기억을 잃게 만든 원흉이 아닌가, 자신을 이용하려고 하는 것은 아닌가 하고 말이다. 사군악은 세심하게 그런 것까지 미리 생각해 두고 있었던 것이다. 그의 말이 옳다고 여겨진 두 자매는 고개를 끄덕였다.

"하면, 법문은 언제쯤 정신을 차리게 될까요?"

예청이 화제를 바꿔 법문의 깨어나는 시기를 물었다. 하지만 사군악은 그녀의 말에 대충 둘러대며 다른 말을 했다.

"마의가 치료하고 있으니 곧 깨어나겠지. 그보다 시급한 일이 있다."

"무슨 일인데요?"

"법문의 이름을 새로 지어야 하지 않겠느냐?"

그랬다. 새로운 삶을 시작하려면 과거의 이름은 쓸 수가 없었다. 또한 소림은 더 이상 법문이란 이름을 쓰지 못하게 한 상태였다.

"그렇군요. 법문에겐 당장 새 이름이 필요하군요."

그녀들이 법문을 부를 호칭이 당장 필요했다. 언제까지나 법문이라고 부를 수는 없는 일이었으니까.

"해서 내가 한 가지 생각해 낸 이름이 있단다. 너희들이 맘에 드는지 한번 들어보려무나."

두 자매는 사군악의 얼굴을 응시했다. 사군악은 천천히 입을 열었다.

"내가 알아본 바에 의하면 법문은 위씨세가(威氏世家)와 관련이 있는 것 같다. 그러니 성을 '위'로 삼고, 이름은 외자로 '문'이라 해서 위문(威問), 위문이란 이름이 어떻겠느냐?"

　5백 년 전, 마지막 천무성맥의 무인의 성이 위씨였다. 해서 사군악
은 법문의 성을 위씨로 지어주기로 생각한 것이었다.

　"위문, 위문이라… 저는 좋아요. 위 대가, 위 랑, 문 랑, 간편하고 부
르기도 쉽잖아요. 언니는 어때요?"

　'대가' 나 '랑' 이란 말은 정인에게나 쓰는 말이었다. 예청은 예설이
하는 말을 들으며 얼굴이 붉어졌다.

　"위 대가… 나도… 좋은 것 같아……."

　예청은 기어 들어가는 목소리로 말했다. 위 대가란 한마디에 너무나
행복한 느낌이 들었다. 그것을 사군악도 느낀 것일까? 그는 호탕하게
웃으며 말했다.

　"하하, 그럼 그 이름으로 부르기로 하자꾸나. 하하하."

　이렇게 법문은 새 이름까지 얻게 되었다. 그리고 이들은 법문이 이
미 기억을 잃은 것으로 믿고 있었다. 아직 법문은 깨어나지도 않았건
만…….

새로운 삶 – 위문

새로운 삶—위문

　　새벽부터 화산파 내의 연무장에는 사람들이 몰려들어 발 디딜 틈도 없었다. 사시(오전 9시)가 되려면 아직 두 시진이나 남았건만 미리미리 도착해서 조금이라도 구경하기 좋은 자리를 잡기 위해 애쓰고 있는 것이었다.

　　이제 두 시진만 있으면 비무대회가 20년 만에 다시 열리게 된다. 3백 년 전, 구대문파와 오대세가, 그리고 칠패천이 모여 비무대회의 첫 문을 열었다. 그렇게 시작된 비무대회는 지금까지 계속되고 있고, 초대 우승자인 무당의 청죽자(靑竹子)로부터 20년 전의 우승자인 화산의 화중문까지 총 15명의 우승자를 배출했다.

　　이번 대회 인관의 참가 인원은 정파에서 4,522명, 마도에서 2,904명, 그리고 중립을 표방하고 있는 764명, 총 8,190명의 무인들이 출전하게 되어 있었다. 그리고 지관에 올라 있는 인원은 정파에서 127명,

마도에서 98명, 그리고 중립이 27명이다. 지관에 올라 있는 인원 중 정파의 42명과 마도의 21명은 관문을 돌파하지 않고 자동적으로 진출하게 된 사람들이다. 그것은 그들이 모두 구대문파와 오대세가, 그리고 칠패천의 무인들이기 때문이다. 비무대회를 개최한 문파들이니만큼 약간의 특권이 있었는데, 그게 바로 지관에 자파의 고수 세 명을 내보낼 수가 있는 것이었다.

그리고 천관엔 단 네 명만이 올라가 있었다.

정파에서 한 명, 마도에서 한 명, 중립의 두 명.

오늘부터 인관을 돌파한 8,190명이 정해진 대진표에 따라 상대와 싸우게 된다. 물론 이 대진표는 전대의 우승자 측이 만드니만큼 정파에 유리하게, 더욱 구대문파에 유리하게 짜여져 있었다. 8,190명 중 지관에 오를 수 있는 인원은 겨우 256명에 지나지 않기 때문에 치열한 접전이 예상되고 있었다.

대앵! 대앵!

사시를 알리는 징 소리가 울려 퍼졌다. 이미 중앙의 반경 10장 정도 되는 비무대 주위에는 구경 온 사람들과 출전을 기다리는 무인들로 인해 인산인해를 이루고 있었다. 연무장의 좌측과 우측의 이층 누각 위엔 구대문파와 오대세가, 칠패천의 중심 수뇌 인물들이 하나둘씩 모여들어 저마다 자리를 잡고 앉았다.

이윽고 모일 사람이 다 모이자 비무대 위에 화산파의 총관인 무유숭(巫儒崇)이 올라갔다.

"모두 조용히 하시오!"

그는 우렁차게 소리쳤다. 그러자 모여 있는 수천의 사람들이 모두 입을 다물며 그를 주시했다.

"지금부터 제16회 천하제일 비무대회를 개최하는 바이오. 서론은 생략하도록 하겠소. 이번 대회에 워낙 많은 고수들이 참가했기에 시간이 촉박하오. 심판은 예전과 마찬가지로 공정을 기하기 위해 소림의 방장 스님이신 혜불 성승과 천마신교(天魔神敎)의 교주이신 마중천자(魔中天子)께서 맡아주실 것이오. 비무의 규칙은 전과 똑같소. 승패는 백 초 내에 가려져야 하며 그때까지 승부가 나지 않을 경우 혜불 성승과 마중천자께서 승자를 결정해 주실 것이오. 또한 고의적인 살인을 해서는 안 되오. 어쩔 수 없었다면 모르되 고의적인 살인이라면 그자는 당장 자격을 박탈당할 것이오. 그것을 결정하는 것 또한 혜불 성승과 마중천자께서 해주실 것이오. 그럼 지금부터 비무대회를 시작하도록 하겠소. 모두들 대진표를 받았을 거요. 경기는 동시에 네 경기가 벌어지오. 그럼 첫 번째, 두 번째, 세 번째, 네 번째 출전자들은 지금 비무대 위로 올라오시기 바라오."

무유승은 비무대회의 개막을 알리고 비무대의 한쪽 구석으로 걸어가 그곳에 섰다. 그는 이번 대회의 무대 위 심판을 맡고 있었기에 승자가 결정 나면 승자의 이름을 부르고 다음 출전자들을 부르는 것 또한 그의 몫이었다. 또한 나란히 연무장의 남쪽 누각에 앉아 있는 혜불 성승과 마중천자의 지시를 받아 백 초가 넘어도 승부가 나지 않는 곳의 승자 결정과 고의적 살인이 일어난 곳의 판결을 내리는 것 또한 그가 해야 하는 일이었다.

비무대 위에 여덟 명의 무인들이 올라왔다. 그리고 그들이 격돌하는 것으로 비무대회는 20년 만에 다시 막을 열었다.

　　　　　*　　　　　*　　　　　*

"하하하, 모든 것은 순조롭게 진행되고 있는 것 같소이다."

청성파 장문인인 건곤신검 조양수는 술을 단숨에 들이키며 호탕하게 웃었다. 오늘 청성파의 문도 셋이 1차 관문을 돌파해서 그런지 몰라도 그의 얼굴은 어느 때보다도 상기되어 있는 상태였다.

비무대회가 시작된 지 칠일이 흘렀다. 그동안 2,961명이 1차전을 통과했는데, 대부분 통과하리라 예상하고 있던 사람들이 통과했다. 그래서 그것을 축하하고자 오늘 이곳엔 구대문파의 수장들이 모여 있는 상태였다.

"하지만 방심해선 안 되오. 오늘 사파 놈들을 보니 실력이 여간이 아닌 것 같았소."

곤륜파의 장문인인 운학 도장(雲鶴道長)은 조양수의 말에 찬물을 끼얹으며 조심스럽게 말했다. 이번 인관의 대진표를 보면 정(正)과 정(正)이, 그리고 마(魔)와 마(魔)가 싸우는 게 대부분이었다. 그리고 싸우는 것도 확실을 기하기 위해 정파의 최고 후기지수들은 이름도 없고 실력도 형편없는 어중이떠중이들과만 싸우도록 되어 있었다.

그것은 그들의 체력을 조금이라도 보존하게 하려는 배려였다. 그리고 1차전이 끝나게 되면 좋든 싫든 간에 마는 최소 1,200명 이상이 탈락하게 될 것이었다. 마와 마의 싸움이 2,400회이니 그중 반인 1,200명은 자동적으로 떨어지게 되어 있는 것이다.

구대문파의 심정으로는 모든 마도인들을 싸움 붙여 1차전에 반을 떨어뜨리게 하고 싶었지만 그렇게 되면 너무 편파적이라고 하여 전 마도인들의 분노를 사게 될 것이었다. 해서 나머지 504명은 정파인들과 싸우도록 짜여져 있었다. 그것에 대해서도 안배가 되어 있긴 했지만 변수가 있는 법, 오늘 그 변수가 하나 발생했다. 충분히 이기리라고 예상하고 있었던 곤륜파의 무인 하나가 그의 상대인 마도의 이름없는 소방파의 무인에게 패하는 일이 발생했던 것이다.

곤륜은 이번 인관에 30명을 투입했다. 그들이 모두 고르고 고른 정예들임은 두말할 필요가 없을 것. 그들은 끝까지 살아 지관에 진출하는 256명 안에 들어야 하는 무인들이었다. 그런데 대회가 이제 일주일이 지난 지금 그중 하나가 1차전에서 탈락하고 말았으니 운학 도장의 심기는 과히 좋지 못한 상태였다.

하지만 다른 구대문파의 무인들은 순조롭게 진출하고 있는 상황이었다. 해서 운학 도장은 더욱 심기가 불편했다. 곤륜이 벌써부터 한 점 뒤지기 시작했으니 말이다.

"하하, 운학 도장께선 너무 신경 쓰지 마시오. 아직 기회는 많으니까 말이오."

"으음……."

화중문의 말에도 운학 도장의 얼굴은 풀리지 않았다.

"순조롭긴 하지만 변수가 생기고 있기는 하오. 나 역시 곤륜의 문하가 1차전에서 떨어지게 될 줄은 생각지 못했었소. 사파는 이번에 단단히 결심을 한 모양이오."

해남파의 장문인인 무적일검(無敵一劍) 양지강(良支强)이 운학 도장의 말에 동조하고 나섰다. 하긴 구대문파의 문도가 1차전에서 떨어지리라고는 누구도 생각하지 못했었다. 하지만 그건 어디까지나 떨어진 곤륜파의 사정이고 다른 문파와는 아무런 상관이 없는 얘기였다. 아직까진 말이다.

“하하하, 복잡하게 생각할 필요는 없을 것 같소. 우리 청성에서는 그런 일이 없을 테니 말이오.”

조양수는 자신있는 어투로 호탕하게 웃었다. 그의 말엔 운학 도장을 비웃는 뜻도 포함되어 있었다. 그것을 모르는 운학 도장이 아니나 속으로 화를 삭일 뿐 겉으로 내색하진 못했다.

“여러분, 대회도 대회이나 자파의 출전 선수들을 잘 관리해야 할 겁니다. 행여 다른 일에 기력을 낭비하거나 공력을 써버리는 일이 없도록 말입니다. 그리고 사파의 방해 공작도 철저히 대비해야 하구요.”

무당의 장문인인 소요자(邵曜子)가 중요한 말을 꺼냈다. 그의 말대로 다른 건 몰라도 사파의 방해 공작은 철저히 대비해야 했다.

“걱정 마시지요. 출전 선수들의 처소에 전보다 경비를 두 배로 늘리게 해두었습니다. 그리고 매시간마다 그들의 동태를 보고하도록 일러두었습니다.”

소요자의 걱정을 일축하는 화중문의 말이었다. 그의 말대로 구대문파와 오대세가의 출전 선수들은 모두 철저한 보호를 받고 있었다. 사파가 아무리 방해 공작을 펼치려 해도 쉽게 그 뜻을 이루지는 못할 것이었다.

“자, 여러분. 대회는 이제 일주일을 넘겼을 뿐이지만 모든 것이 우리 뜻대로 순조롭게 나아가고 있소이다. 그걸 기념하는 뜻에서 우리 잔을 듭시다.”

화중문이 자리에서 일어나며 잔을 치켜 올렸다. 그가 잔을 들자 모두들 일어나 잔을 들어 올렸다. 그리고 그들은 단숨에 술잔을 비웠다.

“뭘 그리 화를 내시오? 어차피 인관은 포기하기로 했던 것인데 말이오.”

“호호호, 사 문주님의 말이 맞아요. 너무 흥분할 필요는 없을 것 같아요, 유 회주님.”

쾅!

“제기랄! 그래도 이건 너무한 것 아니오?”

수라회(修羅會)의 회주(會主)인 아수혈마(阿修血魔) 유철휘(留鐵輝)는 탁자를 거세게 때리며 울분을 터뜨렸다. 너무 정파의 예상대로 대회가 풀려 나가고 있었다. 물론 사전에 이렇게 되리라고 예상하고 있긴 했었지만 막상 그대로 되자 화가 치밀어 오를 수밖에 없었다.

“참으시오. 인관에선 정파 놈들 뜻대로 될진 모르나 지관에서부턴 그놈들 뜻대로는 되지 않을 테니 말이오.”

확신에 찬 마중천자의 말이었다. 마중천자가 그렇게 말을 하자 유철휘는 씩씩거리면서도 자리에 가서 앉았다. 그만큼 마중천자의 말은 무게가 있는 것이다.

“우문 궁주는 우리 마도에서 자관에 몇이나 올라갈 것이라 보오?”

유철휘가 자리에 앉는 것을 보고 마중천자는 요희궁(妖姬宮)의 궁주(宮主)인 요마(妖魔) 우문혜미(宇文慧美)에게 물었다. 그녀는 지금 여기에 모여 있는 칠패천의 수뇌들 중 유일한 여자였다. 그뿐 아니라 그녀의 지혜는 모두가 인정할 정도로 뛰어났다.

“호호호, 별 기대는 안 하는 게 좋을 거예요. 많아야 오십, 적으면 삼십, 그 정도밖엔 못 올라갈 거예요.”

256명 중 삼십에서 오십 사이라… 저조하다고밖엔 말할 수 없는 숫자였다.

“모두들 알겠지만 우문 궁주의 말대로 이번 지관엔 그 정도밖에는 못 올라갈 거요. 그에 우리는 이미 인관을 포기하고 지관에서 승부를 내기로 하였소. 최대의 변수는 역시 우리가 아직 밝히지 않고 있는 세 명의 문하들이오. 그들에 대한 비밀은 철저하게 지켜져 왔소. 정파에선 그들의 이름만 알고 있을 뿐 그 외에는 아무것도 아는 게 없소.”

“크크크, 모두 기대하는 게 좋을 거요. 본 파는 20년 전부터 그들을 비밀리에 키워왔소. 바로 이번 비무대회를 위해 말이오.”

혈왕파(血王派)의 종주(宗主)인 혈귀사신(血鬼死神) 독고패(獨孤覇)가 술잔을 단숨에 들이키며 음산하게 말했다.

자동적으로 지관에 진출한 상태인 세 명씩의 고수들. 그들에 대한 건 철저한 비밀에 가려져 있었다. 그리고 이번 대회의 최대 변수는 바로 그들이 될 것이었다. 어차피 대진표는 정파에게 유리하게 짜여져 있는 것. 그렇다면 마도는 양보단 질로 승부할 수밖에 없었다. 그래서 나온 계책이 바로 자동적으로 지관에 진출하게 되어 있는 세 명을 최대한 활용하는 것이었다.

그들은 아직 아무도 모습을 드러내지 않았다. 그들이 무엇을 익혔는지, 공력은 얼마나 되며 실전 경험은 얼마나 되는지 등등의 모든 것이 베일에 싸여져 있었던 것이다. 그리고 그 상태로 인관을 통과한 256명과 지관에 올라 있는 256명이 섞여져 대진표가 짜여질 것이다. 정파에서 아무리 첩자를 보내고 염탐을 해도 그들에 대해 밝혀내질 못했다. 그렇다면 대진표를 아무리 잘 짠다고 해도 그들의 실력을 모르니 틈이 생길 것, 그 틈을 이용하자는 것이 바로 마도의 계책이었다.

“하하하, 그것은 모두가 마찬가지 아니겠소? 본 문도 심혈을 기울인 것은 마찬가지니까 말이오.”

만수문(萬獸門) 역시 놀고 있지는 않았다. 그들도 세 명의 어린아이를 골라 15년 전부터 심혈을 기울여 키워왔던 것이다.

"모두 심혈을 기울였으리라 믿소. 그리고 그들은 이번 대회의 태풍이 될 것이오."

마중천자는 확신하듯 말했다. 그의 말 한마디 한마디는 모두 믿음이 가는 말들뿐이었기에 모두들 그의 말에 믿음을 가졌다.

"그보다 먼저 약속을 모두들 알고 있으리라 믿소."

사군악은 좌중을 둘러보며 지난번에 약속했던 것을 다짐하려 들었다.

"잘 알고 있소. 만약 마도와 마도, 즉 우리끼리의 싸움이 벌어지게 되더라도 서로 정당한 승부를 가리자고, 그리고 어떤 보복이나 반목도 하지 않겠다고 한 것을 본좌는 지킬 것이오."

"나 역시."

"호호, 저 역시 마찬가지예요."

모두들 사군악의 말에 흔쾌히 대답을 해주었다.

"이제 겨우 대회는 시작되었을 뿐이오. 앞으로 인관이 끝날 때까지 모두들 힘들겠으나 참고 기다리시기 바라오. 그러면 우리에게 승기는 돌아올 것이니 말이오."

마중천자는 자리에서 일어나 확신하듯 말하며 단숨에 술잔을 들이켰다.

그러자 모두들 자리에서 일어나 역시 '우리에게 승기는 돌아올 것이오'를 외치며 술잔을 들이켰다.

*　　　*　　　*

쪼로로롱.

"으음……."

새 지저귀는 소리에 그는 천천히 눈을 떴다. 머리가 깨질 듯이 아팠다. 그는 머리를 두 손으로 움켜쥐고 고통을 삭여냈다. 어느 정도 지나자 통증이 가라앉았다. 희미하던 사물들도 점점 선명하게 보이기 시작했다. 그가 제일 먼저 본 것은 분홍빛 천장이었다.

'여긴 어디지? 난… 으윽.'

생각을 하려 하자 다시 극심한 통증이 밀려왔다. 그뿐 아니라 몸을 일으키려 하자 온몸이 요란하게 떨려왔다. 그리고 그와 함께 지독스런 통증도 물밀듯이 밀려왔다. 아무리 용을 써보았지만 그는 몸을 일으킬 수 없었다.

'그렇지, 난 폐인이 되었지.'

그제야 자신이 몸을 일으키지 못하는 이유를 깨달을 수 있었다. 논죄집형으로 인해 폐인이 된 몸, 혼자선 몸을 일으킬 수 없음은 당연한 일일 것이다.

'여긴 어디지? 의청이 날 업은 것까지는 기억이 나는데…….'

지독한 두통을 참으며 억지로 기억을 끄집어냈다. 그래서 그는 자신이 논죄집형을 받고 예청에게 업혔던 것까지 기억할 수 있었다. 주위를 둘러보니 이곳은 어느 방 안인 것 같았다. 그리고 그가 누워 있는 침상의 옆에는 무수히 많은 약재들이 널려 있었다. 그러고 보니 깨어났을 때부터 그의 후각을 찌르던 냄새가 있었다. 아마도 이 약재들로부터 나오는 것 같았다.

'여긴… 어디일까? 의청이 날 구한 것일까?'

머리가 다시 아파왔다. 머리를 만져 보니 머리엔 두꺼운 붕대가 감겨져 있었다. 그리고 가장 통증이 심한 뒤통수엔 고약으로 느껴지는 무언가가 붙어 있는 것 같았다.

"으윽!"

좀 자세히 만져 보려 하자 손에서 극심한 통증이 느껴졌다. 손에 힘이 들어가질 않았다. 결국 그는 두 손을 힘없이 내려놓을 수밖에 없었다.

쨍그랑.

그때 그의 귀에 날카로운 음향이 들려왔다. 아마도 유리가 깨지는 소리 같았다. 그 소리가 들려옴과 동시에 다급한, 그리고 기쁨이 섞여 있는 여자의 목소리가 들려왔다.

"깨, 깨어났어. 언니! 언니! 깨어났어요! 깨어났다구요!"

다다다닥.

점점 발자국 소리가 희미해져 가는 것으로 보아 예설을 닮은 목소리는 어디론가로 급히 달려가는 듯했다.

'목소리가 예설 시주를 닮았는데… 그녀일까?'

억지로 머리를 돌려 문 쪽을 바라보았다. 하지만 그가 본 것이라곤 바닥에 조각 나 있는 유리 조각들이 전부였다. 막 고개를 돌리려 할 때 문안으로 두 명의 여인이 들어왔다.

'예설 시주와 의청이잖아? 그들이 어떻게 같이 있는 거지?'

그와 두 여인의 시선이 허공에서 부딪쳤다. 그는 당혹감으로, 그리고 예설과 예청은 반가움으로 서로를 응시했다.

"어… 어아아……."

그가 뭔가 말을 하려고 했으나 그의 입에선 의미없는 '어아아' 란 소리밖에 나오질 않았다. 예설과 예청은 그가 입을 열려 하자 급히 그에게 달려가 소리쳤다.

“위문, 위문, 괜찮아요?”

“정말 깨어난 거예요? 정말 깨어나신 거예요?”

그는 다시 입을 열어 말을 하려 했지만 여전히 말은 나오질 않았다.

‘위문이 누구지? 이들은 날 위문이란 사람으로 착각하고 있는 것인가?’

“위문, 나 예설이예요, 예설. 나 기억나요?”

예설이 다급하게 자신을 아는지 물었다. 물론 기억하고 있었다. 하지만 말이 나오질 않았기에 그저 그녀를 쳐다보기만 할 수밖에 없었다.

“난, 난 기억하고 있나요?”

이번엔 예청이 물었다. 하지만 이번에도 그는 역시 그녀를 보기만 할 뿐이었다. 말을 하고 싶었지만 말이 나오질 않으니 그는 그렇게밖에 할 수가 없었다.

“이, 이럴 수가… 정말이라니… 정말…….”

그가 말을 하지 않자 두 자매는 정말 그가 기억을 잃었다고 생각했다. 그들이 슬픔의 표정을 지을 때 마의가 환자가 깨어났단 소식을 듣고는 방 안으로 달려 들어왔다.

“녀석이 깨어났다면서?”

마의는 환자가 누워 있는 침대 쪽으로 걸으며 말했다. 두 자매는 마의가 오자 재빨리 한쪽으로 자리를 비켜주며 걱정스럽게 물었다.

“말을 하지 못하는 것 같아요. 어떻게 된 거죠?”

“우리를 기억하지 못하나 봐요. 정말 기억을 잃은 건가요?”

“조용히 좀 해라.”

마의는 두 자매의 물음을 윽박지르며 조심스럽게 환자의 맥을 잡았

다. 그리고 손발의 근맥과 단전, 그리고 눈자위와 입 안까지 세밀하게
살폈다. 마지막으로 몸의 혈들을 살펴보면서 그는 입을 열었다.

"아혈에 탁기가 머물러 있어. 아마 한 며칠 간은 말을 하지 못할 거
야. 그리고 그 외에는 순조롭게 나아가고 있구만."

"기억은요? 기억은?"

"내가 그걸 어떻게 알아? 이놈한테 직접 물어보는 수밖에 없지."

예청의 물음에 마의는 심드렁하게 대답하고는 한마디 덧붙였다.

"말은 못하지만 고개는 움직일 수 있을 테니 간단한 것은 몇 가지 물
어볼 수 있겠지."

"그, 그럼 어서 물어봐 주세요. 어서요."

예청이 마의를 재촉했다. 그에 마의는 환자를 내려다보며 말했다.

"으음… 안 돼. 지금은 물어볼 상태가 아니야. 이놈은 이제 막 정신
을 차린 상태다. 아직 모든 것이 뒤죽박죽이 되어 있는 상태라서 뭘 묻
기에는 일러."

마의는 환자의 이마를 한번 만져 보며 그렇게 말하고는 몸을 돌렸
다.

"너희들도 나랑 같이 나가자꾸나. 지금 이놈은 혼자 있는 게 더 나
을 것이다."

두 자매는 그것을 거부하려 했지만 나중에 나온 마의의 말에 그렇게
할 수밖에 없었다.

"안 그래도 어지러울 것인데 너희들까지 붙어 있으면 놈은 미쳐 버
릴 거야. 한 두 시진 정도 기다렸다가 다시 오는 게 좋을 것이다."

그의 말에 두 자매는 누워 있는 그녀들의 연인을 한번 걱정스럽게
쳐다보고는 마지막으로 그에게 말했다.

“아무 생각 말고 푹 쉬어요. 우린 조금 있다 다시 올게요.”

“그래요. 언니 말대로 우선 푹 쉬어요.”

그녀들은 마의를 따라 방 밖으로 천천히 걸어나갔다. 곧 방문은 닫혔고 방 안엔 그 혼자 남게 되었다.

말을 하지 못한 그는 답답해서 미칠 것 같았다. 그녀들은 예설과 의청이 확실한 것 같았다. 비록 의청의 머리엔 검은 머리카락이 수북이 덮여 있었지만 그녀가 맞을 것이다. 그런데 그들은……

‘위문이 누구지? 그들은 왜 나랑 그를 착각하는 것일까? 난 법문인데… 아니, 난 법문이 아니지. 더 이상 그 이름을 써선 안 되니까. 그럼 난 누구지? 난, 난… 난 누구지?

머리가 다시 아파왔다.

그리고 눈꺼풀이 스르르 감겨왔다.

그가 다시 일어난 것은 날이 저물어갈 때였다. 그의 곁엔 예청 자매와 사군악, 그리고 마의가 앉아 있었다.

“이제 좀 정신이 드나?”

눈을 뜬 그를 바라보며 사군악은 따스한 음성으로 물었다. 하지만 그는 사군악의 물음에도 그저 바라보기만 했다. 그러다가 그는 고개를 힘겹게 한 번 끄덕였다. 말을 하지 못하는 이상 몸짓으로 대답하는 수밖엔 없었다.

“정신이 든다니 다행이구만. 허허허.”

그가 고개를 끄덕이자 사군악은 흡족히 웃었다. 그리고는 마의에게 말했다.

“자네가 한번 물어보게나.”

마의는 그를 바라보며 입을 열었다.

"내가 자네에게 몇 가지 물어볼 게 있네. 그건 자네의 과거에 관한 것일세. 자네도 아는지 모르지만 자네의 뒷골은 큰 충격으로 인해 기억 중추가 거의 망가져 있는 상태라네. 지금은 내가 치료함으로써 거의 다 낫긴 했지만 그래도 한 번 기억 중추가 망가진 이상 과거를 기억 못할 수도 있거든. 그래서 내가 자네에게 몇 가지 물어보려는 것이네. 자네가 과거를 기억을 하고 있는지, 아니면 기억을 잃었는지 알기 위해서 말이네."

'내가 기억을 잃었을 수도 있다고? 그런가? 뒤통수에 느껴지던 통증이 기억 중추를 망가뜨렸단 말인가? 하지만 난 모든 것을 기억하고 있는데…….'

그는 기억을 잃지 않았다. 생각을 할 때마다 머리가 아프긴 했지만 그래도 모든 것을 기억하고 있었다. 그걸 모르는 마의는 이제 본격적으로 묻기 시작했다.

"자네 이름을 기억하고 있는가? 기억하고 있으면 고개를 끄덕이고 기억하지 못한다면 고개를 흔들게."

'난 내 이름을 기억하고 있다. 법문… 하지만 방장 스님은 이 이름을 쓰지 못하게 하셨다. 그러니까 난 지금 이름이 없는 셈이야. 이름이 없으니 기억하고 말 것도 없지.'

"으음……."

사군악과 예청 자매는 그가 가벼이 고개를 흔들자 저마다 탄식을 하며 그가 정말 기억을 잃은 것이라 믿기 시작했다. 마의는 두 번째 질문을 던졌다.

"법문이란 자를 기억하고 있는가? 기억한다면 고개를 끄덕이고 못한다면 고개를 흔들게나."

'이들은 내가 법문이란 걸 알고 있는 것일까? 그래서 그걸 물어보는 것일까? 하지만 의청과 예설은 나를 위문이라고 불렀는데… 어떻게 된 거지? 으윽! 복잡한 걸 생각하니 머리가 아프군. 그리고 법문은 난데… 아니지, 난 이제 법문이 아니지. 그 이름은 이제 사라진 상태니까. 그럼 법문이란 자는 없다는 소리. 그런 자가 없으니 기억하고 말 것도 없는 것이군.'

그는 다시 고개를 흔들었다.

"으음… 그럼 내 한 가지만 더 묻겠네. 소림사를 기억하고 있는가?"

'그건 기억하고 싶지가 않다. 난 더 이상 그곳을 기억하고 싶지 않아. 아니, 기억해서도 안 되는 일이지. 난 그곳에서 추방당했으니까.'

그는 소림사를 기억하고 있었지만 그것은 더 이상 기억하고 싶지가 않았다. 그 끔찍한 형벌을 자신에게 준 곳, 자신을 길러주고 키워준 곳이지만 자신을 순식간에 폐인으로 만들어 버린 곳. 그 이름을 그는 더 이상 기억하고 싶지 않았다.

마의와 사군악은 자리에서 일어났다. 그의 마지막 대답까지 들은 이상 그는 기억을 잃은 게 분명했다. 그렇다면 앞으로의 일은 그를 회생시키고 새로운 기억을 넣어주는 일밖에 없었다.

지금 그는 순조롭게 낳아가고 있었다. 이대로라면 이틀 정도만 지나면 걸을 수 있을 것이라고 마의는 예상하고 있었다. 그렇다면 새로운 기억을 넣어주는 일만 남았다는 것인데, 그것은 자신들보단 예청과 예설이 해야 할 몫이었다. 그러니 자신들은 지금 빠지려는 것이다. 사군악은 일어나며 그에게 한마디 건넸다.

"애써 머리를 고생시키며 과거를 기억하려 할 필요는 없네. 우선은 몸을 회복하는 데만 신경 쓰게나. 자네의 수발은 내 딸들이 해줄 것이네."

마의와 사군악은 밖으로 나가 버렸다. 그래서 방 안엔 누워 있는 그와 두 자매만이 남게 되었다.

'이들은 왜 내가 기억을 잃었다고 생각하는 것일까? 질문에 모두 고개를 흔들었다고 해서? 하지만 난 사실을 그대로 대답한 것뿐인데……'

마의가 만약 '자네는 법문이었나?'란 질문만 했다면 그가 기억을 잃지 않았다는 것을 알 수 있었을 것인데 마의는 그가 고개를 흔들 만한 질문만 하고 말았다. 그로 인해 그는 졸지에 기억을 잃어버린 사람이 되고 말았다.

예청과 예설은 그의 곁에서 한시도 떨어지지 않고 그의 수발을 들었다. 하루 세 끼씩 그에게 밥을 떠먹여 주었고 매일 그의 몸을 닦아주는 것은 물론, 그의 몸을 주무르거나 마의가 그를 치료할 때면 걱정스럽게 그를 바라보며 말로써 위로를 해주었다.

그가 말을 할 수 있게 된 것은 그가 깨어난 지 7일 만이었고 물건을 들어 올릴 수도, 달릴 수도 있게 된 뒤의 일이었다. 그사이 그는 예청과 예설이 그의 곁에서 하는 말들을 통해 어느 정도 일이 어떻게 된 것인지를 알 수 있었다.

그가 법문이었다는 것을 모두가 알고 있었지만 그 이름을 더 이상 쓰지 못하니 새 이름을 만들었다는 것과 그 새 이름이 위문이란 것, 그가 기억을 잃었다고 믿고 있다는 것, 의청도 그 이름을 더 이상 쓰지 못하게 됐으니 새 이름을 만들었다는 것과 그 새 이름이 예청이라는 것, 그리고 예청은 사군악의 양녀가 되어 예설과 자매가 되었다는 것, 그리고 자신은 조금만 더 치료를 하면 원상태로 회복될 수 있다는 것

등 말이다.

이에 그는 지난 일주일 간 곰곰이 생각한 끝에 한 가지 결심을 하기에 이르렀다. 그것은 모든 이들이 자신이 기억을 잃었다고 믿으니 앞으로 계속 기억을 잃은 척하기로 말이다. 그렇게 하면 아픈 과거를 회피할 수 있게 될 것 같았다. 누군가가 넌 중의 신분으로 비구니를 범했다고 욕해도 '난 기억이 안 나는데…' 하면 될 것이고, 아픈 과거를 캐물을 때에도 그저 '난 기억이 안 난다니깐' 하면 만사형통일 것이었다. 그래서 그는 이제부터 철저히 기억을 잃은 것처럼 행동하기로 마음을 굳혔다.

"흥, 마의 아저씨는 돌팔이 같아. 말을 할 수 있을 거라고 한 지가 언젠데 아직까지 말을 못하고 있잖아. 언니, 어떻게 생각해요?"

"조금만 더 기다려 보자. 우리보다 답답한 건 위 대가가 아니겠니?"

예청은 위문의 짧은 머리카락들을 고르게 빗겨주며 말했다. 그녀나 예설은 위문을 위 대가라고 칭하고 있었다. 처음엔 낯 뜨겁고 어색했지만 자꾸 그렇게 부르다 보니 이제는 자연스러워졌다.

"한 가지 궁금한 게 있소."

위문이 입을 열자 예청과 예설은 재빨리 하던 동작을 멈추고 그의 앞으로 몸을 움직였다.

"말을 할 수 있게 된 건가요?"

기쁨에 찬 음성으로 예설이 물었다. 그에 위문은 그녀와 예청을 한 번 보고는 고개를 끄덕였다.

"소저들은 나와 어떤 관계요?"

궁금했다. 예청과 예설이 왜 이렇게 자신에게 잘해주는지, 그는 그 대답을 꼭 듣고 싶었다.

"흑흑, 언니… 어쩜 이럴 수가 있죠? 어떻게… 어떻게 우리를 기억 못할 수가 있죠?"

예설은 과장되게 흐느끼며 위문이 눈치 채지 못하게 살짝 예청의 옆구리를 찔렀다. 어서 각본대로 하라는 신호였다. 예설의 신호를 받고 예청 역시 슬픈 표정을 지으며 입을 열었다.

"우리를 기억 못하시는군요? 다른 건 몰라도 우리들만은 기억하고 있을 것이라고 믿었었는데……."

이에 당황한 것은 위문이었다.

"미, 미안하오. 난……."

그의 말을 끊으며 예설이 흐느꼈다.

"흑흑… 우리와 함께했던 과거를 정말 하나도 기억하지 못하나요?"

과거라고 해봤자 자신의 손목을 깨물었던 것밖에 없었는데… 아니, 과거라면 예청과 있지 않았던가? 이들이 자신에게 어떤 말을 할지 위문은 더욱 궁금해졌다. 아니, 솔직히 말하자면 확실히 해두고 싶었다. 이들이 자신을 어떻게 생각하고 있는지 말이다.

"미안하오. 난 기억이 없소. 단지… 당신들과 있을 때면 너무도 편안해진다오. 그래서 물은 것이오. 당신들이 내게 있어 어떤 존재들인지 말이오. 내 기억하지 못하는 과거에 당신들과 나는 어떤 관계였는지 말이오."

"우리들은… 대가를 사모하고 있었어요. 그리고… 대가 역시 우리들을 마음에 두고 있었다고 생각해요."

예청이 모호하게 말을 하자 예설이 답답하다는 듯 크게 말했다.

"언니, 그게 무슨 말이에요. 말은 똑바로 해야죠. 대가는 우리들과 미래를 약속한 사이였어요. 그리고 언니와는 이미 혼례까지 치렀

고요."

"얘, 그게 무슨……."

예청이 황급히 예설의 입을 막았지만 예설은 계속 말을 이어 나갔다.

"대가는 기억 못하시겠지만 언니는 이미 대가께 몸을 바친 상태라구요. 그리고 곧 우리들과 혼례하기로 약속까지 한 상태였단 말이에요. 흑흑……."

예설은 설움에 겨운 듯 다시 울음을 터뜨렸다. 그러면서 예청의 발등을 밟았다. 그게 신호인 줄 눈치 챈 예청은 예설을 따라 눈물을 흘리며 흐느꼈다.

"설아의 말은 사실이랍니다. 하나 기억 못하신다니… 천첩들은 너무도 슬프군요."

고개 숙여 흐느끼는 예청과 예설을 보며 위문의 가슴은 크게 진탕되었다.

'이들이 나를 이렇게까지 생각하고 있었단 말인가? 예청은 나를 죽이고 싶어할 줄 알았는데… 아니, 그러고 보니 내가 떠나자는 말을 하려 할 때 그녀의 눈빛 또한 그렇게 말하고 있었던 것 같다. 그래, 어쩌면… 그녀도 나를 좋아했는지도… 하지만 예설은… 사실 그녀도 나를 좋아했던 것 같다. 내 손목에 있는 상처는 그녀가 남긴 정표나 다름없는 것이었으니까. 왜 이렇게 내 가슴이 떨리는 것인가? 내가 정말 불제자였단 말인가? 여인들을 보며, 내게 사랑을 고백하고 있는 여인들을 보며 이렇게 가슴이 두근거리는데? …난 더 이상 불제자가 아니다. 쫓겨난 이상, 그리고 이미 색계를 어긴 이상 난 더 이상 불제자로 돌아갈 수 없다. 난… 평범한 한 남자가 되었다. 그래, 난 평범한 한 남자가 되

었어. 그래, 지금의 난 기억을 잃은 한 남자일 뿐이야.'

"역시 그랬구려."

위문의 한탄하듯 한 말에 예청과 예설은 숙였던 고개를 반사적으로 쳐들었다. 역시? 역시 그랬다니? 그녀들의 의문에 찬 눈빛을 알았는지 위문은 다시 입을 열었다.

"모르겠소. 난 당신들을 오래전부터 알고 있었던 것 같다고 생각했소. 특히 예청 소저는 밤마다 내 꿈에 나타나곤 했소. 그리고 예설 소저의 모습도 간간이 나타나곤 했소. 그래서 난 우리가 예전에 어떤 관계였는지 궁금했던 것이오. 한데 우리가 미래를 약속한 사이였다니… 정말 미안한 일이오. 당신들을 기억하지 못하게 돼서 정말 미안한 일이오."

위문은 과거를 기억하지 못하는 것이 가슴 아픈 듯 한숨을 내쉬며 고뇌에 찬 표정을 지었다. 그의 고뇌에 찬 얼굴을 보며 예설은 재빨리 위로의 말을 건넸다.

"위 대가, 너무 마음에 두지 마세요. 과거를 기억하지 못하면 어때요. 이제 우리에 관한 것을 알았으니 지금부터라도 과거를 만들어가면 되잖아요."

그녀의 천연덕스러운 말에 위문은 씁쓸히 미소를 지을 뿐이었다.

그렇게 다시 일주일이 흐르자 위문의 몸은 완전히 원상태로 돌아왔다. 그뿐 아니라 예청, 예설과 즐거운 시간들을 보냈다. 그러면서 그는 그녀들과 평생을 함께 살았으면 좋겠다는 생각을 하고 있었다.

그는 이제 평범한 한 남자일 뿐이었다. 더 이상 여색을 멀리해야 하는 중이 아니었다. 게다가 그는 기억을 잃은 것으로 되어 있으니 그가 여자와 가깝게 지낸다고 해도 문제될 것은 전혀 없었다.

오늘도 그는 뜰에서 운동을 하며 땀을 흘리고 있었다. 몸이 원상태로 돌아왔다고는 하나 아직 몸이 개운하지 못한 것은 사실이었으니까 말이다. 예청과 예설은 그런 그를 조금 떨어진 탁자 곁에 앉아 한없이 부드러운 눈으로 응시하고 있었다. 예청은 그가 쉬러 올 때를 준비해 차를 준비해 놓고 있었고, 예설은 그의 땀을 닦아줄 수건을 준비해 놓고 있었다.

지금 위문은 팔굽혀펴기를 하고 있었다. 이 운동은 그의 연약해진 손목과 발목의 근맥을 튼튼하게 만들어줄 뿐만 아니라 허리와 팔다리의 근육까지 튼튼하게 다져 줄 것이다. 그가 오십 회의 팔굽혀펴기를 끝냈을 때 사군악이 그의 곁에 서 있었다.

"헉헉, 빙장(聘丈) 어른께서 오셨습니까?"

위문은 흐르는 땀을 소맷자락으로 훔치며 사군악에게 예를 표했다.

그의 사군악에 대한 호칭은 지난 일주일 새에 빙장 어른으로 바뀌어 있었다. 예청과 예설이 그와 미래를 약속한 사이였다고 들은 이상 그녀들의 아버지인 사군악은 자연 그의 장인이 되니까 말이다.

물론 그와 예청 자매가 미래를 약속한 적은 없었다. 위문도 그걸 잘 알고 있었다. 하지만 그는 기억을 잃은 척하고 있는 상태였고, 그녀들과 미래를 약속했다는 것이 그리 싫지 않은 일이었기에 그는 그녀들과 혼인한다는 것을 기정사실로 받아들이고 있었다. 솔직히 말하자면 밤마다 그녀들과 혼인하는 꿈까지 꿀 지경이었다.

"하하, 자네의 다 나은 모습을 보니 내 근심이 다 사라지는 것 같구만."

"과찬이십니다."

"하하, 저리로 가세나."

사군악은 위문과 그의 두 딸이 기다리고 있는 탁자 쪽으로 다가갔다. 그들이 다가오자 그녀들은 의자에서 일어나 위문에게 다가갔다. 예청은 찻잔을 들고 있었고, 예설은 수건을 들고 있었다.

"위 대가, 목마를 텐데 한잔 드세요."

예설은 부지런히 위문의 얼굴에 묻은 땀을 닦아내었고, 예청은 다소곳이 찻잔을 내밀었다. 위문은 예청에게서 찻잔을 건네받아 단숨에 들이켰다. 차는 그와는 끊으려야 끊을 수 없는 설화차였다.

"하하, 맛이 아주 좋구려."

위문은 찻잔을 돌려주며 미소를 지었다. 그리고는 두 자매와 같이 자리에 앉았다. 물론 예설에게 땀을 닦아주어 고맙다는 말도 잊지 않고 해주었다.

"그래, 몸은 다 나은 것 같은가?"

"예, 움직이는 데 별 지장은 없습니다."

사군악은 이제 말을 꺼낼 시간이라고 생각했다.

"으음, 그렇다면 이제 얘기할 때가 된 것 같군."

"무슨……."

위문이 의아해할 때 사군악은 재차 입을 열었다.

"자네가 어떻게 해서 기억을 잃었는지, 그리고 몸은 왜 그렇게 만신창이가 되었는지 말이네."

"아빠!"

"아버님!"

사군악의 말에 예청 자매는 동시에 소리쳤다. 전혀 예상하지 못했던 말이 나온 것이었으니 그녀들이 놀란 것도 무리는 아니었다. 하지만 사군악은 그녀들을 보며 말했다.

"이 녀석도 이제는 알아야 하지 않겠느냐? 다른 것은 몰라도 몸이 어떻게 해서 이 지경이 되었는지는 말해 주어야 하지 않겠느냐? 너희들도 생각을 한번 해보아라. 얼마나 궁금하겠느냐?"

"하지만……."

예설이 뭐라고 반박하려 했지만 사군악이 그녀의 말을 잘랐다.

"내가 말을 한다고 해도 변하는 것은 없을 것이니 걱정하지 말거라. 자네는 궁금하지 않은가?"

당연히 위문은 궁금하지 않았다. 이미 다 알고 있는 것인데 뭐 하러 다시 아픈 기억을 끄집어내고 싶겠는가?

"빙장 어른, 그 얘기는 필시 저의 아픈 기억이겠지요?"

"으음… 그렇다고 할 수 있겠지. 좋은 기억은 못 될 테니 말이네."

"그럼 듣지 않겠습니다."

"…다시 한 번 말해 주겠나?"

사군악은 너무도 의외의 말에 일순 말문이 막혔으나 곧 평정을 찾고는 그에게 물었다.

"저는 듣고 싶지 않습니다."

"왜? 자네는 자네의 과거가 궁금하지 않은가? 자네가 어떻게 해서 몸이 만신창이가 되었는지, 어떻게 해서 기억을 잃게 되었는지 궁금하지 않는가?"

"저도 궁금합니다. 제가 누구였는지, 또 제가 어떤 사람이었는지 궁금합니다."

"한데 왜……."

사군악의 말을 끊으며 위문은 계속 말을 해 나갔다.

"하지만 그것이 가슴 아픈 과거라면, 그리고 그것을 제가 알아서 고통스러워진다면 저는 차라리 모르는 쪽을 택하겠습니다."

"정말인가? 정말 궁금하지 않는가? 자네가 누구인지, 어떤 사람이었는지 그런 것들이 하나도 알고 싶지 않단 말인가?"

"아청과 아설을 통해 몇 가지 들었습니다. 저는 그것만으로 충분하다고 생각합니다. 괜히 기억도 나지 않는 가슴 아픈 과거 얘기를 들어 고통받고 싶지는 않습니다."

사군악으로서는 계획이 약간 어긋나긴 했지만 오히려 잘된 일이었다. 그는 위문에게 모든 것을 말해 줄 참이었다. 그래야 앞으로 그와의 신뢰 관계가 더욱 돈독해질 수 있을 것이니까 말이다. 한데 듣고 싶지 않다니… 그렇다면… 그는 계획을 약간 수정하기로 하곤 천천히 입을 열었다.

"으음… 자네 생각이 그렇다면 내 아무 말 않겠네. 그러면 바로 본론으로 들어갈 수 있겠구만."

사군악의 말은 이제 시작되려 하고 있었다.

"난 자네를 살리기 위해 마의 선생을 불렀네. 그리고 수백 수천의 사람을 풀어 몸에 좋다는 영약이란 영약은 다 구입했네. 그뿐 아니라 자네를 살리기 위해 내 밑의 무사들 몇몇이 진원지기(眞元之氣)를 잃으면서까지 자네의 막혔던 혈맥들을 뚫어주었네."

한마디로 너 하나를 살리기 위해 내가 들인 공은 엄청나다는 것이었다. 사군악은 잠시 뜸을 들이더니 계속 말을 이어 나갔다.

"자네는 내 말을 듣고 어떻게 생각하나?"

"……"

당연 위문은 아무런 말도 할 수가 없었다. 그저 죄송함에 고개를 숙였을 뿐이다. 오히려 발끈한 것은 예설이어서, 그녀는 사군악의 말이 끝나자마자 표독스럽게 외쳤다.

"아빠, 무슨 말이 그래요? 죽어가는 사위를 살리는 건 당연한 일이 잖아요?"

"으음, 내 얘기는 아직 끝난 게 아니다. 그리고 장부들끼리의 대화에 아녀자가 끼는 것이 아니다."

그는 예설을 질책하며 위문을 바라보았다.

"설아의 말대로 자네는 내 사위가 될 사람이니 자네를 살리는 건 당연한 일이겠지. 하나 그 대가가 너무도 컸다네."

"소생은 무슨 말을 해야 할지……."

"솔직히 말하겠네. 자네가 내 부탁 하나만 들어주었으면 하네."

"…들어드리겠습니다. 제 목숨을 살려주셨는데 무슨 부탁이든 못 들어드리겠습니까?"

"그렇게 말해 주니 고마울 뿐이네."

"편히 말씀해 주시지요. 제가 할 수 있는 일이라면 무엇이든 최선을 다해 돕겠습니다."

위문의 말은 진심이었다. 사군악이 무엇을 말하든 그는 그것을 들어 줄 것이라고 다짐했다. 그리고 사군악의 입이 열렸다.

"무공을 익히게."

"무공?"

"그렇네. 내가 자네에게 무공을 가르쳐 줄 테니 무공을 익히게."

"…저는 과거에 무공을 익힌 적이 없었습니까?"

"으음… 그렇네. 자네는 무공을 몰랐었지."

"한데 왜… 이제 와서 저에게……."

"자네는 무공을 익히길 싫어했었다네. 아무런 도움도 되지 않는다고 말이지. 하지만 만약 자네가 무공을 익혔었더라면 지금과 같이 기억을 잃지는 않았을 것이네. 그러니 자네에게 무공이 필요하다고 여긴 것이네.”

“알겠습니다. 배우겠습니다. 한데 제게 무공을 배우라고 하시는 이유가 그것뿐이신지요?”

“아니, 자네가 무공을 익히고 난 뒤에 자세히 말해 주겠네. 어떤가? 해주겠는가?”

위문으로서는 거절할 이유가 없었다. 무공에 대해선 별 관심이 없었지만 익히지 못할 것도 없었다. 더군다나 사군악이 부탁해 온 상황이 아닌가? 그는 흔쾌히 고개를 끄덕였다.

“그렇게 하겠습니다.”

사군악은 위문의 대답을 들은 뒤 내일부터 무공을 가르쳐 주겠다고 하고는 몸을 일으켜 사라졌다.

“아버님께선 왜 갑자기 위 대가에게 무공을 익히라고 하는 거지?”

예청의 의문에 예설 역시 고개를 갸웃거리며 말했다.

“글쎄… 어쨌든 익혀서 손해될 것은 없잖아요?”

“하긴, 무공을 익힌다면 더 건강해지긴 하겠구나. 그리고 도움되는 일도 많을 테고. 네 말대로 익혀서 손해될 것은 없겠구나.”

예청은 고개를 끄덕이며 예설의 말에 동조했다. 곰곰이 생각해 보니 정말 무공을 익혀서 손해될 것은 없는 것 같았기 때문이다.

다음날부터 위문은 사군악에게 무공을 배우기 시작했다.

우선 그는 내공의 기초가 되는 토납법에 대한 강의부터 듣게 되었다.

“자네는 처음부터 시작해야 하는 처지이니 내 가장 기초적인 것부터 차근차근 가르쳐 주겠네."

사군악은 위문을 뜰의 중앙에 가부좌를 틀고 앉게 하였다.

"우선 눈을 감게나. 눈을 뜨고 있으면 눈에 보이는 것에 신경을 쓰게 되어 정신을 집중할 수가 없게 된다네."

위문은 사군악이 시키는 대로 두 눈을 감았다. 그의 귀에 사군악의 음성이 들려왔다.

"숨을 천천히 들이쉬게. 하나… 둘… 셋… 넷… 다섯."

"흐으읍!"

"숨을 멈춘 채 아랫배에 힘을 주게. 하나… 둘… 셋… 넷."

"으읍!"

"천천히 내쉬게. 하나… 둘… 셋… 넷… 다섯… 여섯."

"후우우……."

"두 시진 후에 다시 오겠네. 자네는 그동안 이것을 계속 반복하게나. 명심할 것은 숨을 들이마시는 것은 다섯을 셀 동안, 아랫배에 힘을 주고 있는 것은 넷을 셀 동안, 숨을 내뱉는 것은 여섯을 셀 동안 해야 한다는 것이네. 그리고 절대 호흡이 흐트러지거나 잡 생각을 하면 안 되네. 명심하게나."

사군악이 위문에게 가르친 것은 무공에 입문하는 사람에게 가르치는 것으로, 내공이 무엇인가를 느끼게 해주는, 말하자면 내공이 어떤 것인가를 알게 하여 다음의 단계로 넘어가게 만드는 가장 기초적인 단계였다.

이 단계를 거치게 되면 내공이 무엇인가를 약간은 이해하게 되고 단전에 약간의 내공을 쌓을 수 있게 된다. 하지만 아무것도 모르는 상태에서 단전에 내공을 만들기란 여간 어려운 일이 아니다.

숨을 들이마시고 아랫배, 즉 단전에 힘을 주고 다시 내뱉고, 이런 토납법을 통해 내공이 무엇인가를 느끼고 내공의 기초를 마련하는 것은 쉬운 것 같지만 매우 어려운 일이다. 자질이 둔한 사람이라면 내공을 느끼는 데에만 몇 년에서 몇십 년이 걸릴 것이고 자질이 뛰어난 사람이라면 몇 달, 혹은 며칠 만에 느낄 수도 있었다.

또 숨을 들이마시는 시간, 아랫배에 힘을 주는 시간, 숨을 내뱉는 시간에 따라 내공을 느끼는 것이 빨라질 수도 느려질 수도 있었다. 이 간단한 토납법 하나에도 무수히 많은 방법이 존재하며 명문거파라면 어디나 각기 하나씩의 비전의 토납법을 가지고 있었다. 금붕문에도 그 비전의 토납법이 존재했고 사군악이 위문에게 가르쳐 준 것이 바로 그것이었다.

사군악은 한 이틀만 지나면 위문이 내공이 무엇인가를 느끼게 될 것이라고 생각하고 있었다. 그것은 그의 자질이 어떤 것인지를 잘 알고 있었기에 나온 생각이었다. 아무리 최고의 기재라 할지라도 이 단계에서 적어도 한 달여를 소비해야 했지만, 위문은 최고의 기재가 아닌 이제는 전설이 되어버린 신체를 가지고 있는 기재였으니까 말이다.

그가 두 시진 후 돌아왔을 때에도 위문은 가르쳐 준 그대로 가부좌를 틀고 앉아 호흡을 하고 있었다. 그는 위문이 숨을 내쉬기를 기다렸다가 입을 열었다.

"그만 하게나. 이제 눈을 뜨게."

위문은 천천히 눈을 떴다. 그는 약간 어리둥절한 듯했다.

"아니, 왜 시작하자마자 그만두라고 하십니까?"

'이, 이럴 수가! 이 정도라니!'

사군악은 놀란 마음을 진정시켰다. 보통은 이런 방법으로 두 달 정도를 수련해야만 시간의 흐름을 잊고 무아의 상태에서 토납법을 할 수가 있었다. 자신도 시간의 흐름을 잊기까지 한 달 정도가 걸렸었다. 한데…….

"험험, 벌써 두 시진이 흘렀다네."

"그렇습니까? 이상하군요, 방금 시작한 것 같았는데…….."

"하하, 너무 집중을 했나 보군."

사군악은 대충 얼버무리며 다음 강의를 계속했다.

"그래, 두 시진 동안 호흡을 하며 뭐 느낀 것이 있는가?"

"그게… 아랫배에 뭔가 묵직한 느낌이 드는 것 같습니다. 그리고 몸이 더 가벼워진 것도 같구요. 잠깐 한 것 같은데 두 시진이 흘렀다니… 놀랍군요."

"험험, 그럼 다음 단계로 넘어가 보세나."

이틀을 기다릴 것도 없었다. 위문의 상태를 보니 다음 단계로 넘어가야 할 시기였다. 위문은 사군악의 입을 주시했다. 그리고 사군악은 천천히 입을 열었다.

"다시 눈을 감게나. 조금 전까지 자네가 한 것은 아랫배, 즉 단전에 내공을 쌓는 가장 기초적인 토납법이었다네. 모든 내가 고수들은 이 단계에서 내공의 기초를 마련한다고 볼 수 있지. 보통은 이 단계에서만 삼사 년 정도 머물며 조금씩 내공을 쌓게 되는데 지금 자네는 아랫배에 묵직한 느낌이 든다고 했으니 이미 상당량의 내공이 모여 있다는 뜻이 되네. 그건 아마도… 내가 자네에게 먹인 영약의 도움 덕분이겠지. 험험. 그럼 이제부터 그 모여 있는 내공을 몸 전체에 퍼지게 하는 것을 가르쳐 주겠네."

단전에 내공이 어느 정도 모이게 되면 그 내공을 온몸에 일주천(一周

天)시킴으로써 증폭시킬 수가 있었다. 모든 내가 무인들은 그런 수련을 통해 점점 자신의 내공을 증폭시켜 나가는 것으로 알려져 있었다.

그것은 정(正)이나 마(魔), 사(邪)조차도 마찬가지였다. 다만 단전에 모인 내공을 어떤 순서로, 얼마만큼의 힘을, 어느 정도의 시간으로 내보내느냐에 따라 그 수련법이 무수히 많은 갈래로 나누어지게 된다.

대부분의 정파에서는 단전 주변에서부터 몸을 거쳐 차근차근 팔다리로 내공을 내보내는 정공법(正攻法)을 선호하고 있었고, 그와 반대로 마도에서는 몸을 거치지 않고 바로 팔다리로 내공을 내보내는 속공법(速攻法)을 선호하고 있었다.

그래서 정파에서는 고수가 되려면 많은 시간이 필요했다. 내공을 일주천시키는 데 많은 시간이 걸리게 되니, 그것은 영약을 먹거나 남의 진원지기를 흡수함으로써 막강한 내공을 얻게 된 사람들을 제외하고는 누구나 마찬가지였다.

예외가 있다면 구대문파와 오대세가의 제자들 정도. 그들의 몸은 어릴 때 이미 자문파의 내공이 막강한 노고수들에 의해서 무공을 익히기에 적합한 육체로 근골이 바뀌어졌기 때문에 열심히만 수련한다면 어린 나이라도 능히 일류고수의 반열에 들 수가 있었다.

반면 마도는 정파보다는 빠른 시일 내에 많은 내공을 자신의 것으로 만들 수 있었다. 쓸데없이 몸으로 내공을 내보내지 않고 팔다리로만 집중적으로 보내니 그 일주천의 시간이 짧아 그것은 당연한 일이었다.

하지만 일류고수의 대열엔 빨리 낄 수 있다 하더라도 절정고수의 대열에 끼는 것은 바늘구멍을 통과하는 것만큼이나 힘들었다. 그들은 몸을 거치지 않고 팔다리에만 집중적으로 내공을 흘려보냈기에 그 기초가 정파보다는 부실한 게 사실이었으니까.

예를 들어 이십 대 초반의 정파고수와 역시 이십 대 초반의 마도고
수가 비무를 겨뤘다고 하자. 두 사람 모두 영약이나 다른 사람의 진원
지기를 받은 적이 없는 순수 자신이 노력해서 얻은 내공만을 가지고
싸운다고 치자. 그렇다면 승부는 뻔하다. 정파의 고수 쪽이 아무리 초
식이 뛰어나다고 해도 내공이 딸리는 이상 마도의 고수를 이길 수는
없다. 마도의 고수가 바보가 아니라면 말이다.

이번엔 그들이 20년 후, 다시 만나 비무를 벌인다고 생각해 보자. 그
렇다면 승부는 백중지세가 될 것이다. 내공으로 보자면 마도의 고수가
우세일 것이나 정파의 고수에 비해 빨리 고갈될 것이다. 정파의 고수
는 내공을 소모하더라도 몸에 받쳐 주고 있는 내공 덕분에 그것을 끌
어서 써먹을 수 있지만, 마도의 고수는 그것을 바랄 수가 없기에 한 번
내공을 소모하면 비무 중에 그것을 다시 회복시키기는 불가능했다. 상
대가 내공을 회복할 시간을 주지 않을 게 뻔하니까. 해서 마도의 고수
가 속공으로 끝낸다면 그가 이기겠지만 시간을 끈다면 정파의 고수에
게 지게 될 것이다. 시간이 흐를수록 불리해지는 것은 그이니까.

그들이 다시 20년 후, 그러니까 육십 세가 넘어서 비무를 한다고 생
각해 보자. 정상적으로 생각하자면 정파의 고수의 압승으로 끝날 것이
다. 수십 년 동안 쌓아온 온몸에 고루 퍼져 있는 정순한 내공, 게다가
어느 정도의 무공에 대한 깨달음도 얻었을 것이니 진전이 없는 마도의
고수에게 충분히 이길 수가 있을 것이다.

마도의 내공을 쌓다 보면 어느 순간 큰 벽에 부딪치게 된다. 더 이상
내공이 증가하지가 않는 것이다. 그러니 그 벽을 뚫지 못했다면 같은
나이의 정파의 고수에게 이길 수가 없다. 정파의 고수는 끊임없이 내
공이 증가했는데 그는 20년 전과 별다를 게 없으니 말이다. 물론 이것

은 정상적인 경우다. 모든 것엔 예외가 있듯이 이것에도 예외가 존재
하고 있었다.

만약 마도의 고수가 그 '보이지 않는 벽' 을 뚫었다면 정파의 고수에
게 충분히 이길 수가 있을 것이다. 아니, 여럿이 덤빈다 하더라도 이길
수가 있을 것이다. 그만큼 그 '보이지 않는 벽' 을 넘어서게 되면 무한
한 내공을 얻을 수가 있었다.

그 '보이지 않는 벽' 은 깨달음을 얻어야만 넘을 수가 있었는데, 다
행히 사군악은 몇 년 전에 깨달음을 얻어 그 '보이지 않는 벽' 을 넘어
설 수 있었다. 그리고 지금, 그는 자신이 깨달은 것을 위문에게 전해주
고 있었다.

"자, 내가 일러준 방법대로 내공을 움직이도록 노력하게나. 처음엔
쉽지가 않을 것이네. 하지만 조급해하지 말고 천천히 노력한다면 곧
내공을 움직일 수 있을 것이네."

위문은 사군악이 일러준 구결을 마음속으로 되뇌며 내공을 몸으로
움직이려고 애썼다. 그의 귀에 사군악의 음성이 들려왔다.

"명심할 것은 조금도 잡 생각을 해서는 안 된다는 것이네. 그리고
절대로 조급히 해서는 안 되네. 천천히, 아주 천천히 해야 할 것이야.
내 좀 있다 돌아올 것이니 자네는 내가 돌아올 때까지 계속 연마를 하
게나."

사군악이 위문을 혼자 내버려 두고 돌아설 때 날은 조금씩 저물고
있었다.

토납법을 통해 미약하게 쌓은 내공을 몸으로 움직여 일주천시키는
것은 처음엔 무척이나 어렵다. 한 번도 혈맥들이 뚫려본 적이 없어 모
두 막혀 있는 상태였기에 그것들을 뚫는 데 엄청난 고생을 하게 되는

것이다. 하지만 그렇게 고생해서 한번 일주천을 성공하게 되면 다음부터는 일사천리로 모든 것이 순조롭게 나아가게 된다. 그 길이 뚫려 있으니 다음부터는 막힌 혈을 뚫을 필요 없이 내공을 일주천시키기만 하면 되니 말이다.

사군악의 예상으로는 한 이틀 정도만 지나면 위문이 일주천을 성공시키리라고 보았다. 토납법을 단 두 시진 만에 통과했으니 이틀 정도만 노력한다면 충분히 가능하리라고 생각했다. 일주천에 성공한다면 그의 몸에 쌓여 있는 공청석유와 그가 먹은 영약들을 그의 것으로 만들 수가 있을 것이었다.

하지만 모든 것엔 예외가 있는 법. 사군악은 위문이 일주천에 성공하는 데에만 이틀이 걸릴 것이라고 보았지만 예외가 발생하고 말았다.

다음날 정오에 비무대회가 잠시 휴식을 취할 때 사군악은 두 딸들의 침입을 받게 되었다. 예청 자매는 비무대회엔 관심이 없어서 한 번도 구경을 나오지 않았었는데(예설은 가고 싶었지만 위문 문제도 있고 예청이 껄끄러워했다. 비무대회에 구경 간다면 아미파의 사람들의 눈에 띨지도 몰랐기 때문에), 오늘은 웬일인지 쉬러 내려오는 그를 붙잡고 어디론가 끌고 가기 시작했다.

"허허, 이 녀석들이. 너희들, 갑자기 왜 이러느냐?"

사군악은 끌려가며 너털웃음을 지었다. 그의 의문에 예설이 다급한 목소리로 말했다.

"가보시면 알아요. 언니랑 제가 얼마나 놀랐는지 알기나 해요?"

"저희는 놀라서 보자마자 바로 아버님께 달려온 거예요."

도대체 무슨 일인지 사군악은 궁금해졌다. 두 딸들이 그를 데리고 간 곳은 위문이 정좌해 있는 뜰이었다.

쩌억.

위문을 보는 사군악의 입이 함지박만하게 벌어지고 예설의 놀란 목소리가 들려왔다.

"도대체 뭘 어떻게 가르쳤기에 저렇게 된 거예요?"

"저건 제 스승님에게서나 볼 수 있었던 현상이에요. 정말 뭘 가르치신 거죠?"

'내, 내가 40여 년을 넘게 수련해서 겨우, 겨우 깨달은 경지가 저것인데… 저 녀석은… 게다가 저 환(環)은… 나보다 더 선명하다. 이, 이럴 수가!'

지금 정좌해 있는 위문의 전신엔 뿌연 기체가 그의 몸을 감싸고 있었다. 게다가 그의 정수리 위에는 세 개의 선명하고 동그란 고리 세 개가 만들어져 있었다.

삼화취정(三花聚頂).

'보이지 않는 벽'을 넘어섰을 때에야 비로소 이룰 수 있다는 최고의 경지인 삼화취정의 모습이었던 것이다. 더욱 놀라운 것은 사군악 그도 아직 채 이루지 못한 오기조원(五氣造元)의 현상까지 위문은 보이고 있었다.

위문의 몸을 원형으로 둘러싸고 있는 다섯의 뿌연 벽, 위에서 내려다본다면 지금 위문은 오각형의 벽 안에 들어가 있는 것처럼 보일 것이다. 그것은 수(水), 금(金), 목(木), 화(火), 토(土)의 다섯 가지 기가 고루 그의 몸 안에 이루어져 있다는 뜻이 된다.

대부분 '보이지 않는 벽'을 뚫게 되면 삼화취정의 경지에 오르게 된다. 그때부터 더 열심히 수련해서 점점 오기조원의 단계를 만들어가는 것이었다. 한데 위문은 사군악 자신도 아직 이루지 못한 경지인 오기조원의 현상을 지금 보이고 있는 것이었다.

"어, 언제부터 저랬느냐?"

놀란 가슴을 진정시키지 않으며 그는 빨리 예설에게 물었다.

"저희도 보자마자 아버지께 달려간 거예요. 그런데 아버지도 모르고 계셨어요?"

"험험, 내, 내가 모를 리가 있겠느냐? 난 다만 너무 빠른 시간 내에 저렇게 된 것에 잠시 놀랐던 것뿐이란다. 험험."

그는 헛기침을 터뜨리며 말을 얼버무렸다. 위문의 모습을 보고 놀랐다고는, 자신보다 더 높은 경지라고 말하기에는 그의 자존심이 허락하지 않았던 것이다.

"저것은 삼화취정이라는 단계란다. 내공이 높게 되면 자연스레 저 경지에 오르게 되지."

"하지만 위 대가는 어제부터 내공을 익혔잖아요?"

예청의 날카로운 질문에 사군악은 땀을 한 방울 흘리며 다급히 대답했다.

"험험, 내가 저 녀석에게 많은 영약을 먹였지 않았느냐? 아마 그 영약의 도움이겠지."

"아무리 그렇다고 해도 제 스승님은 50년 만에 삼화취정의 단계에 오르셨다고 하셨는데……."

"아, 공청석유! 공청석유 때문이야!"

예설이 뭔가 생각났는 듯 박수를 치며 말했다.

"공청석유라니?"

"그래, 언니. 위 대가는 어렸을 때 공청석유를 한 병이나 마신 적이 있어. 그것 때문일 거야."

"공청석유를 한 병이나?"

"그래, 언니는 모르지. 내가 이야기해 줄게."

"험험, 애들아, 저 녀석의 수련에 방해가 되니 당분간은 여기에 오지 않는 게 좋겠구나."

그녀들이 막 떠들려 하자 사군악은 딴 데 가서 얘기하라고 말했다. 그녀들은 알겠다고 하며 손을 잡고 어디론가 사라져 버렸다.

'세상에, 점점 더 짙어지고 있다니……!'

위문에게 다가가며 사군악은 다시 한 번 놀랐다. 처음 봤을 때보다 더욱더 머리 위의 고리들이 선명해졌기 때문이다.

'역시 천무성맥은 다르군.'

그는 그렇게 놀란 마음을 진정시키며 위문을 불렀다.

"천천히, 아주 천천히 내공을 갈무리하게."

그의 말을 들었음인지 위문의 몸을 감싸고 있던 뿌연 연기들은 서서히 그의 콧속으로 빨려 들어갔다. 연기들이 모두 그의 콧속으로 사라지자 위문은 감았던 두 눈을 떴다. 그의 두 눈은 정기가 충만해 있는 상태였다.

"그래, 기분이 좀 어떤가?"

"몸이 가벼워진 것 같습니다. 그런데 삼화취정이란 게 무슨 뜻인지요?"

내공의 운공 도중에도 귀는 열려 있었다. 아니, 평상시보다 더 밝다는 게 맞을 것이다. 해서 위문은 예청 자매와 사군악의 대화를 들을 수 있었다.

"그보다 내가 먼저 물을 게 있네. 자넨 언제 깨닫게 되었나?"

언제 '보이지 않는 벽'을 넘어서는 깨달음을 얻었냐는 말이었다. 하지만 위문은 어리둥절한 듯 되물었다.

"깨닫다뇨? 무슨 말씀이신지요?"

"그러니까, 그… 언제 머리 위에 세 개의 환이 생겼냐는 말이네."

"그냥 빙장 어르신이 시킨 대로만 하니까 그렇게 되었습니다."

"그, 그럼 깨달음 같은 것은 없었다는 말인가?"

"제게 어르신이 깨달은 것까지 다 가르쳐 주셨지 않습니까? 저는 그대로만 했을 뿐입니다."

위문의 말에 사군악은 왠지 모를 뿌듯함을 한껏 맛볼 수 있었다. 그의 말대로라면 자신이 제대로 가르쳐 주었다는 말이 아닌가? 게다가 아무리 천무성맥이라고 하나 불과 어제까지만 해도 무공이라곤 하나도 모르던 한 사람을 단 하루 만에 절정의 고수로 탈바꿈시킨 것이었으니, 지금 그의 심정으로는 춤이라도 추고 싶을 지경이었다. 무릇 가르치는 것도 배우는 놈이 잘 따라와 주어야만 재미가 있다. 또 보람도 느낄 수가 있는 것이고. 배우는 놈인 위문이 시키는 대로 잘 따라와 주고 있으니 사군악은 기쁠 수밖에 없었다.

이제 내공은 마련이 됐으니 초식을 가르쳐 줄 차례였다.

금붕문의 비전 무공은 금붕십이조(金鵬十二爪)라고 불리는 극패의 조법이었다. 이것을 익히게 되면 무공을 쓸 때마다 손이 황금색으로 빛이 나게 된다. 그리고 대성하게 되면 손에 걸리는 것은 바위든 쇠든 할 것 없이 모조리 박살이 나고 만다. 그만큼 패도적인 무학이 금붕십이조법이었다. 그가 막 초식의 단계로 넘어가려 할 때 위문이 아까 물었던 것을 다시 물었다.

"삼화취정이란 것이 무엇입니까? 일주천할 때 머리 속에 세 개의 둥근 고리와 오색의 빛이 보이던데 그건 대체 무엇입니까?"

　"음, 자네가 보았다는 세 개의 고리가 바로 천(天), 지(地), 인(人)의 세 가지 기라네. 삼화취정이라 하면 그 세 가지 기가 자신의 몸속에 내재된 것을 말하는 것이지."

　"하면 다섯 가지 색은 무엇입니까?"

　"험험, 그것은… 자네도 오행이 무엇인지 알겠지?"

　"예. 세상을 이루고 있는 수(水), 금(金), 목(木), 화(火), 토(土)의 다섯 가지 기(氣)를 말하는 것이 아닙니까?"

　"그렇지. 자네가 보았다는 다섯 가지의 빛이 바로 그 오행이라네. 그것은 자네의 몸속에 그 다섯 가지의 기가 내재되어 있다는 말이지. 그 경지를 오기조원의 경지라 한다네. 그러니까 자네는 지금 삼화취정 오기조원의 경지에 올라 있는 것이지."

　"…그렇군요."

　"그럼 이제 초식의 단계로 들어가기로 하겠네."

　사군악은 한번 뜸을 들이고는 다시 말을 이어 나갔다.

　"무공은 크게 외공과 내공으로 나뉘게 된다네. 외공이라 함은 내공의 힘을 빌리지 않고 순전히 초식의 힘으로만 실력을 쌓는 것을 말하지. 그래서 외공만으로는 대성을 이루기가 불가능하다네. 제아무리 초식이 날카롭고 힘이 장사라 해도 내력이 깃든 가벼운 손짓에도 날아가 버리는 수가 대부분이거든. 그래서 대성을 이루려면 내공을 익혀야 하는 것이지. 지금 자네는 내공을 익힌 상태네. 그러니 이제 그것을 써먹을 초식을 가르쳐 주겠네. 초식은 외공에 속하는 것이지. 하지만 그냥 초식을 펼치는 것과 내력을 사용하여 초식을 펼치는 것은 천지 차이가 난다네. 그만큼 내력을 사용하는 게 강하다는 말이지. 내가 자네에게 가르칠 것은 두 가지이네. 하나는 금붕십이조법이라는 손을 사용하는 무공이고, 다른 하나는 이동할 때 필요한 신법 겸 보법인 비응신법이란 것이네. 이제 그 구결을 말해 줄 테니 잘 듣게나."

사군악은 위문에게 금붕십이조법과 비응신법의 구결을 가르쳐 주었다. 그리고 위문이 그것을 다 외울 때까지 반복해서 말해 주었다. 위문이 구결을 다 외우자 사군악은 몸으로 초식을 펼치기 시작했다. 위문은 사군악이 초식을 펼치는 것을 유심히 보았고 그것을 이해하려고 노력했다. 그리고 사군악이 초식을 다 보이고 잠시 쉴 때 그에게 물었다.

"초식을 쓸 때 빙장 어른이 가르쳐 주신 구결대로 내공을 운용하여 그 초식에 내공을 불어넣는 게 맞습니까?"

"그렇지, 바로 그거라네. 초식을 쓸 때 그 초식에 맞는 내공을 끌어올려야 그 위력이 제대로 발휘되거든. 허허허, 자넨 하나를 가르쳐 주면 열을 깨닫는구만."

그때 그의 귀에 전음이 들려왔다.

[문주님, 대회장에서 문주님을 찾고 있습니다. 벌써 오후 대회가 시작된 지 한참이 흘렀습니다.]

[알았다.]

깜빡 잊고 있었다. 위문을 가르치는 데 정신이 팔려 대회 생각을 못했던 것이다. 사군악은 위문에게 한마디 하며 몸을 돌렸다.

"우선은 내가 보여준 초식을 몸으로 익히게나. 우선은 초식만을 몸으로 익히고 초식이 손에 익으면 그 다음에 내공을 운용하여 초식과 결합시키도록 해야 하네. 난 이만 가봐야겠네."

사군악이 가버리자 위문은 그가 가르쳐 준 대로 초식을 연습하기 시작했다. 금붕현신(金鵬現身), 금붕비천(金鵬飛天), 금붕웅풍(金鵬雄風)… 초식을 반복해서 하면 할수록 점점 익숙해지는 것을 느꼈다. 이제 어느 정도 됐다고 여긴 위문은 내공을 끌어올렸다. 그러자 그의 손이 점점 금빛으로 물들어가더니 나중엔 그의 팔 전체가 금빛이 되었다. 그것도 희미한 금빛이 아니라 멀리서도 눈에 띨 정도의 휘황찬란한 금빛이었다. 그 상태로 금붕십이조법을 시전하자 위문은 전과는 확연히 다른 것을 느낄 수 있었다. 힘이 용솟음치는 것 같았다.

그는 무아의 상태에서 무공을 펼치고 있었기에 주위가 어떻게 변하고 있는지 전혀 알지 못했다. 그의 몸에서 나오는 무형의 기운으로 인해 풀들이 뽑히고, 그가 손을 휘두를 때마다 무엇인가가 하나씩 박살이 났다. 근처에 심어져 있던 나무가 파괴되었고 돌로 만들어진 탁자와 의자가 박살이 났다. 그뿐 아니라 그의 손에서 나오는 조풍으로 인해 벽까지 위태롭게 흔들렸다.

'어째 뭔가 좀 허전한데……'

주위가 어떻게 변하고 있는지 아무것도 모르는 위문은 생각에 골몰했다. 초식을 펼칠수록 뭔가가 허전한 것 같았다. 잠시 생각을 하자 그것이 왜 그런지 깨달을 수 있었다. 금붕십이조법은 파괴적이긴 했지만 빠르지가 않았던 것이다. 그에 위문은 잠시 생각한 끝에 어떤 방법을 만들어냈다. 비응신법을 섞어서 사용하기로 말이다. 그리고 보니 사군악이 왜 비응신법을 가르쳐 주었는지도 알 것 같았다. 금붕십이조법과 비응신법은 원래 한 쌍이라는 것을 말이다. 비응신법을 펼치면서 금붕십이조를 전개하자 확실히 전보다 더 위력적인 것을 알 수 있었다. 그리고 힘도 더 적게 들어가는 것 같았다. 그러면서 그는 계속 수련을 해 나갔다.

"언니, 저거 아버지께 알려야 하는 거 아닐까요?"

뭔가 박살이 나는 소리에 부리나케 달려온 두 자매가 신들린 듯이 움직이고 있는 위문을 멀리서 지켜보고 있었다.

　"모르겠어. 아버님은 도대체 위 대가에게 어떤 무공을 가르치고 계신 것이지?"

　"나도 잘은 모르겠지만 위 대가의 손이 금빛인 걸 보니 금붕십이조법 같아요. 하지만 금붕십이조법은 손만 금빛으로 변하는데… 위 대가는 팔 전체가 금빛이니 아닐 수도 있겠어요."

　"아버님께 알리려고 해도 지금 대회장에 계실 텐데……."

　"제가 가서 모시고 오면 되잖아요?"

　"아니, 아버님께도 무슨 생각이 있으시겠지. 또 우리더러 위 대가가 수련하고 있을 땐 근처에 가지 말라고 하셨잖니."

　"하지만… 저대로 가다간 다 박살이 나고 말겠어요."

　"그럼 우리가 말려보자."

　두 자매는 합의를 보고는 크게 소리쳤다.

　"위 대가, 그만 멈춰요!"

　그녀들의 목소리엔 공력이 실려 있었기에 위문은 무아의 경지에서 깨어나 버리고 말았다. 이렇게 아무런 사념 없이 무공에만 전념하는 것은 대단히 어려운 일이다. 많은 무인들이 무아의 경지에서 무공을 수련하고자 노력하지만 그렇지 못하는 게 현실이었다. 평생에 한두 번 있을까 말까 한 것이 바로 무아의 상태에서 수련을 하는 것이었다. 한데 두 자매의 방해로 위문은 무아의 경지에서 깨어나고 말았으니 참으로 애석한 일이었다. 물론 그의 자질로 미루어보아 그리 애석한 일이 아닐 수도 있겠지만. 위문은 공력을 거두며 자신에게 소리친 두 자매를 바라보았다. 그녀들은 이미 그의 앞에 서 있었다.

　"언제 왔소?"

그는 그렇게 오랫동안 수련을 하고도 땀 한 방울, 거친 숨 한 번 내쉬지 않고 있었다.

"주위를 한번 둘러보세요."

예설의 말에 주위를 둘러보자 가관이었다. 나무며 탁자며 풀이며 할 것 없이 성한 것이 없었던 것이다.

"이, 이게 어떻게 된 일이오?"

"에? 기억이 안 나세요? 이게 모두 위 대가의 작품이라구요."

"내가 이, 이렇게 만들었단 말이오?"

"그래요. 기억이 안 나세요?"

"난 그저 빙장 어른께 배운 대로 했을 뿐인데……."

"아버님께선 어떤 무공을 가르쳐 주셨나요?"

위문의 말에 경악한 예청이 그에게 물었다. 도대체 어떤 무공을 배웠기에 배운 지 몇 시간 만에 주위를 이렇게 만들 수 있는지 알 수가 없었던 것이다.

"금붕십이조법과 비응신법이란 것이었소."

"정말 금붕십이조법이란 말이에요?"

"그렇소."

"아버지가 새로 만드셨나? 하긴, 내가 여자이니 안 가르쳐 주셨을 수도 있겠지."

예설의 중얼거림에 예청이 그녀에게 물었다.

"뭘 그렇게 중얼거리니?"

"아니야, 언니. 헤헤, 그냥 혼잣말이었어요. 그보다 위 대가는 무공에 타고난 것 같아요. 어떻게 배운 지 하루 만에 이렇게 강해질 수가 있죠?"

“나도 잘 모르겠는데⋯⋯.”

위문은 멋쩍게 웃으며 머리를 긁적였다. 자신의 무공이 강한지 약한지는 모르지만 어쨌든 칭찬을 듣고 보니 쑥스러워졌던 것이다.

“그보다 배고프지 않으세요? 어제부터 아무것도 드시지 않았잖아요.”

그러고 보니 배가 고팠다. 위문은 그렇다고 말했고 곧 그와 두 자매는 방 안으로 들어가 맛있는 음식을 배부르게 먹었다. 위문은 그때부터 그렇게 두 자매와 담소를 즐기며 쉬거나 틈만 나면 사군악이 가르쳐 주는 무공들을 배우며 시간을 보내게 되었다.

제8장

반박귀진(返縛歸眞)

반박귀진(返縛歸眞)

사군악에게 무공을 배운 지 이 주가 흘렀을 때, 위문은 뭔가 이상한 경험을 하게 되었다. 그것은 그가 밤에 운기를 하고 있을 때였는데 갑작스럽게 벌어진 일이었다.

'어제부터 내공이 더 이상 쌓이지가 않는다. 이게 어떻게 된 일일까?'

아무리 운기를 해보았지만 더 이상 내공의 증진이 되지 않고 있었다. 그것은 그는 아직 모르고 있지만 그가 '절망의 벽'이라 불리는 단계에 머물러 있기 때문이었다. 내공이라는 것은 주기(週期)로 나눌 수 있다. 그러니까 아무리 수십 년 간 골방에 틀어박혀 내공만 쌓았다고 하더라도 깨달음을 얻지 못했다면 그의 내공은 별 볼일 없는 것이 된다. 물론 강호에서 일류고수로서 이름을 떨칠 수 있을지 모르나 그 이상은 안 되는 것이다. 반면에 내공을 쌓은 지는 얼마 되지 않았지만 깨달음을 얻었다면 그는 단숨에 수십 년 간을 쌓은 것보다도 더 많은 내공을 가질 수가 있었다. 그렇기에 젊은 청년이 늙은 노고수를 이기는 일이 생기는 것이었다. 내공을 익힐 때 가장 중요한 것은 깨닫는다는 것이다. 뭔가를 깨달아 한 주기를 넘어섰다면 전보다 수십 배의 내공을 얻을 수가 있었다. 많은 단계의 주기가 있으나 그것들을 모두 넘어섰다 할지라도 대부분 무인들은 '보이지 않는 벽'에서 진전이 없게 된다. 하지만 그까지도 못 가는 무인들이 대부분이었다.

만약 같은 자질을 가지고 있는 정과 마의 두 사람이 있다면 보이지 않는 벽에 먼저 부딪치게 되는 것은 마도의 사람이 될 것이다. 그것은 마의 내공을 쌓는 법이 속성이라서 그런 것이지만 그의 자질이 절세가 아닌 이상 이 단계에서 머물고 말 것이다. 그 이유는 속공법의 단점 때문인데 짧은 시간 동안 막대한 내공을 쌓을 수 있으므로 깨달음을 얻는 데 필수라 할 수 있는 명상에 잠기기가 어렵기 때문이다. 명상에 잠기려면 오랜 시간 동안 생각하고 또 생각하여야 하는데 그렇게 하지를 못하니 그것은 당연한 일일 것이다.

그 반면에 정파의 고수는 약간 늦게 보이지 않는 벽에 부딪치게 되겠지만 마의 고수에 비해 비교적 쉽게 이 단계를 넘을 수가 있을 것이다. 그것은 내공이 미약하다 보니 어떻게 하면 좀 더 적은 내공으로 초식을 펼칠 수 있을까? 어떻게 하면 좀 더 내공의 소모를 줄일 수 있을까? 등등을 생각하고 또 생각하며 발전시키기 때문이다.

하지만 그렇다 하더라도 마에 비해 쉽다는 것뿐이지 보통의 자질로는 어림도 없는 일이었다. 이렇게 '보이지 않는 벽'까지 가는 것도 어려운 일이었지만 그것을 넘어서는 것은 더욱더 어려운 일이었기에 '보이지 않는 벽'을 넘어선 고수들은 아주 드물었다.

그 '보이지 않는 벽'을 넘어선다면 삼화취정과 오기조원의 단계에 들어서게 되는데 이때 근골이 무공을 펼치기에 적합한 조건으로 바뀌게 되고 무한한 내공을 가질 수가 있게 된다. 이렇게만 되도 무적이라 불리겠지만 그것이 끝이 아니다. 삼화취정과 오기조원의 단계를 넘어 반박귀진(返縛歸眞)이라 불리는 꿈의 경지가 있었는데 이것으로 가기 위해선 '절망의 벽'이라 불리는 주기를 넘어야 했다. 왜 이 주기가 '절망의 벽'이라 불리는가 하면 끝없는 암흑 속을 걸어가는 것 같은 절망감에 빠진다고 해서 그렇게 불려지고 있었다. 그만큼 이 벽을 넘기는 어렵다는 말이었다.

만약 어떤 고수가 있어 그가 '절망의 벽'을 넘어섰다면 그는 고금 제일인이라 불려질 것이었다. 그만큼 그까지 가기는 하늘의 별을 따는 것만큼 힘든 일이었고, 수천 년 무림사에 단 한 명도 존재하지가 않았다.

아니, 솔직히 말하자면 두 명이 존재했지만 그들이 그 단계까지 갔는지 가지 못했는지는 알려지지 않았기에 아무도 없다고 생각하고 있는 것이다. 다만 그 두 명이 가장 반박귀진의 단계에 접근했다고 전해지며 둘 다 전설의 신체라 불리는 '천무성맥'을 타고났다는 것만 알려져 있을 뿐이었다. 그리고 지금 위문이 그 '절망의 벽'을 넘으려고 애를 쓰고 있었다.

'빙장 어른이 내게 가르쳐 준 심법(心法)은 금붕마령심법(金鵬魔靈心法)이라 불리는 것이다. 이것은 내공을 빨리 쌓을 수 있지만 뭔가… 뭔가 부족한 것 같은 느낌이 든다.'

금붕마령심법은 금붕문의 문주들에게만 대대로 전해져 오는 비전의 심법이었다. 마도인들이라면 한 번이라도 보기를 소원하는 것이 이 심법이었는데, 이제 무공을 익힌 지 보름밖에 되지 않은 햇병아리 녀석이 지금 완전하지 못하다 말하고 있었다. 이 말을 다른 누군가가 들었다면 단번에 그의 입에선 미친놈 소리가 주저없이 나왔을 것이리라.

'뭐가 부족한 것일까? 내가 잘못 생각하고 있는 것일까? 하긴, 내가 아는 심법이라곤 이것뿐이니… 아참!'

그때 위문의 머리 속에 한 가지 심법이 더 떠올랐다. 바로 태극무경에서 보았던 태극혼원일기공이 생각났던 것이다. 그 심법이 생각나자 위문은 자신이 외우고 있던 구결을 되뇌어보았다.

'그래, 이대로 한다면… 아니, 이것과 이 부분을 조금 섞어서… 그래, 그렇게 하면……'

차츰 그의 머리 속에 태극혼원일기공과 금붕마령심법이 합쳐지기 시작하고 시간이 흐를수록 그것의 장점들만 하나로 모아져 갔다. 그렇게 장점들이 모아지자 위문은 자신이 생각한 대로 내공을 끌어올리기 시작했다.

정좌해 있는 그의 몸에서 바람이 일기 시작했다. 그리고 삼화취정과 오기조원의 현상이 나타나기 시작했다. 그의 온몸을 뿌연 연기가 감싸기 시작했던 것이다. 그리고 그의 머리 위엔 세 개의 둥근 고리가 만들어졌다. 하지만 잠시 시간이 흐르자 위문의 몸을 감싸고 있던 뿌연 연기들이 차츰 그의 전신 모공으로 빨려 들어가기 시작했다. 운공을 끝내려는가 했더니 그게 아니었다. 위문은 여전히 정좌한 상태로 운공을 하고 있었다.

찌지직, 찌직.

뭔가 갈라지는 소리가 들리고 위문의 몸에선 이상한 현상이 일어나기 시작했다. 처음의 변화는 그의 입고 있던 모든 옷이 재가 되어 날아가 버렸다는 것이다. 순식간에 위문은 알몸이 되었고 그의 피부는 이미 수천의 조각으로 갈라져 있었다. 시간이 흐를수록 그 갈라진 조각들이 점차 검게 변하며 오그라들더니 그의 몸에서 떨어져 내렸다. 그리고 나타나는 그의 새로운 피부는 너무도 희었다. 마치 백옥과도 같은 흰빛을 띠고 있었던 것이다. 게다가 그의 전신을 덮고 있던 흉터 자국들이 말끔히 사라지고 없었다. 손목과 발목의 흉터와 어깨, 무릎의 흉터까지 말이다. 더군다나 짧았던 머리카락들이 점점 길어지더니 나중엔 어깨까지 내려올 정도로 치렁치렁하게 변했다. 그뿐 아니라 안 그래도 신비스럽던 그의 얼굴은 더욱더 신비스럽게 변해 있었다.

우두둑, 뚜둑.

그 다음 변화는 위문의 근골이 점차 뒤틀어지기 시작했다는 것이다. 이미 '보이지 않는 벽'을 넘어 그의 근골은 무공을 펼치기 적합한 상태로 변해 있었지만 지금 그의 육체는 더욱더 무공을 펼치기에 적합한 상태로 변해가고 있었다.

모든 변화가 끝났을 때 위문의 육체는 무공을 펼치기에 최적의 상태로 환골탈태(換骨奪胎)해 있었고, 더 이상 그의 몸에서 뿌연 연기는 찾아볼 수 없었다. 뿌연 연기가 더 이상 보이지 않는다는 것은 정기가 겉으로 드러나지 않는 반박귀진의 경지에 올랐다는 말. 위문은 놀랍게도 단시간 만에 '절망의 벽'을 뛰어넘어 버린 것이었다.

단 보름 만에 '절망의 벽'을 넘어 반박귀진의 경지에 오른 위문, 그것은 그의 노력이 있었기에 가능한 일이었다. 그는 뭔가 몰입할 것이 필요했다. 과거에 자신이 겪었던 일들… 그 죽고만 싶었던 고통, 처절했던 논죄집형, 예청에 대한 죄책감… 모든 것이 그를 괴롭게 했다. 더구나 그는 기억을 잃은 것처럼 행동하고 있었기에 누구에게 하소연도 못하고 혼자서 삭여야만 했다. 그 모든 것을 잊기 위해서 그는 무공에 몰입했었다. 그렇게 해서 그는 최단시일 내에 반박귀진의 경지에 오르게 된 것이다. 물론 전설의 신체도 한몫했음은 당연한 일이고.

다음날 아침, 위문의 변화를 가장 먼저 느낀 것은 예청과 예설이었다. 그녀들은 아직 위문과 혼례를 치르지 않았기에 각 방을 쓰고 있었는데 아침을 가지고 위문의 방에 왔다가 그의 변화를 느끼게 되었다.

"위, 위 대가……!"

위문의 길어진 머리카락을 보며 예청이 경악에 찬 표정으로 신음을 터뜨렸다. 그것은 예설 역시 마찬가지여서 놀라운 눈빛으로 위문을 바라보았다.

"하하, 왜 그러시오?"

목소리마저 달라져 있었다. 아니, 원상태로 돌아왔다고 해야 맞는 말이었다. 삼화취정의 단계에 있을 때는 목소리에 힘이 실려 있었는데 지금은 무공을 익히지 않았을 때처럼 부드럽고 온화한 목소리가 되어 있었다.

"그… 위 대가의 머리가……?"

"아, 이거 말이오? 나도 어찌 된 영문인지 잘 모르겠구려. 어젯밤 운기를 하고 났더니 이렇게 변해 버렸다오. 그보다 찬을 내려놓고 말하는 게 어떻겠소? 아설도 말이오."

예청과 예설은 어찌나 놀랐던지 손에 무거운 음식을 들고도 내려놓을 생각을 못하고 있었다. 하지만 위문의 말에 정신을 차리고 탁자에 음식들을 내려놓았다. 그리고 셋은 탁자에 둘러앉았다.

"한번 만져 봐도 될까요?"

예청이 말하며 위문의 뒤로 다가갔다. 그녀의 손에 위문은 자신의 머리카락을 맡겼고, 예청은 천천히 머리카락을 정돈했다. 곧 위문의 헝클어져 있던 머리카락은 깨끗하게 정돈되었다.

"너무 부드러워요. 세상에……!"

머리카락 손질을 끝낸 예청이 놀람을 감추지 않으며 말했다.

"하하, 나도 이게 어찌 된 건지 잘 모르겠소. 갑자기 머리카락이 이렇게 길어지다니 말이오. 그보다 어서 듭시다."

말을 하며 위문은 식사를 하기 시작했고 예청 자매와 이야기를 나누었다. 두 자매는 무엇이 그리 궁금한지 어젯밤 운기에 관한 것을 꼬치꼬치 캐물었고 위문은 그에 성의껏 대답해 주었다. 그리고 정오에 위문과 예청 자매는 사군악의 부름을 받게 되었다.

"아빠, 아빠, 위 대가 좀 보세요."

방 안에 들어가며 예설이 호들갑스럽게 사군악을 불렀다. 방 안에서 그들이 오기를 기다리고 있던 사군악은 무슨 일인가 싶어 막 들어오고 있는 위문을 바라보았다. 처음엔 어떤 변화가 생겼는지 알 수가 없었다. 하지만 곰곰이 살펴보자 곧 그 변화를 눈치 챌 수 있었다. 온몸에 은연중 흐르던 기가 씻은 듯이 사라져 있었던 것이다. 또한 두 눈에 감추려야 감출 수가 없었던 정기가 사라져 있었다.

'설마, 설마……'

사군악은 설마설마 하며 다시 한 번 위문을 자세히 살펴보았다.

"자네 몸 좀 만져 봐도 되겠는가?"

이미 체통은 던져 버린 지 오래였다. 사군악은 급히 확인을 하기 위해 위문에게 다가갔다.

"왜 그러십니까, 빙장 어른?"

위문의 의문에 사군악은 대답하지 않으며 급히 그의 몸을 만져 나갔다.

"내 실례 좀 하겠네."

위문이 말릴 새도 없이 사군악의 두 손은 위문의 전신 골격을 훑어 나갔고, 잠시 후 그는 땅바닥에 털썩 주저앉고 말았다. 그의 얼굴은 망연자실한 표정이 되어 있었다.

"아버님, 왜 그러세요?"

예청이 그에게 달려가 그를 일으켜 세우려고 했다. 혼자의 힘으론 안 되자 예설까지 가세했고 사군악은 두 딸의 도움으로 의자에 앉을 수 있었다.

"이, 이, 이, 이리로… 앉게나."

그는 목소리를 심하게 떨며 위문에게 말했다. 영문을 모르는 위문은 그저 그가 시키는 대로 그의 맞은편에 앉았다.

"아빠, 왜 그러세요? 무슨 일인데 그래요?"

예설이 사군악에게 영문을 물었지만 사군악은 진정이 되지 않는지 차를 주전자째로 들이켰다.

벌컥벌컥.

그리고 한동안 그는 놀란 마음을 진정시켰다. 그리고 그의 입이 열렸다.

"자네, 어떻게 된 건가?"

"무슨 말씀이십니까?"

"그, 그러니까 그… 몸의 변화 말이네."

"안 그래도 빙장 어른께 제가 묻고 싶었습니다. 어젯밤 운기를 하고 나니 제 옷이 온데간데없어져 있었고 저는 알몸이 되어 있었습니다. 그리고 머리카락도 이렇게 갑자기 길어져 버렸고 몸도 제 몸이 아닌 것같이 너무 가벼워졌습니다. 이게 어찌 된 일입니까?”

“혹… 바닥에 검은 가루 같은 게 떨어져 있지 않던가?”

조심스럽게 사군악은 물어보았다. 그도 듣기만 했을 뿐이지만 반박귀진의 경지에 오르게 되면 온몸의 껍질이 벗겨지는 환골탈태를 경험한다고 들었다. 그리고 그 열기로 인해 입고 있던 것은 모조리 재가 되어 날아가 버린다고도 들었다. 위문의 말을 들어보니 그는 반박귀진의 경지에 오른 것 같았다. 하지만 아직까진 확신할 수 없는 일. 만약 벗겨진 피부 부스러기가 바닥에 떨어져 있었다면 그는 정말 반박귀진의 경지에 오른 것이 틀림없을 것이었다.

“예, 그러고 보니 바닥에 검은 부스러기가 몇 개 떨어져 있었던 것도 같습니다. 한데 어떻게 그걸 아십니까?”

다시 사군악의 입이 함지박만하게 벌어지고, 그때 뭔가를 눈치 챈 예청이 급하게 입을 열었다.

“혹시?!”

“혹시, 뭐? 언니, 뭐 생각나는 거라도 있어?”

“어, 그래. 나도 얼핏 들은 얘긴데 불가에서 생불(生佛)의 경지에 오르게 되면 몸이 영원한 젊음을 유지하게 되고 겉으로는 정기가 드러나지 않게 되는 데다가, 뭐라더라… 아무튼 세상에 찌든 썩은 피부가 벗겨지고 그 안에 극락세계의 경건한 피부가 새로 돋아난다고 하는 것 같았는데… 그리고 생불의 경지에 오른 증거가 바로 좌선해 있는 자리의 주변에 떨어져 있는 검은 피부 부스러기라고 하는 것 같았어. 혹시 위 대가에게 일어난 일이……?”

“에이, 설마… 그건 지어낸 얘기 같은데? 사람이 어떻게 영원한 젊음을 유지하고 피부가 벗겨져요?”

세상에 반박귀진의 경지가 있다는 것을 아는 사람들은 거의 없다. 그리고 그 경지에 오르면 어떤 현상을 보이게 되는지 아는 이도 거의 없었다. 다만 극소수의 나이 든 사람들만이 어렴풋이 알고 있을 뿐, 예설이 그렇게 생각하는 것도 무리는 아니었다. 하지만 그때 사군악이 예청의 말에 동조하고 나섰다.

"청아의 말이 맞단다, 설아야. 실제로 그런 경지는 존재하고 있단다."

"예? 정말이에요? 사람이 영원한 젊음을 유지하고, 또 새 피부가 돋아난다는 게?"

"그 새 피부가 돋아난다는 걸 환골탈태라고 한단다."

예설의 말을 끊으며 사군악이 설명해 주었다. 그러자 예설이 다시 반사적으로 의문을 터뜨렸다.

"환골탈태?"

"그렇단다. 환골탈태를 겪게 되면 전신의 피부가 갈라지고 새로운 피부가 돋아나게 되지. 그리고 만약 늙은이가 환골탈태하게 되면 다시 젊은 육체로 돌아가게 된다고 하더구나. 그리고 젊음을 간직한 채 수백 년을 살 수가 있다고도 하고. 그 증거는 바로 바닥에 떨어져 있는 검은 피부 부스러기지."

마지막 말을 할 때에 사군악의 시선은 위문을 향해 있었다. 그리고 예청 자매 역시 위문을 미심쩍은 시선으로 바라보았다. 방금 그의 입으로 검은 부스러기가 떨어져 있다고 하지 않았던가? 그들의 그런 시선에 위문은 무척이나 당황해하며 입을 열었다.

"하하하, 설마요? 제가……."

"아니야. 겉으로 정기가 드러나지 않는 데다 자네의 말을 들어보면 자네는 어젯밤 반박귀진이라 불리는 꿈의 경지에 오른 것 같네.”

“아, 안 돼요! 물려요, 물려야 돼요! 무슨 반박귀진이야! 어서 빨리
물려요! 어, 언니, 어서!”

그때 무슨 생각이 들었던지 예설이 다급하게 사군악을 붙잡고 흔들
며 예청에게 합세하라고 외쳤다. 예청은 처음엔 예설이 왜 그러는지
몰랐지만 그녀도 생각해 보니 물려야 하는 일이었다. 아니, 반드시 물
려야만 했다.

“그, 그래요. 물려요, 물려야 돼요. 아버님, 그걸 물리는 방법을 위
대가에게 가르쳐 주세요!”

“할! 그게 무슨 소리냐? 무인이라면 누구나가 바라는 경지가 그것인
데 물리라니!”

사군악이 윽박질렀지만 예청 자매는 막무가내였다. 예설은 크게 고
함을 질렀다.

“반박귀진이든 반박귀신이든 아무튼 물려야 해요! 위 대가가 수백
년을 살면 어떻게 해요? 그것도 이렇게 젊은 몸으로 수백 년을 살면 우
리는 어쩌란 말이에요! 우리는 이삼십 년만 지나면 얼굴에 주름살이
덮인 쭈글쭈글 할머니가 될 텐데! 어서 빨리 물려요!”

그녀들의 걱정은 이것이었다. 위문은 이렇게 젊은 몸으로 수백 년은
거뜬히 살 것이지만, 그녀들은 몇십 년만 지나면 꼬부랑 할머니가 될
거라는 것. 위문은 그때도 여전히 젊은 모습일 테지만, 그녀들은 늙은
할머니의 모습일 거라는 것. 그녀들은 도저히 그것을 받아들일 자신이
없었다. 그래서 이렇게 놀라 물리라고 떼를 쓰게 된 것이었다.

듣고 보니 그런 문제가 있었다. 심각하다 판단한 위문은 진중한 어
조로 사군악에게 확인하듯 물어보았다.

"빙장 어른, 제가 그 반박귀진이라 불리는 경지에 오른 것이 맞는 것 같습니까?"

"아마도 확실한 것 같네. 내 좀 전 자네의 근골을 살펴보니 전보다 수십 배나 더 좋아졌더군. 무공을 쓰기에 적합하게 말이야."

"하면 물리는 방법을 알고 계신지요?"

애초에 괴로운 과거를 생각할 여유를 주지 않기 위해 무공에만 전념했을 뿐이었다. 꿈의 경지든 뭐든 그에게 그런 것들은 아무런 필요가 없는 것이다. 이대로 젊음을 유지한 채 수백 년을 사는 것도 좋은 일이겠지만, 예청과 예설이 꼬부랑 할머니가 되어 늙어가는 것을 지켜보고 있을 자신이 없었다. 그도 같이 늙어간다면 모르되 그는 수십 년이 지나도 그대로일 테니 말이다.

그의 맘을 모르는 것이 아니다. 과거에도 그는 무공에 전혀 뜻이 없었지 않았던가? 하지만 그걸 되돌리는 방법은 사군악 자신도 몰랐다. 하나 다행스럽게도 한 가지 다른 방법이 떠올랐다.

"솔직히 말해서 나도 그 경지에는 오르지 못해 뭐라고 말할 수가 없다네."

"아빠! 그게 무슨 무책임한 말씀이에요! 아빠가 위 대가를 저렇게 만들었으니 아빠가 다시 책임을 지고 물려야지요! 어서 빨리 물리는 방법을 생각해 보세요!"

예설이 당연한 고함을 내질렀다. 사군악은 금방이라도 울 것같이 얼굴을 일그러뜨리고 있는 예설을 보며 천천히 입을 열었다.

"나도 물리는 방법이 있는지 없는지 모르겠다. 하지만 없을 것 같구나."

지금부터 무공을 안 쓴다면, 그리고 운기를 하지 않는다면 위문이

제아무리 반박귀진의 경지라 해도 늙어갈 것이다. 영원한 젊음은 운기를 해서 몸을 늙지 않게 해줄 때에만 가능한 것이었으니까. 하지만 이 경지까지 가본 사람이 없기에 사군악은 그 방법을 몰랐다. 그냥 막연히 꿈의 경지라 하니까 더 이상 운기를 하지 않아도 영원한 젊음을 유지하겠지 하고 생각할 뿐.

"하지만 한 가지 방법이 있을 것 같구나."

그 순간 절망에 찼던 두 딸의 고개가 확 들려졌다. 그녀들의 얼굴엔 절망 속에서 피어난 한줄기 희망이 자리 잡고 있었다. 사군악은 뜸을 들이고는 위문을 보며 말을 이어 나갔다. 다행스럽게도 예청 자매의 기대를 저버리지 않는 말이었다.

"자네는 이미 반박귀진의 경지에 올랐으니 어쩔 수 없는 노릇이지. 앞으로 자네의 젊음이 얼마나 갈지 나조차 예측할 수가 없네. 분명한 것은 내 두 딸의 얼굴에 주름이 생길 때도 자네는 지금 이대로의 젊음을 유지하게 될 거란 것이지. 그렇게 되면 자네에게나 내 딸들에게나 너무 가슴 아픈 일이 아니겠나? 방법은 한 가지뿐이네. 다 같이 젊음을 유지한 채 살면 되는 것이지."

"다 같이?!"

예설이 놀라 소리를 지르자 사군악은 그녀의 말에 고개를 끄덕이며 대답했다.

"자네는 이미 그 경지에 올랐으니 남에게도 가르쳐 줄 수 있지 않겠나? 그러니 자네가 깨달은 것을 이 녀석들에게 가르쳐 주면 되는 것이지. 그리고 내공이나 그 외 다른 것도 자네가 도와준다면 이 녀석들도 어쩌면 자네가 오른 경지에 도달할 수 있을 것이네. 그렇게만 된다면 다 같이 늙지가 않을 테니 괜찮을 것이 아닌가?"

"아! 그런 방법이 있었군요."

위문이 감탄을 터뜨렸다. 사군악의 말대로 그가 예청과 예설을 도와 준다면 그녀들도 그와 같은 경지에 오를 수 있을 거란 생각이 들었다. 그렇게만 된다면 다 같이 젊음을 유지한 채로 살게 될 것이니 좋을 것 같았다. 그도 불과 보름 만에 이 경지까지 올랐지 않았던가? 자신이 전설의 신체임을 모르는 그로선 다른 사람들도 조금만 노력하면 자신이 오른 경지에 오를 수 있을 것이라 생각하고 있었다.

"하지만… 우리가 위 대가와 같은 경지까지 오를 수 있을까요? 우리는 여인의 몸인데……."

예청이 조심스럽게 입을 열었다. 그녀도 영원한 젊음을 유지한다는 것에 찬성이었다. 하지만 자신이 그 경지까지 갈 수 있을지 걱정이 되었던 것이다.

"그래요… 솔직히 전 자신이 없어요. 위 대가와 같이 영원한 젊음을 가지고 싶지만 우리가 정말 가능할까요? 전……."

자신만만한 예설까지 부정적인 말을 하고 있었다. 아직 삼화취정의 발끝에도 못 간 상태인데 그보다 더 높은 단계인 반박귀진의 경지에 오를 자신이 그녀에겐 없었던 것이다. 그녀들의 걱정에 위문은 그녀들을 바라보며 확신에 찬 얼굴로 말했다.

"방법이 있을 거요. 아니, 반드시 방법을 찾아내야지. 나만 젊음을 유지한 채 살 수는 없는 일이잖소? 노력한다면 반드시 이루어질 거요."

"그의 말이 맞다. 나도 도와줄 테니 너희들도 앞으로 열심히 수련해야 한다. 그러면 너희들도 반박귀진의 경지에 오를 수 있을 것이다."

두 자매는 부정적이었지만 더 이상의 방법은 없었기에 그렇게 하겠다고 고개를 끄덕였다. 이 문제가 일단 해결이 되자 사군악은 두 딸을 밖으로 내보냈다. 이제 위문을 부른 이유를 말할 시간이 된 것이다. 사실 이 문제 때문에 오늘 그를 부른 것인데 놀라운 사실을 알게 되어 홀가분한 마음으로 말할 수가 있게 되었다.

"자네가 저 녀석들을 도와주어야 할 것이야."

그녀들이 나가는 것을 보며 사군악은 걱정스럽게 말했다.

"예, 그래야지요. 저도 그녀들이 늙어가는 걸 지켜볼 자신이 없습니다."

"그래, 자네가 도와주게. 내 사람을 불러 자네에게 무공비급을 몇 권 구해주도록 하겠네. 자네에게 참고가 되게 말이야."

"알겠습니다."

"그럼 이제 자네를 부른 이유를 말해야 할 것 같군."

위문도 사군악이 이유가 있어 자신을 부른 것임을 알고 있었다. 그는 사군악의 얼굴을 보며 들을 준비가 되었다는 투로 말했다.

"세이경청하겠습니다."

사군악은 위문의 눈치를 보며 조심스럽게 말을 꺼내기 시작했다.

『비연사애』 2권으로 이어집니다

설정

〈등장인물〉

위문(威問):소림 내당의 제자이며, 새들과 대화할 정도로 신비한 능력의 소유자이다. 하나 모종의 이유로 파계를 하게 되고 속세인으로서의 삶을 살아가게 되면서 그의 성격은 점점 극단적으로 변화하기 시작한다. 신체적 비밀 때문에 쉽게 무공을 익힐 수 있어 정과 마의 모든 이들이 그를 탐낸다. 운명에 이끌려 다니는 나약한 자이기도 하다.

사예청(査叡淸):아미파 장문인의 마지막 제자이며 총망받는 무림의 후기지수이다. 하나 역시 모종의 이유로 파계를 하는 신세가 된다. 그 후 한 사내를 사랑하는 여인이 되어 짧지만 행복한 삶을 산다. 음모의 희생 양이 되는 비운의 여인이다.

사예설(査叡雪):마도 칠패천의 하나인 금붕문의 문주 금붕신군 사군악의 외동딸. 어린 시절 위문을 한번 본 후 그를 사랑하게 된다. 그를 파계시키는 데 일조를 하는 여인. 후에 역시 음모의 희생 양이 된다.

천상칠화(天上七花)
중원에 존재하는 일곱 명의 절세미녀를 일컫는 말이다. 그들을 살펴보자면 다음과 같다.

백화(白花) 남궁소소(南宮昭笑):오대세가의 하나인 남궁세가의 여식. 현숙하고 조신한 행동으로 현모양처감으로 손꼽힌다.

　　지화(知花) 화수수(禾秀秀):화산파 장문인 화중문의 외동딸. 위문을 사랑해 그를 파계시키는 데 일조한다. 그 후 끈질기게 위문에게 구애를 하는 여인이다.

　　적화(赤花) 조미(曹美):청성파 장문인의 막내딸. 콧대가 높고 자존심이 강하다. 후에 자진해서 사예청으로 분장해 위문을 만난다.

　　철화(鐵花) 당숙빈(唐淑嬪):사천당가의 여식. 천상칠화 중 가장 고강한 무공을 소유하고 있다. 또한 지독한 독종으로 이름이 드높다. 후에 시귀를 쫓다 위문과 조우한다.

　　뇌화(腦花) 종리화(鍾里花):오대세가의 하나인 종리세가의 장녀. 후기지수들 중 그 지모가 가장 뛰어나다 후에 자신의 기량을 맘껏 발휘하며 정파의 수뇌 회의를 주도하게 된다.

　　해어화(解語花) 종리연(鍾里娟):천상칠화 중 가장 나이가 어리며 또한 가장 아름다운 여인이다. 약간 바보 같은 백치미를 소유하고 있다.

　　야화(夜花):별호밖에 드러나지 않은 장막에 싸인 존재. 그녀의 얼굴을 본 자는 살아남지 못한다고 전해진다.

　우내사접(宇內四蝶)

　　정파에 천상칠화가 있다면 마도엔 우내사접이라 불리는 네 명의 절세미녀가 있다. 그들을 살펴보자면 다음과 같다.

　　향접(香蝶) 사예설(査叡雪):마도 칠패천의 하나인 금붕문의 문주 금붕신군 사군악의 외동딸.

　　화접(花蝶) 전옥영(典玉煐):마도 칠패천의 하나인 요희궁 소속의 여인. 우내사접 중 가장 강한 무공을 소유하고 있다. 후에 요희궁주의 명으로 위문을 몰래

뒤쫓는다.

　　마접(魔蝶) 몽몽(夢夢):중원 최강의 살수 단체인 밀루(謐樓)의 특급살수. 그녀
의 청부 대상이 되고도 살아남은 자는 없다고 전해진다.

　　혈접(血蝶) 유아미(留芽美):마도 칠패천의 하나인 수라회의 회주 아수혈마 유
철휘의 여식. 밖으로 나다니는 것을 극도로 싫어해 수라회 밖으로 한 발자국도
나간 적이 없다고 전해진다.

　　유청(流靑):모종의 이유로 사천 화룡장에 몸담고 있는 신분. 자신의 목적을
위해 화룡장주의 여식인 목단화를 유혹한다. 그 때문에 양심의 가책을 느끼나
목적을 위해서라며 자기 자신을 합리화시킨다. 슬픈 과거를 가지고 있다.

　　목단화(睦丹花):유청을 진심으로 사랑하는 비운의 여인. 아무것도 모른 채 그
를 위해 아낌없이 화룡검법을 가르쳐 준다.

　　의유(意幼):아미파 제자 중 하나. 계율을 어기고 4년 동안 불회곡에 갇힌다.
다행히 그곳에 들른 위문에 의해 구조되어 그와 함께 아미파를 탈출한다.

　　선우미하(鮮于美河):대막천궁 궁주의 손녀. 모종의 이유로 대막천궁을 뛰쳐
나와 중원으로 들어온다. 아미파에 가서 난동을 피우다 경진 사태에게 제압되어
감옥에 갇히는 신세가 된다. 3년 만에 그곳에 들른 위문에 의해 구조되고 이후
그와 함께 여행을 떠난다.

　　서문영우(西門靈雨):대막천궁 흑살대의 대주. 선우미하의 약혼자로 실종된
그녀를 찾기 위해 1백의 부하들을 이끌고 중원으로 출발한다. 겉은 차갑지만 속

은 그 누구보다 뜨거운 사내이다.

　단리설지(段里雪池):북해빙궁 궁주의 외동딸. 북해에만 있기가 갑갑해 어느 날 궁주의 허락을 얻어 중원으로 유람을 떠난다. 북해 서열 10위의 극강한 무공의 소유자이다.

　한다정(韓多情):빙궁 백팔빙룡단 제4대주. 이름만큼 다정다감한 성품의 소유자이나 화가 나면 무시무시하게 변한다. 빙궁의 전설을 연 사내이기도 하다.

<각 문파별 세력 분포도>

문파 \ 구분		일류고수	장로급 고수	그 외	총보유 전력
정파	소림	2천	1천	1천 5백	4천 5백
	아미	1천 3백	6백	1천 1백	3천
	무당	1천 6백	7백	1천 8백	4천 1백
	화산	1천 5백	8백	1천 5백	3천 8백
	청성	1천 1백	1천	9백	3천
	해남	9백	5백	2천	3천 4백
	전진	7백	4백	2천 2백	3천 3백
	공동	1천 4백	8백	2천	4천 2백
	곤륜	1천 2백	8백	1천 3백	3천 3백
마도	금붕	1천	6백	1천 3백	2천 9백
	수라	7백	4백	9백	2천
	혈왕	8백	5백	1천 2백	2천 5백
	만수	2백	1백	4백	7백(맹수 2만 8천)
	만독	7백	3백	1천 2백	2천 2백
	요희	4백	2백	2만	2만 6백
	천마	2천	1천 1백	1천 5백	4천 6백
사파	고루	1천	5백	1천	3천 5십 (활강시 5십, 고루강시 5백)
	환사	3천	6백	1천 3백	4천 9백

<역대 비무대회 우승자 계보도>

제1대 우승자:무당 태극검황 청죽자. 절기—태극혜검.

제2대 우승자:소림 자애불 공문신승. 절기—반야신공.

제3대 우승자:종리세가 일검파천 종리무황. 절기—천금검법.

제4대 우승자:청성 건곤무적 개천산. 절기—건곤검법.

제5대 우승자:곤륜 곤륜검선 선무도장. 절기—태허도룡검법.

제6대 우승자:황보세가 천룡풍 황보난무. 절기—천조검법.

제7대 우승자:소림 혈불 광법신승. 절기—보리옥룡인.

제8대 우승자:해남 섬전일쾌 노승룡. 절기—천강검법.

제9대 우승자:공동 무선 구진인. 절기—삼음장.

제10대 우승자:전진 화선 화진인. 절기—삼양장.

제11대 우승자:사마세가 파천수 사마태진. 절기—반혼장.

제12대 우승자:남궁세가 철권 남궁갑. 절기—파운신권.

제13대 우승자:모용세가 십지무적 모용열. 절기—벽력지.

제14대 우승자:아미 금정신니 화경사태. 절기—난파풍검법.

제15대 우승자:화산 매화검 화중문. 절기—매화검법.

제16대 우승자:?

<연대 순으로 나열해 본 무림 역사>

―달마가 중원에 들어온 시기를 0년으로 본다.

0년: 달마, 중원 상인들의 요청으로 중원에 옴. 상인들의 재산을 갈취하던 마교와 전쟁 시작.

10년: 마교가 십만대산으로 숨어듦으로 전쟁 종식. 달마, 숭산 소실봉으로 들어가 차후에 벌어질 마교의 마수를 대비하기 시작. 마교 역시 달마를 견제하기 위해 대비를 시작함.

100~300년: 구대문파와 개방, 칠패천, 하오문이 하나둘씩 생겨남. 그 외에도 서서히 군소방파들이 생겨나기 시작함.

490~497년: 달마와 마교의 전쟁 이후 최초로 정과 마의 대규모 전쟁 발발. 서로 막대한 피해를 입음.

498년: 정과 마의 대립이 극에 달했던 때, 고루혈교 중원을 침공함. 수많은 고루강시들을 이끌고 중원을 그들의 발 밑에 두려 함.

505년: 최초로 대립하던 정과 마가 힘을 합해 고루혈교를 물리침.

697~700년: 정과 마의 2차 대규모 전쟁 발발. 서로 막대한 피해를 입음.

701년: 정과 마의 대립이 극에 달했을 때, 환사문의 중원 침공. 수많은 환상살수들을 이끌고 중원을 그들의 발 밑에 두려 함.

705년: 혜성처럼 나타난 태극자란 한 기인이 반목하던 정과 마의 세력을 규합해 환사문을 물리침. 태극자, 천하제일인이란 칭호를 얻음.

995~997년: 정과 마의 3차 대규모 전쟁 발발. 서로 막대한 피해를 입음.

998년: 명맥이 끊어진 줄 알았던 환사문의 중원 재침공. 단단히 준비한 그들에 의해 중원무림은 맥없이 무너짐.

1007년: 절대제황 위무쌍이란 절대적인 존재의 등장. 단신으로 환사문을 격

패시킴. 위무쌍, 환사문을 박살 낸 뒤 종적을 감춤. 환사문의 잔재 세력 정과 마가 힘을 합해 쓸어버림.

　1008년:피에 미친 광마의 등장. 광마 눈에 보이는 모든 것을 파괴하며 환사문에 입은 피해를 복구하고 있던 무림을 종횡함. 정과 마가 모든 수단과 방법을 동원했음에도 그를 막지 못함.

　1008~1017년:광마에 의한 암흑 시대.

　1018년:광마, 돌연 종적을 감춤.

　1117년:100여 년 간 정과 마는 서로에 대한 간섭을 하지 않으며 광마에 의한 피해를 복구하는 데에만 힘씀. 어느 정도 원상태를 회복함.

　1118~1119년:정과 마의 4차 대규모 전쟁 발발. 서로 막대한 피해를 입음.

　1220년:지리멸렬한 줄만 알았던 고루혈교의 중원 재침공. 정과 마는 분열되어 힘을 합치지 못하고, 속수무책으로 당함.

　1223년:혜성처럼 등장한 다섯 세가가 정과 마를 이간질시킨 사파의 음모를 만천하에 알림. 그리고 반목하던 정과 마를 규합함.

　1225년:힘을 합친 정과 마에 의해 고루혈교 무너짐.

　1230년:구대문파와 칠패천이 회의를 거듭해 20년마다 한 번씩 비무대회를 열기로 합의함.

　1530년:제16회 천하제일 비무대회가 화산에서 열림.

時代超越
시 대 초 월

세대와 세대를 넘은 기다림 끝에 드디어 태어나다!

대가大家 금강金剛
무협 20주년 기념 특선작!!

이 시대 정통대하무협의 금자탑(金子塔)!
장쾌함과 호쾌함이 아우러진 강렬한
대륙적 대서사시!
필생(筆生)의 기념비적 역작(力作)!

시대를 선도해 온 대가 금강金剛이 펼쳐 보이는
정통 무(武)와 협(俠)의 도도한 흐름 속으로
흠뻑 빠져든다!

대풍운연의 大風雲演義 · 금강金剛 신무협 판타지 소설
①~④권 / 값 7,500원

일간스포츠에 장기 연재되어
선풍적인 인기를 끌었던
화제의 바로 그 작품, 드디어 출간!

이제 청어람을 통해 금강金剛 무협의 정수를 접하실 수 있습니다.

도서출판 청어람 www.chungeoram.com ● 우 420-011 부천시 원미구 심곡1동 350-1 남성빌딩 3F ● TEL : 032-656-4452/54 ● FAX : 032-656-4453 ● Email : eoram99@chol.com

김석진 新무협 판타지 소설

삼류무사

三 流 武 士

통쾌 무비! 쾌감 작렬!

이것이야말로 진정한 삼류!

삼류의 탈을 쓴 비장의 일격을 맛 보아라!
무료함을 날려줄 한방 슬러거!

축하한다! 너는 이제 삼류무사(三流武士)가 되었다.
뒤에 쓰여진 이러쿵저러쿵이 어찌 눈에 들어오겠는가?
머리 위로 별들이 빙글빙글 춤추고 있다.
　"씨—앙!"
날아가면서 양발차기로 석비(石碑)를 부숴 버렸다.
와르르—
얻어맞아 봐야 무엇 하겠는가?
물은 이미 엎질러졌고 오 년이란 시간은 흘러가 버렸다.
그래서 이제 스물여덟이 되었다.
황금 같은 이십대의 청춘은 다 날아가 버렸다.
양양성에서 최고로 잘 나가던 한량,
뒷거리 싸움의 천재 장추삼의 청춘은
돌아올 수 없는 곳으로 떠나갔다.
기껏 삼류무사가 되기 위해!

도서출판 청어람 www.chungeoram.com ● 우 420-011 부천시 원미구 심곡1동 350-1 남성빌딩 3F ● TEL : 032-656-4452/54 ● FAX : 032-656-4453 ● Email : eoram99@choi.com

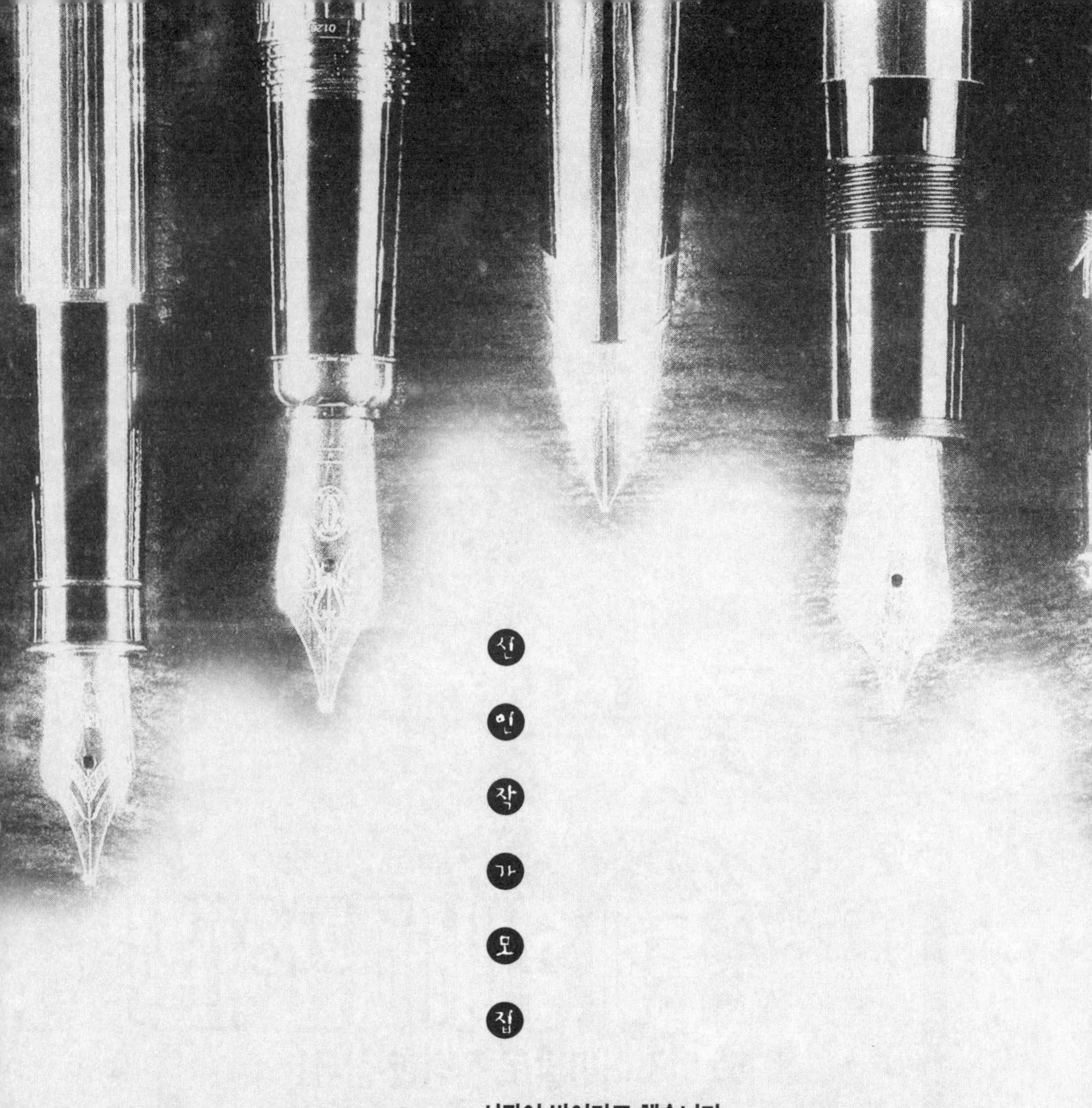